I0722940

PAS
UN
DOUTE

OUVRAGES ÉCRITS PAR D.K. HOOD

En français

Les enquêtes de Jenna Alton & David Kane

Pas un mot

Pas une larme

Pas un cri

Pas un bruit

Pas un doute

Pas une ombre

Les enquêtes de l'agent spécial Beth Katz

Filles fleurs

Anges d'ombres

Sombres Cœurs

En anglais

Detective Beth Katz

Wildflower Girls

Shadow Angels

Dark Hearts

Detectives Kane and Alton

Don't Tell A Soul

Bring Me Flowers

Follow Me Home

The Crying Season

Where Angels Fear

Whisper in the Night

Break the Silence

Her Broken Wings

Her Shallow Grave

Promises in the Dark

Be Mine Forever

Cross My Heart

Fallen Angel

Lose Your Breath

Pray for Mercy

Kiss Her Goodnight

Her Bleeding Heart

Chase Her Shadow

Now You See Me

Their Wicked Games

Where Hidden Souls Lie

A Song for the Dead

Eyes Tight Shut

Their Frozen Bones

Tears on Her Grave

D.K. HOOD

PAS UN DOUTE

Traduit par Karine Forestier

bookouture

*À Daniel et Gary Brown, mon équipe de brainstorming, qui
m'encouragent à chaque étape.*

PROLOGUE
VENDREDI

— Roule. Ne t'arrête pas. Tu as perdu la tête ou quoi ?

Affolée, Ella Tate avait pivoté sur son siège pour fixer son amie d'un regard noir.

— On ne va pas laisser quelqu'un en rade à Black Rock Falls, rétorqua Sky d'une voix qui parut dure dans le silence. Ils annoncent une tempête de neige, le pauvre homme pourrait mourir de froid.

L'idée de rouler au milieu de nulle part dans l'obscurité la plus totale, sans même un croissant de lune, portait déjà la peur d'Ella à son comble. Alors s'arrêter pour un type bizarre sur le bord d'une route déserte...

— On n'a pas croisé une seule voiture depuis au moins une heure. C'est peut-être un tueur en série qui n'attend que notre passage.

Sky ralentit.

— Sérieusement, à minuit sur ce tronçon de route ? Il gèle dehors, et pourquoi il aurait allumé ses feux de détresse s'il n'était pas en danger ?

Un malaise s'abattit sur Ella comme un linceul et son cœur s'emballa.

— Ne t'arrête pas, Sky ! Il a le visage couvert et je ne vois pas ses mains. C'est peut-être un psychopathe armé, qui attend que quelqu'un passe pour l'assassiner.

— Il pourrait s'agir d'une femme. Tout le monde s'emmitoufle avec ce froid. On ne peut pas dire qu'on soit habillées de façon très féminine non plus, là, si ?

Les mains agrippées au volant, Sky se gara sur le bas-côté.

— Même un psychopathe ne serait pas assez fou pour se perdre ici avec un blizzard à l'approche, reprit-elle. Il ou elle a besoin de notre aide. Ça se fait, entre voisins.

Une crainte semblable à celle qu'elle éprouvait en entrant dans une maison hantée à Halloween s'empara d'Ella, dont les petits poils de la nuque se dressèrent. Tout ce que son frère lui avait inculqué lorsqu'elle était partie à l'université lui revenait à l'esprit. Elle entendait encore sa voix, forte et claire. « *N'aide jamais, jamais un inconnu s'il est seul.* » Premier interdit de sa liste, au même niveau que l'auto-stop. S'arrêter en pleine nuit sur une route isolée, à des kilomètres de la ville, c'était stupide. Elle déglutit et attrapa son téléphone alors que la silhouette sombre se profilait.

— Propose-lui d'appeler une dépanneuse et redémarre.

— Tu n'auras aucun réseau ici. On est trop loin de la ville, répliqua Sky, qui abaissait déjà sa vitre. On peut vous...

La silhouette encapuchonnée s'élança et un jet de liquide chaud éclaboussa la joue d'Ella. Sky s'affala sur elle, le nez pissant le sang et tachant ses cheveux blonds. La silhouette sombre ouvrit la portière et s'empara des clés de la voiture. Le cœur battant la chamade, Ella découvrit, bouche bée, la hache qu'il tenait dans une main, le métal taché de sang luisant dans la lumière du plafonnier. Sous le choc et incapable de bouger, elle croisa les yeux noirs d'un homme gigantesque. Il ne dit rien, se contenta de détacher la ceinture de sécurité de Sky, presque nonchalamment, de la tirer hors de la voiture et de la jeter par terre comme s'il s'agissait d'un sac d'ordures. *Oh, mon Dieu, il l'a tuée et je suis la suivante.*

L'inconnu posa la hache sur le siège maculé de sang et plongea sur elle. L'air glacial la frappa au visage comme une gifle. Elle s'écarta du mieux qu'elle put.

— Ne me touchez pas ! J'appelle le 911.

Une panique absolue lui comprimait la poitrine, mais ses muscles se contractèrent quand l'instinct de fuite s'empara de son corps. Lorsque l'inconnu jura et voulut saisir son téléphone portable, elle le lui jeta au visage, détacha sa ceinture de sécurité et, à tâtons, chercha la poignée. Une grande main gantée lui effleura le bras juste au moment où la portière s'ouvrait et où ses pieds heurtaient la chaussée. Elle s'élança sur l'autoroute, sauta le fossé du bas-côté et s'enfonça dans l'obscurité la plus totale, sa planche de salut. Ses pieds s'empêtraient dans l'herbe morte et les broussailles couvertes de givre. La terreur la prenait à la gorge chaque fois qu'elle trébucha sur le terrain irrégulier, mais elle ne se retourna pas pour autant. Un portail blanc apparut. Elle le franchit d'un bond. Une douleur fusa dans ses jambes quand elle atterrit sur le sol dur et gelé, mais au moins il était plat, sans broussailles. Elle se redressa et, avalant une goulée d'air glacé, elle courut, courut pour sauver sa vie. *Je dois fuir.*

Sans clair de lune et sans rien pour la guider, elle écarquillait les yeux au maximum, mais ne voyait que du noir devant elle. Chaque inspiration lui incendiait la poitrine et des crampes lancinantes tétanisaient les muscles de ses jambes, pourtant elle continuait de courir, à l'aveuglette. Sa poitrine heurta soudain quelque chose de dur et elle fut projetée en arrière, le souffle coupé. La terreur lui arracha un cri, puis elle ravala sa panique. Prisonnière d'une clôture invisible, elle se débattit, incapable de bouger, telle une mouche dans une toile d'araignée. Du fil de fer barbelé agrippait ses vêtements, comme du Velcro.

Derrière, elle entendit un rugissement semblable à celui

d'un animal blessé, et des pas martelés sur la chaussée. Elle osa un coup d'œil par-dessus son épaule, mais ne vit que les phares du véhicule de Sky éclairant le bitume. D'un coup sec, elle arracha son manteau du barbelé et resta bouche bée de terreur : la lueur reconnaissable d'une lampe de poche décrivait un arc de cercle non loin de là. Elle se jeta au sol, le ventre noué par la peur. Il la cherchait.

Lorsque le faisceau balaya le sol dans une autre direction, elle prit une seconde pour regarder, puis son ventre se serra de plus belle car le faisceau s'approchait de l'endroit où elle se trouvait. Elle devait courir. La lampe torche bondissait au loin et, d'ici quelques instants, l'homme franchirait le portail et se dirigerait vers elle. Un sanglot de détresse s'échappa de ses lèvres, pourtant elle se releva et s'enfuit dans le noir. À croire que les forces de la nature se liguaient contre elle, les nuages gonflés de neige s'écartèrent pour révéler un croissant de lune. Ses entrailles se tordirent et elle pivota sur elle-même, en quête d'un endroit où se cacher.

À moins de dix mètres, elle distingua un groupe d'arbres dont les troncs ressemblaient à d'énormes poteaux noirs et, la poitrine brûlante à force de courir, elle s'élança sous leur protection. De l'autre côté de ces arbres, elle discerna la silhouette sombre d'un bâtiment. Pas une maison, peut-être les ruines d'une vieille grange. Elle se retourna et, le cœur cognant dans ses oreilles, suivit des yeux la lumière qui bondissait au loin. Sa poitrine lui faisait mal. Quant aux énormes volutes de buée qui l'entouraient à chaque expiration, elles révélaient sa position aussi efficacement qu'une balise. Épuisée, elle se plia en deux, les mains sur les genoux. Il n'y avait nulle part où se cacher et combien de temps encore pourrait-elle continuer à courir ? Il ne tarderait pas à la rattraper et il l'assassinerait.

Elle devait réfléchir, se montrer plus maligne que lui. Il s'attendrait à ce qu'elle se cache dans le bâtiment, mais elle avait d'autres idées en tête. Après quelques profondes inspirations, elle opéra un demi-tour vers les arbres. Au niveau du sol, les branches des pins étaient rares, mais en hauteur, elles s'épaississaient, coiffant chaque arbre d'une canopée luxuriante.

Haletant à chaque respiration et luttant contre la douleur de ses muscles déchirés, elle entama l'ascension, branche après branche.

Tremblante, elle se cala entre deux branches robustes, puis se mit à califourchon sur une autre, plus épaisse. Elle se blottit contre le tronc, la joue au contact de sa surface rugueuse. *Il arrive.* Le crissement de chaque pas sur le sol gelé lui donnait le frisson. Une silhouette obscure apparut et le faisceau de la lampe de poche balaya la zone. Comme s'il la pistait à l'oreille, il s'immobilisa et tourna la tête dans tous les sens avant d'avancer. *Oh, mon Dieu, il m'a trouvée.*

Les crissements reprirent. Pas après pas, ses bottes brisaient les fines plaques de glace sur le sol, de plus en plus proches. La torche déplaçait son faisceau d'un côté à l'autre. Il fouillait sous les bosquets et sa respiration lourde projetait des panaches de buée dans la lumière. Il était si près maintenant qu'elle l'entendait marmonner des obscénités à voix basse. Et il était fou de rage.

— Où t'es, salope ? grommela-t-il dans un nuage de condensation. Quand je vais te trouver, je te découperai en petits morceaux.

Il s'éloigna, sa lampe ayant révélé un sentier envahi par la végétation qui menait au bâtiment délabré. Ella étouffa un sanglot de soulagement et, à sa grande horreur, il l'entendit. Il s'arrêta net, balaya les environs de sa torche, puis revint vers son arbre. Il se tenait juste en dessous d'elle. La bouche sèche, Ella se mordit la langue si fort qu'elle sentit bientôt le goût métallique du sang dans sa bouche. La sueur lui dégoulinait dans le dos. Elle pria pour qu'il ne lève pas les yeux et, comme si on l'avait enfin entendue là-haut, un hibou traversa le cône de lumière et se posa dans un arbre. Le crissement répété des pas reprit : l'inconnu s'éloignait.

Les doigts engourdis à force de se cramponner à l'arbre, Ella scruta l'obscurité, trop effrayée pour bouger. Quelques minutes plus tard, la lampe revenait en ballottant. Une terreur glacée la frappa lorsqu'il leva le faisceau vers la cime des arbres. Elle enroula ses jambes autour du tronc et se fit aussi petite que possible. Les doigts tremblants, elle serra le cordon de son sweat-shirt à capuche au maximum autour de son visage et ferma les yeux. Si elle cachait son visage, il ne la verrait peut-être pas.

La lumière se rapprocha. Il passait chaque arbre en revue. Craignant qu'il ne voie sa respiration, Ella enfouit son visage dans sa manche et respira par le nez, mais le manque d'oxygène ne tarda pas à lui donner le vertige. Submergée par la panique, elle se mit à trembler de plus belle, à claquer des dents. Elle tint bon tandis qu'il scrutait chacun des pins, de plus en plus proche. Chaque seconde semblait durer une éternité. Puis elle entendit un bruit, au loin. Elle devait halluciner : on aurait dit une voix de femme qui l'appelait, elle, par son nom. Mais non, ce n'était pas une hallucination, il l'avait entendue aussi.

— Bon sang, j'm'en vais la faire taire pour de bon et tu es la prochaine, chérie.

La voix furieuse de l'homme parut résonner dans le silence, puis il fit volte-face et s'élança vers la route.

Ella laissa échapper une longue expiration et tendit l'oreille. La voix fluette, tremblante et fantomatique, se fit entendre à nouveau.

— Ella, où tu es ? Aide-moi.

Choquée et horrifiée, Ella regarda dans la direction où l'homme avait disparu, mais des arbres lui barraient la vue. *Oh, mon Dieu. Il retourne la tuer et je suis la prochaine.*

1

SAMEDI

— Jenna, tu devrais aller voir un médecin.

L'adjoint Dave Kane lui tendit une autre boîte de mouchoirs et le shérif Jenna Alton leva vers lui des yeux rougis.

— C'est juste un rhume. Je serai rétablie d'ici quelques jours.

Kane secoua la tête.

— Ça fait plus de deux semaines et ton état ne fait qu'empirer. D'autant qu'essayer de s'occuper des chevaux par ce temps n'aide pas.

Il tapa sa canne sur le sol.

— Maudit genou. Je devrais te jeter dans la voiture et t'obliger à aller consulter.

Jenna lui lança un regard belliqueux, puis essuya son nez rouge et renifla.

— Alors là, bonne chance.

Duke poussa un geignement et posa sa grosse tête sur le lit. Ses yeux tristes de limier passaient de Jenna à Kane, comme s'il hésitait à prendre parti.

Kane le montra du doigt.

— Tu vois, même Duke comprend que tu es malade. Oh, et

puis d'accord, capitula-t-il en jetant un bras en l'air. Comme tu veux. Je vais préparer le petit déjeuner.

Vaincu, il se dirigea lentement vers la cuisine et remplit la bouilloire, puis vérifia les crêpes dans le four. Travailler avec pour supérieur un ex-agent de la DEA[1] bénéficiant de la protection des témoins, avec un nouveau nom et un nouveau visage, c'était une sacrée aventure. D'autant qu'elle craignait pour sa vie, depuis qu'elle avait témoigné contre Viktor Carlos, un caïd de la pègre.

Après avoir quitté son poste au sein du commandement des Forces spéciales d'investigation de Washington, Kane s'était retrouvé à travailler hors réseau à Black Rock Falls. Au début, il avait eu du mal à vivre dans le mensonge. Le gouvernement lui avait créé une nouvelle identité à lui aussi, après qu'un terroriste avait placé une bombe sous sa voiture, tuant sa femme et le laissant, lui, avec une plaque de titane dans la tête. Il s'était peu à peu installé dans sa nouvelle vie, jusqu'à ce que tout change l'automne passé. Un dingue lui avait tiré dessus : il était tombé dans un canyon et s'était brisé le genou. La plaque, en revanche, s'était avérée un atout en lui sauvant la vie, même s'il avait souffert un temps d'une perte de la mémoire récente. Son cerveau s'était mis à le ramener au jour où il avait perdu sa femme, et les souvenirs de la période depuis son arrivée à Black Rock Falls avaient disparu. Au bout de la longue rééducation qui avait suivi l'opération de remplacement de la plaque, il avait retrouvé son équilibre et pouvait désormais marcher sur son genou reconstruit. La douleur endurée depuis ces longues interventions chirurgicales s'était intensifiée avec l'arrivée des températures glaciales au point que, depuis quelques semaines, il lui était devenu pratiquement impossible de s'aventurer à l'extérieur.

---

1. DEA : *Drug Enforcement Administration*, équivalent américain de la brigade des stupéfiants.

Comme il n'était pas en état de s'occuper de lui-même après sa sortie de l'hôpital, il avait accepté l'offre de Jenna de s'installer dans sa chambre d'amis plutôt que d'essayer de se débrouiller dans son *cottage*, situé à un jet de pierre de chez elle. La maison de Jenna était un ranch immense, vieux d'un bon siècle, avec de grandes pièces et de larges couloirs plus faciles à négocier dans son fauteuil roulant que ceux de son chalet. Le premier mois, l'agent Shane Wolfe avait envoyé une infirmière pour s'occuper de lui pendant la journée, ce qui était pénible car il se débrouillait très bien tout seul et n'avait besoin d'elle que pour ses piqûres. La salle de sport bien équipée de Jenna était parfaite pour sa rééducation, mais le fait d'avoir son hôte et supérieur comme coach était une arme à double tranchant. Même s'il appréciait sa compagnie, elle le poussait comme un véritable sergent instructeur de l'armée.

Lorsque l'adjoint Jake Rowley avait appelé pour proposer de l'aider auprès des chevaux, Jenna avait accepté avec plaisir et insisté pour qu'il installe sa propre monture au ranch en guise de remerciement. Maintenant, en voyant Jenna malade, Kane envisageait d'envoyer les chevaux en ville à la place : il n'était pas juste d'obliger Rowley à se traîner au ranch deux fois par jour pour s'occuper des chevaux, tout en attendant de lui qu'il prenne en charge le service du shérif en leur absence. Dave remplit la cafetière et s'accouda au comptoir. Quelques instants plus tard, Rowley frappait à la porte d'entrée.

— J'arrive.

Un souffle d'air glacial frappa Kane au visage quand il ouvrit, véritable souffrance pour son cerveau. Il s'écarta et Rowley entra après avoir tapé des pieds sur le paillasson et abandonné ses bottes sur le seuil. Kane scruta le blizzard.

— La situation empire, on dirait. Vous allez devoir attendre le passage du chasse-neige et le suivre pour retourner en ville.

Rowley se débarrassa de son manteau. Le froid s'échappa du vêtement avec des odeurs de neige et de cheval.

— C'est ce qu'on dirait, confirma l'adjoint. En tout cas, les chevaux sont bien au chaud. J'ai vu des écuries de course moins bien isolées. Les doubles portes font toute la différence et vous avez assez de nourriture jusqu'au mois de juin.

Kane ouvrit la voie vers la cuisine.

— J'ai commandé des provisions supplémentaires avant la neige. Je me suis souvenu de ce qui s'est passé l'année dernière.

Il accrocha sa canne au dossier d'une chaise et s'approcha du comptoir.

— Comment va le shérif ? s'enquit Rowley, qui retira ses gants en s'affalant sur une chaise.

Kane versa le café et lui en tendit une tasse, puis se retourna vers le comptoir pour casser des œufs dans un bol.

— De pire en pire et elle refuse de consulter un médecin.

— Elle aurait de toute façon du mal à obtenir un rendez-vous avec le vieux docteur Brown, tout le monde se l'arrache. J'ai entendu dire que les femmes préféraient aller voir le docteur Abigail Sneed, mais Maggie m'a raconté que son amie avait attendu trois heures hier, fit-il en sirotant sa boisson. L'autre femme, le docteur Weaver, a accroché une affiche dans sa vitrine pour annoncer qu'elle consultait à domicile. Vous pensez que les habitants ne lui font pas confiance parce qu'elle est nouvelle en ville ?

Kane mit du beurre dans une poêle et y versa les œufs. Pourquoi l'amie de leur réceptionniste avait-elle attendu si long-temps plutôt que d'aller voir un autre médecin ?

— Le docteur Weaver était déjà là quand je suis arrivé. Il faut combien de temps pour cesser d'être un nouveau, par ici ?

Rowley sourit.

— Oh, une vingtaine d'années, je dirais. Vous devriez peut-être l'appeler ?

— Appeler qui ?

Jenna venait d'entrer dans la cuisine. Aussitôt prise d'une quinte de toux, elle retourna dans le couloir. Quelques instants plus tard, elle réapparut, le visage rougi et les yeux pleins de larmes.

Kane remplit trois assiettes d'œufs et les posa sur la table, puis il sortit les crêpes du four et les fit glisser sur un plat.

— Le docteur. Je vais prendre rendez-vous pour qu'elle vienne ici, comme ça vous n'aurez pas à sortir.

Rowley se leva pour lui prendre les crêpes, tandis que Kane se dirigeait vers la cafetière.

Jenna lui jeta un regard noir.

— Vous n'abandonnez jamais, hein ?

Il posa le café sur la table et s'assit sur une chaise.

— Non. Je l'appelle dès que j'ai fini de manger. Et il y a autre chose dont nous devons discuter.

— Je vous écoute, dit-elle, malgré son air méfiant.

— On ne peut pas attendre de Jake qu'il parte avant 5 heures tous les matins, qu'il fasse sa journée de travail, qu'il revienne pour s'occuper des chevaux, puis qu'il rentre chez lui par un temps pareil.

Kane jeta un coup d'œil à l'intéressé. Comme Rowley ne réagissait pas, il poursuivit :

— Il ne s'est pas plaint, notez bien, mais c'était différent quand vous pouviez lui donner un coup de main.

— Oui, je suis d'accord, c'est trop, vu qu'il s'occupe aussi du bureau.

Jenna regarda Rowley, qui gardait les yeux obstinément baissés sur son assiette, puis ajouta :

— Vous voulez vous installer dans le chalet de Kane jusqu'à ce que je me débarrasse de ce rhume ? C'est juste l'histoire de quelques jours, soupira-t-elle. Je vous proposerais bien d'emménager ici, mais Kane a rempli mon autre chambre d'amis avec son matériel.

— Bien sûr, madame, du moment que ça peut aider et faire gagner du temps, acquiesça Rowley avec un sourire. Non pas que s'occuper de trois chevaux soit un travail bien difficile.

De son côté, Kane la dévisageait, bouche bée. *Mince, elle installe Rowley dans mon chalet.*

— Génial ! La chambre d'amis est déjà prête, précisa-t-elle avec un coup d'œil à Kane. Et connaissant Kane comme je le connais, il doit y avoir assez à manger là-bas pour nourrir une armée, gloussa-t-elle. Si vous voulez cuisiner, je veux dire, autrement vous pouvez vous joindre à nous pour les repas.

— Je veux bien pour le petit déjeuner, madame. Pour le reste, j'ai l'habitude de me débrouiller tout seul, expliqua Rowley avec un sourire. J'aime bien prendre mon petit déjeuner chez Tante Betty, je fais ça depuis des années, mais avec la neige et tout le reste, je ne suis pas sûr d'avoir le temps.

Kane ne put s'empêcher de se demander ce qu'il adviendrait de cette nouvelle organisation lorsqu'il serait rétabli. Vu qu'il avait notamment en sa possession un certain nombre d'objets douteux provenant de sa vie passée, il devrait absolument se rendre au chalet pour verrouiller deux de ses chambres. Même s'il faisait confiance à Rowley et le respectait, il ne connaissait pas tous les aspects de sa vie. Alors dans le doute...

— Eh bien, c'est réglé, conclut Jenna, qui piqua dans sa nourriture, puis se frotta la tempe. Kane est assez bien installé pour travailler d'ici sur les dossiers et, si nécessaire, vous pouvez faire appel à Wolfe ou à l'adjoint Webber. N'oubliez pas, Wolfe est peut-être notre légiste, mais il reste mon adjoint.

— Bien sûr, madame.

Rowley termina son café et se leva.

— Bon, je vais y aller. J'entends le chasse-neige arriver. Il faut que je me dépêche de le suivre jusqu'en ville.

— Laissez l'adjoint Walters fermer à midi, et nous n'ouvrirons pas dimanche. Placardez un avis sur la porte d'entrée. Si quelqu'un a besoin d'aide, il peut toujours appeler le 911, lui indiqua Jenna, son café à la main. Et conduisez prudemment.

Kane remplit une nouvelle fois leurs tasses et attendit que Rowley s'en soit allé pour se tourner vers elle.

— J'ai des choses dans mon chalet sur lesquelles je ne veux pas que Rowley tombe. Ce serait suffisant pour faire sauter ma couverture, précisa-t-il en s'adossant à sa chaise.

— Hors de question d'aller jusqu'au chalet dans la neige. Si tu tombes, ce sera retour à la case départ. Dave, ajouta-t-elle en lui prenant la main, je sais que tes blessures te font atrocement souffrir et que tu as pris beaucoup de retard dans la rééducation de ton genou à cause de ton traumatisme crânien. Le médecin t'a averti que la récupération prendrait du temps.

Elle ne comprenait pas.

— Jenna, je dois passer à mon *cottage* avant que Rowley n'y emménage. J'irai à pied si nécessaire. Je n'utilise pratiquement plus la canne.

Jenna lui sourit.

— Tu crois vraiment Rowley capable d'ouvrir ton coffre-fort ou de pénétrer dans ton ordinateur ? Il n'essaiera même pas.

— Comment tu es au courant, pour mon coffre-fort ?

Elle s'esclaffa.

— Eh bien, moi, j'en suis capable et j'ai essayé. Oh Seigneur, tu devrais voir ta tête !

Elle partit d'un éternuement explosif dans une boule de mouchoirs.

— Je suis allée chercher tes vêtements et tes affaires, je te rappelle, reprit-elle une fois remise. Le coffre est assez difficile à manquer.

Kane poussa un soupir de soulagement.

— Ça, c'est le coffre à fusils. J'en ai deux. Bon, je peux bien te confier le contenu de l'autre maintenant, dit-il après un long regard.

Elle lui adressa un sourire chaleureux et se leva.

— J'ai deux coffres-forts, moi aussi. Et oui, tu peux te confier à moi. Allez. Je vais te conduire au chalet et t'aider à rassembler tes affaires. Ce n'est pas une centaine de mètres qui me fera mourir d'une pneumonie, ajouta-t-elle avec l'un de ses regards sans concession.

Kane prit son téléphone portable sur la table.

— D'accord. Dès que j'aurai appelé le médecin.

— Il faut toujours que tu aies le dernier mot, hein ?

Sans attendre de réponse, elle entreprit de débarrasser les assiettes, tout en continuant :

— Il y a longtemps, mes voisins avaient un chien qui s'appelait Oscar. Il aboyait comme un fou et le voisin n'arrêtait pas de lui crier dessus pour qu'il se taise. Il obéissait, puis lâchait un petit aboiement. Le voisin avait beau lui crier de se la fermer, l'animal recommençait.

Confus, Kane fronça les sourcils.

— Tu me compares à un chien ?

— Non, fit-elle en rinçant les assiettes avant de remplir le lave-vaisselle. Mais tu me rappelles ce chien, toujours à avoir le dernier mot.

Kane s'esclaffa.

— Vraiment ?

Elle lui lança un regard noir.

— Oui, vraiment.

Il lui adressa son plus grand sourire.

— Ouaf !

2

La nuit avait été atroce pour Ella. Après avoir entendu un long cri soudain interrompu, puis le silence, elle avait subi les violents assauts du blizzard, mais l'inconnu n'était pas revenu. Tiraillée entre le désir de rester en sécurité dans l'arbre et celui de braver le blizzard pour chercher Sky, elle avait regardé la couche de neige monter autour des arbres et passé la nuit à sangloter. Les chances de retrouver son amie vivante étaient nulles, de toute façon. Calée entre les branches, elle avait entendu le bruit lointain de la circulation pendant la nuit, mais elle était trop effrayée pour bouger.

Lorsqu'un soleil pâlichon avait enfin percé les nuages de neige et que les oiseaux s'étaient mis à sautiller autour d'elle, elle avait décidé de tenter sa chance. Le sapin enneigé lui avait offert un abri et le fait que les sacs qu'elle avait emportés pour sa visite aient été trop pleins lui avait probablement sauvé la vie. En effet, ne voulant pas laisser de vêtements derrière pendant son séjour chez Sky prévu pour plusieurs semaines, elle avait enfilé beaucoup plus de couches que d'habitude et deux paires de chaussettes épaisses à ses pieds dans les bottes doublées de peau de mouton.

Ses muscles lui faisaient mal et ses mains refusaient de fonctionner correctement, mais lorsqu'elle fut parvenue à la moitié de l'arbre, elle retrouva la sensation dans ses membres. Le paysage avait radicalement changé au cours de la nuit. L'autoroute avait presque disparu dans une mer d'un blanc éclatant. Elle frémit. Tout près d'elle, cachée sous la neige, Sky pourrait être étendue, sauvagement assassinée.

À pas prudents, elle s'éloigna du couvert des arbres pour scruter les étendues blanches, à l'affût du moindre signe du tueur. La bile lui monta à la gorge à l'idée de retrouver son amie battue à mort. Pour l'instant, elle avait beau scruter dans toutes les directions le paysage enneigé, elle ne voyait rien qui ressemble à la voiture jaune de Sky. Les congères lui arrivaient aux genoux et chaque pas s'apparentait à une progression dans des sables mouvants.

L'autoroute était déserte, mais elle distinguait des traces de pneus dans la neige fraîche. Un véhicule était passé récemment, autrement dit, la circulation n'avait pas été coupée. Le grondement d'un moteur retentit au loin et elle plongea dans les buissons, tremblante de peur, puis passa la tête pour voir un camion, un dix-huit roues, qui fonçait dans sa direction. Elle avait le choix : mourir de froid ou prendre le risque de monter dans ce taxi improvisé avec un inconnu. Tant pis, elle devait se lancer, elle devait trouver de l'aide pour Sky. Résistant à la panique qui montait, elle se posta sur le bas-côté de la route et agita les bras. Le gros camion rouge hurla et cracha un jet de vapeur, comme une vieille locomotive. Il finit par s'arrêter un peu plus loin. La vitre s'abaissa. Un quadragénaire aux joues roses et portant un chapeau de trappeur sortit la tête. Ella courut jusqu'à sa portière, glissant sur la chaussée noire couverte de glace, et frappa frénétiquement contre le véhicule.

— Aidez-moi. Un homme a assassiné mon amie. Appelez le 911 !

— Assassiné, vous dites ?

L'homme regarda dans les deux sens, puis reporta son attention sur elle.

— Qu'est-ce que vous faites ici toute seule ? Vous veniez d'où ?

Ella le dévisagea, médusée, et martela la portière de plus belle avec ses deux poings.

— Appelez le 911 !

L'expression de l'homme se mua en inquiétude.

— Il n'y a pas de réseau pour les téléphones portables par ici. Je vais contacter le shérif sur la ligne bidirectionnelle. Je pense que vous feriez mieux de monter dans ma cabine pour vous protéger du froid.

Il remonta sa vitre, désormais caché derrière le verre teinté.

Une vague de peur saisit soudain Ella. Obligeant ses membres gelés et plombés à se mettre en mouvement, elle venait de faire le choix de monter dans un camion avec un inconnu plutôt que de mourir de froid au milieu de nulle part avec un tueur muni d'une hache dans la nature. Elle contourna tant bien que mal le capot et grimpa dans la cabine, dont la chaleur l'enveloppa. L'homme semblait plus inquiet que menaçant.

— Dépêchez-vous, s'il vous plaît.

Le chauffeur sortit une couverture de derrière son siège et la lui offrit.

— D'accord, d'accord. Tenez, prenez ça.

Puis il attrapa sa radio.

— Dix-quatre mon gars, terminé.

Il se tourna vers elle.

— Il veut savoir ce qui s'est passé.

Elle lui raconta péniblement les terribles faits, puis le regarda relayer son histoire, perplexe : quel que soit le langage codé qu'il employait, il lui fichait une peur bleue.

— Un adjoint de Black Rock Falls est en route.

Il pivota sur son siège et le moteur du camion rugit, puis ils se mirent en mouvement.

— On va à sa rencontre sur l'autoroute. Je resterais bien ici pour l'attendre, mais je suis en retard. Donc je lui ai donné les coordonnées de l'endroit où je vous ai trouvée. Servez-vous de café, termina-t-il en montrant un thermos.

Le stress un peu dissipé, Ella s'adossa au siège. L'air chaud du chauffage traversait peu à peu ses vêtements, la plongeant dans une torpeur somnolente. Au doux balancement de la cabine, ses yeux se fermèrent une seconde, puis elle se redressa d'un coup. Et s'il avait drogué mon café ? Elle se mordit l'intérieur de la joue : elle devait rester vigilante. Osant un coup d'œil vers lui, elle s'éclaircit la gorge.

— J'apprécie vraiment que vous m'emmeniez, et la boisson.

— Je ne comprends pas bien ce qui vous a poussée à prendre le risque de vous rendre à Black Rock Falls au milieu de la nuit, répliqua-t-il sans quitter la route des yeux. Vous savez combien de meurtres ont été commis dans ce comté, au cours des deux dernières années ? Je sais que la région s'étend sur des milliers de kilomètres carrés, mais on en parle partout dans les journaux.

— Et d'après ce qui s'est passé la nuit dernière, je pense qu'il y a un autre tueur en liberté, ajouta Ella, en se retenant de céder à la panique qui menaçait de s'emparer d'elle.

— Je ne voudrais pas vivre ici, conclut l'homme.

Il désigna, sur la route, les lumières bleues qui clignotaient au loin.

— Voilà le shérif.

Il arrêta le camion.

— Et prenez soin de vous, compris ? lança-t-il alors qu'elle en descendait.

3

L'adjoint Jake Rowley nota les coordonnées du chauffeur
du camion, puis reporta son attention sur la jeune femme
couverte de sang à ses côtés. Elle avait quelques égratignures sur
les joues, mais pas assez pour expliquer l'énorme quantité de
sang maculant son visage et sa veste. Inquiet qu'elle ne soit
impliquée dans le meurtre de son amie, il ouvrit la portière
arrière de sa voiture de patrouille.

— D'accord, Ella, montez donc à l'intérieur, au chaud.

Mais la jeune femme lui saisit le bras.

— Vous ne voulez pas savoir ce qui s'est passé ? Mon amie
Sky gît quelque part le long de cette route, insista-t-elle en désignant l'asphalte du doigt. Il faut la retrouver.

Rowley dégagea son bras et la poussa gentiment dans la
voiture.

— Le chauffeur du camion n'a pas vu de voiture ou la
moindre trace d'une présence humaine, à part vous, sur cette
route, mais nous allons jeter un coup d'œil.

Il s'installa derrière le volant et entra les coordonnées dans
son GPS, puis il fit demi-tour.

Ella se tortillait sur son siège, claquant des dents.

— Oh, je reconnais ce bosquet au loin ! Le véhicule de l'homme était là, avec ses feux de détresse allumés, comme s'il avait un problème.

Rowley sortit de la voiture de patrouille.

— Restez ici. Je vais voir ce que je trouve.

Le vent glacial lui giflait les joues et le secouait à chaque pas. Il chercha des traces de sang sur la chaussée gelée, mais la neige recouvrait tout d'une poudre blanche insidieuse. Dépité, il regagna la voiture et grimpa au chaud.

— Je ne vois aucune trace de votre amie, annonça-t-il en secouant la tête. Désolé.

Les yeux d'Ella s'emplirent de larmes.

— Faites quelque chose. Elle est forcément quelque part dans les environs.

Le cœur de Rowley se serra face au choc manifeste de la jeune femme.

— Les services de recherche et de secours seront là en un rien de temps. Nous ferons dégager la chaussée par un chasse-neige et des hommes se mettront à sa recherche avant qu'on rentre en ville. Ne vous inquiétez pas, si elle est quelque part dans le coin, nous la trouverons. J'ai son numéro d'immatriculation et les coordonnées GPS du lieu. Toute la zone sera passée au peigne fin, expliqua-t-il, s'efforçant d'adopter un ton apaisant. Vous devez être examinée par les ambulanciers.

Vu la quantité de sang sur la jeune femme et l'absence de blessures apparentes, il devait transmettre le rapport d'incident au shérif Alton avant d'emmener Ella à l'hôpital, mais il hésitait à déranger son supérieur aujourd'hui, alors qu'elle devait recevoir le médecin. Elle s'attendrait à ce qu'il prenne l'initiative d'appeler l'adjoint Wolfe. Cet ancien marine, veuf et père de trois filles, avait rejoint le service l'année précédente, mais passait la plupart de son temps à travailler en tant que légiste pour Black Rock Falls. Si Ella avait été témoin d'un homicide, comme elle le prétendait, il voudrait l'examiner pour trouver des preuves.

Rowley attrapa le téléphone satellite, sortit de la voiture de patrouille et s'éloigna de quelques mètres pour l'appeler.

— Allô, c'est Rowley. Je suis à mi-chemin entre Blackwater et la ville. J'ai avec moi une jeune femme de 19 ans, Ella Tate. Elle affirme qu'un homme a attaqué et tué son amie la nuit dernière. Le camionneur qui l'a trouvée n'a pas vu le véhicule jaune de son amie ni aucun corps sur le bord de la route. J'ai jeté un œil aussi dans les parages, sans rien trouver non plus. Je ne l'ai pas encore interrogée pour recueillir sa déposition complète, mais elle est couverte de sang et souffre probablement d'hypothermie.

— *C'est son sang ? Des blessures graves ?*

Wolfe semblait intéressé.

Rowley donna un coup de pied dans une motte de glace grisâtre et regarda Ella.

— Pas d'après ce que je peux voir. Elle a quelques égratignures, c'est tout. C'est assez suspect. Les griffures sur ses joues pourraient avoir été pratiquées par les ongles de son amie.

— *Vous avez prévenu le shérif ?*

Rowley cilla pour faire tomber les flocons de neige sur ses cils.

— Non, elle attendait la visite du médecin et je ne voulais pas la déranger. Comme Kane et elle sont indisponibles, c'est vous le plus haut gradé.

— *D'accord, je l'appelle. Elle organisera les recherches et les secours, mais si l'amie blessée est restée sur le bord de la route toute la nuit, c'est un cadavre qu'il va falloir chercher. Mettez Ella Tate en garde à vue. Pas au bureau du shérif. Mais avant, emmenez-la à l'hôpital, sous surveillance, et ne laissez personne l'approcher. Nous devons la traiter comme une suspecte pour l'instant. Je vous rejoins là-bas.*

Wolfe se racla la gorge avant d'ajouter :

— Comment va le shérif ce matin ?

Rowley regagna la voiture de patrouille.

— Elle irait mieux si elle prenait le temps de se reposer, mais elle déteste rester enfermée chez elle et brûle de retourner au travail.

— Si c'est un meurtre, elle voudra prendre l'enquête en main et Kane aussi. Je doute qu'une maladie suffise à la retenir.

Rowley ouvrit la portière et se glissa derrière le volant.

— J'espère bien que si. On a besoin qu'ils reprennent du collier au plus vite, mais en pleine forme. Ce serait bien utile si vous pouviez nous libérer Webber, ajouta-t-il en démarrant. On l'enverrait avec Walters coordonner les recherches.

— Il ne se passe rien ici, répondit Wolfe, l'air de s'ennuyer *ferme. Je l'envoie au bureau et je vous retrouve à l'hôpital. Espérons que nous n'avons pas encore un dingue en liberté à Black Rock Falls.*

4

Jenna attendit que Kane glisse une lourde boîte métallique verrouillée à l'intérieur de son coffre-fort, puis apposa son pouce sur le scanner. Elle entra quelques chiffres supplémentaires et leva les yeux vers lui.

— Scanne ton pouce. Le dispositif de verrouillage accepte deux empreintes digitales, donc nous aurons tous les deux accès au coffre. Ça te va ?

— Oui, les informations sont en sécurité dans ma boîte. Si quelqu'un force la serrure, elle prend feu, précisa-t-il avec un sourire. Entre toi et moi, elle ne contient rien que de très habituel : cartes d'identité, argent liquide, passeports et téléphones prépayés.

Jenna haussa un sourcil.

— Livre de codes ?

— Si je te répondais, je devrais te tuer, répondit-il avec un ricanement amusé. Tu connais la chanson.

Le téléphone portable de Jenna sonna et elle grogna de frustration, puis regarda l'identité de l'appelant.

— C'est Wolfe, annonça-t-elle, avant de décrocher et de mettre sur haut-parleur. Un problème ?

À mesure qu'elle écoutait les explications du légiste sur Ella Tate et le probable meurtre de Sky Paul, l'adrénaline se mit à pomper dans les veines de Jenna. Elle échangea un regard avec Kane.

— Bien sûr que nous voulons être impliqués, je n'ai qu'un rhume. Je dirigerai l'enquête à partir d'ici. J'appelle les équipes de recherche et de secours, j'envoie Walters et Webber à la rencontre de l'hélicoptère et des motoneiges pour coordonner les recherches.

Elle soupira, puis :

— Quelles sont les chances de retrouver Sky Paul vivante ?

— *Il est peu probable que qui que ce soit puisse survivre blessé au bord de l'autoroute par un tel blizzard*, lui répondit la voix tendue de Wolfe. *La température a encore chuté dans la journée et une autre tempête de neige arrive. Il se peut que nous ne la trouvions pas avant le dégel. Si quatre heures s'écoulent sans aucun signe d'elle, nous devrons envisager de récupérer un corps.*

Jenna fronça les sourcils.

— Pourtant, l'autre jeune femme, celle qui vous a raconté l'histoire, elle a survécu. Comment cela se fait-il ?

— *Pour l'instant, je n'ai pas beaucoup plus d'informations à vous communiquer. Rowley est à une vingtaine de minutes de la ville avec Ella Tate. Je m'en vais d'ici peu le retrouver à l'hôpital et recueillir des preuves auprès de la victime présumée.*

Impressionnée par la réactivité de Rowley, elle acquiesça.

— On dirait que vous avez tout sous contrôle. J'appelle Walters et Webber et les envoie sur place.

— *Inutile. Mieux vaut qu'ils se rendent sur les dernières coordonnées connues avec un chasse-neige pour ouvrir un chemin le long de la route où Mlle Tate a dit que l'incident s'était produit. D'après Rowley, Walters a de l'expérience en matière de secourisme.*

— D'accord.

Jenna bouillonnait. Elle avait besoin d'être au cœur de l'action, pas coincée chez elle. Hélas, s'aventurer dehors avec une infection des voies respiratoires et de la fièvre, c'était s'exposer à une pneumonie. Tout ça pour trouver un cadavre... Le jeu n'en valait pas la chandelle. Elle avait des adjoints compétents et donner des ordres depuis chez elle n'était pas bien différent que depuis le bureau. Seulement, en ce moment, personne n'était disponible là-bas, à part Magnolia la réceptionniste – Maggie pour ses amis.

— D'accord, si vous court-circuitez la déposition de Mlle Tate, Rowley pourra gérer le bureau. Je vais demander à Blackwater qu'on nous envoie du renfort. Pour l'instant, nous devons considérer que Mlle Tate est soit en danger, soit suspecte de meurtre. Nous aurons besoin d'une surveillance permanente à l'hôpital. Quelqu'un a-t-il contacté les parents de la jeune femme disparue ? Elle est peut-être tranquillement chez elle, pour ce que nous en savons.

— *Rowley n'a pas précisé s'il avait contacté les parents de Sky Paul, mais je suppose que sa principale préoccupation était d'emmener Mlle Tate à l'hôpital. D'après le sang qu'il dit avoir vu sur elle, je doute que son amie soit rentrée chez elle, sans quoi ses parents auraient signalé l'attaque. Je vais lui parler.*

Au ton inquiet de Wolfe, Jenna échangea un regard avec Kane.

— Non, c'est bon, vous avez assez à faire. Je l'appelle moi-même tout de suite. Il pourra aller parler aux parents de Sky Paul avant de retourner au bureau.

— *Très bien. Je vous enverrai un compte rendu de mes observations par e-mail et Walters vous tiendra au courant des recherches.*

Jenna poussa un long soupir.

— D'accord, merci.

Elle raccrocha et reporta son attention sur Kane.

— Je me sens inutile, à ne pas pouvoir être sur place pour coordonner les recherches et les secours.

— Toutes les parties concernées savent ce qu'elles ont à faire. Tu sais aussi bien que moi que les pilotes de l'hélicoptère de recherche et de secours font ça depuis de nombreuses années. *Idem* pour les motoneigistes bénévoles. Ils connaissent leur affaire et Walters est là-bas pour diriger les opérations si nécessaire. Ce n'est pas ta faute si tu es malade, ajouta-t-il avec un haussement d'épaules. Ne sois pas si dure envers toi-même.

— Je n'ai jamais essayé de conduire une enquête depuis chez moi avant. Je préfère parler à mes adjoints en face à face.

Elle tourna la tête pour tousser.

— Alors demande-leur de venir ici. À mon avis, ton absence physique du bureau ne fera pas la moindre différence. Je pense que notre seul problème surviendra si Wolfe soupçonne Ella Tate.

Jenna se frotta les tempes pour soulager le mal de tête qui menaçait.

— Si c'est le cas, l'un de nous devra l'interroger. Rowley est un adjoint compétent, mais il n'a pas notre expérience, et Wolfe sera occupé par tout ce qui est médecine légale.

Kane se dirigea vers la cuisine et leur versa deux tasses de café bien chaud.

— Peut-être. Quoi qu'il en soit, Wolfe est sur le coup. Je pense que nous devrions attendre son rapport. Comme il l'a dit, ajouta-t-il avec un soupir, il est plus probable que nous recherchions un cadavre, à ce stade. Après douze heures ou plus par des conditions météorologiques pareilles, c'est impossible qu'elle s'en soit sortie. Il s'agit donc d'une recherche de routine, pas d'une situation de vie ou de mort.

Jenna souffla longuement.

— Oui, sans doute, mais si Rowley l'estime responsable du meurtre de son amie, je veux que tu l'interroges. Tu sais poser les bonnes questions et entrer dans la tête des gens.

— Je suis sûr d'être en état de conduire jusqu'à l'hôpital et de revenir sans problème, sinon Rowley peut m'y emmener. Essaie de ne pas trop t'inquiéter, poursuivit-il avec un sourire. Tu as une équipe compétente à tes ordres. Repose-toi et tu seras de retour au travail en un rien de temps.

Jenna secoua la tête.

— Comment veux-tu que je me détende, maintenant, avec cette affaire qui me trotte dans la tête ?

Kane eut l'air intéressé.

— Parle-moi. Qu'est-ce qui te vient ?

— Une théorie.

Jenna se pencha en avant sur sa chaise pour poursuivre :

— Si quelqu'un a attaqué Sky Paul sur l'autoroute et que sa voiture a disparu, nous pourrions bientôt avoir un autre meurtre sur les bras... sauf si nous avons la tueuse en garde à vue. Quoi qu'il en soit, je vais appeler Blackwater et voir s'ils peuvent dépêcher quelques adjoints pour garder la chambre d'Ella Tate à l'hôpital. Tu peux rester en contact avec Rowley ? Il faut qu'il aille parler aux parents de Sky.

— Bien sûr, fit Kane, les sourcils froncés. Je vais lui demander s'il a également prévenu les proches d'Ella. Dans le cas contraire, je m'en chargerai. Il est probable qu'entre le chasse-neige et le transfert de la jeune femme jusqu'à Wolfe, ça lui soit sorti de l'esprit.

Jenna était soulagée. Blessure à la tête ou pas, Kane fonctionnait à plein régime, même s'il était devenu un peu distant envers elle depuis qu'il avait perdu la mémoire. L'incident avait rouvert la blessure causée par la perte de sa femme – pour lui, la tragédie ne remontait qu'à quelques semaines – et elle reconnaissait les signes d'un homme en deuil. L'occuper était le meilleur remède.

— Tu pourras me récupérer des informations sur la jeune Tate aussi ? Nous n'avons que sa parole pour expliquer ce qui s'est passé. Si Sky est morte, elle est la dernière personne à l'avoir vue vivante.

— Bien sûr, je m'en occupe. Retourne au lit et repose-toi. Je te rapporterai un café et une tranche du cake aux fruits de chez Tante Betty.

— Plus facile à dire qu'à faire.

Jenna entendit une voiture dans l'allée et grogna.

— J'ai déjà dit que je détestais les médecins, non ? Ils ne pensent qu'à planter des aiguilles dans les gens.

— Retourne au lit. Je vais ouvrir.

Kane se leva et marcha jusqu'à la porte sans utiliser sa canne. Il lui jeta un coup d'œil.

— Tu vois, je me porte comme un charme. J'ai fait l'aller-retour au chalet sans avoir mal à la tête. Je reprendrai mon poste avant toi, à ce rythme.

Jenna lui lança un regard noir.

— Ha, ha, très drôle.

Sur ce, elle retourna dans sa chambre pour attendre le médecin.

Lorsque Kane fit entrer la doctoresse dans la pièce, Jenna contempla ce qu'elle entrevoyait d'elle. Emmitouflée dans un énorme manteau en peau de mouton assez long pour recouvrir ses bottes, la femme l'observait en retour à travers des lunettes à la monture noire surdimensionnée, qui donnaient à ses yeux sombres une taille presque surréaliste.

— Bonjour, shérif.

La doctoresse avait un accent anglais caractéristique et quand elle dénoua l'écharpe tricotée enroulée autour de son cou, puis retira son bonnet, de longs cheveux noirs tombèrent de part et d'autre de ses joues.

— Je suis le docteur Mavis Weaver. Qu'est-ce qui vous arrive ?

Elle posa un sac en cuir marron sur le lit et inclina la tête d'un côté puis de l'autre, comme un oiseau de proie, avant de baisser les yeux vers sa patiente.

Jenna fronça le nez devant la forte odeur de lavande qui émanait de la visiteuse et cligna des yeux. Elle avait l'air tout droit sortie des années 1950. Une femme robuste d'une trentaine d'années bien tassées, habillée de vêtements tout dépareillés enfilés les uns sur les autres, au petit bonheur la chance, comme une clocharde. D'abord stupéfaite, Jenna se racla la gorge puis partit d'une quinte de toux incontrôlable.

— Ah, je vois, fit le docteur Weaver, qui ouvrit sa sacoche, en sortit un stéthoscope et entama son examen. Une infection des voies respiratoires. Vous auriez dû m'appeler il y a une semaine, jeune femme. Je veux que vous restiez à l'intérieur : sortir par ce temps pourrait entraîner de graves complications.

Étonnée par son franc-parler à la limite de la brusquerie, Jenna cligna des yeux.

— Ah, je pensais que c'était juste un rhume.

— Êtes-vous allergique à la pénicilline ?

Tout en posant sa question, le médecin fouilla dans son sac, en sortit un petit flacon et une seringue et prépara une injection.

Jenna en lut l'étiquette – mieux valait prendre ses précautions quand une inconnue s'apprêtait à vous injecter des drogues dans le système – et secoua la tête.

— Non.

— Parfait ! Je vais vous en faire une piqûre. Roulez sur le côté, de façon à me tourner le dos, et soulevez votre chemise de nuit. Voilà qui va aller tout droit dans vos fesses, annonça le docteur Weaver, tout sourire. Je vous avertis, ça fait un mal de chien.

Jenna considéra l'aiguille avec méfiance.

— Ah... et c'est vraiment nécessaire ? Des cachets devraient suffire.

— Oh, il vous en faudra aussi, répliqua la doctoresse en gloussant.

À croire qu'elle aimait l'idée d'infliger de la douleur. Sur quoi, elle désinfecta la zone et planta l'aiguille.

— Voilà, c'est fait. Je vais vous faire une prise de sang pendant que je suis là, juste pour vérifier qu'il n'y a rien de plus méchant.

Jenna se frotta le derrière. Elle n'avait même pas eu le temps de s'inquiéter de la piqûre. Elle se redressa et tendit un bras. Le médecin était rapide et efficace. Jenna la regarda griffonner sur un bloc d'ordonnances et se demanda pourquoi elle ne dirigeait qu'un cabinet.

— Vous travaillez aussi à l'hôpital ?

— Oh, à l'hôpital ils ne s'intéressent qu'aux gens qui ont une assurance, or dans cette région, certains ont à peine de quoi se nourrir. Je ne refuse jamais un patient et je parviens à gérer la plupart des urgences.

Les yeux du docteur Weaver se posèrent sur son visage.

— J'ai quelques collègues qui sont prêts à m'aider bénévolement si nécessaire, ajouta-t-elle.

— C'est très noble de votre part, mais nous avons le ministère de la Santé publique et des Services sociaux pour aider les personnes à faibles revenus à se soigner. Si vous offrez un service gratuit, comment vous en sortez-vous financièrement ? demanda Jenna en appuyant comme indiqué un morceau de coton dans le creux de son bras. On doit tous gagner sa vie.

Le docteur Weaver lui tendit l'ordonnance.

— Ceux qui ont les moyens de payer suffisent amplement à couvrir mes besoins, qui sont modestes. Prenez les médicaments et si vous ne vous sentez pas mieux d'ici quatre ou cinq jours, appelez-moi. En cas de dégradation de votre état, allez aux urgences.

— Bien.

Jenna la considéra d'un œil critique. En tant que médecin,

cette femme n'était pas du genre à rebooster la confiance de ses patients. Elle chercha son portefeuille sur la table de chevet.

— Vous êtes affiliée à Medicaid, à HMK ou à une autre assurance maladie ? Je vais vous payer la visite en liquide, si vous voulez bien. Quant à ma prise de sang, je demanderai à l'un de mes adjoints de la déposer au bureau du médecin légiste. Wolfe effectuera les tests.

— Ne vous tracassez pas pour ça, mon petit, répondit le docteur Weaver en lui tapotant l'épaule. L'adjoint Kane a insisté pour me donner l'empreinte de sa carte de crédit avant que je parte. Je lui enverrai un reçu par e-mail et, comme je passe juste devant le bureau du médecin légiste, je m'y arrêterai sur le chemin du retour. Si vous avez quelqu'un pour récupérer vos médicaments, je déposerai l'ordonnance à la pharmacie en chemin aussi. Je ne vous contacterai qu'en cas de résultats inquiétants.

— Merci, ça va bien me rendre service. Je suis sûre que ça ira mieux dans quelques jours.

Elle rendit l'ordonnance au médecin. Et tourna son attention vers la porte : pourquoi Kane avait-il réglé sa consultation médicale ?

Elle regarda le médecin enfiler son manteau, remettre bonnet rouge vif et gants violets, puis regagner le couloir en se dandinant. Dès qu'elle entendit la porte d'entrée se refermer, Jenna sortit du lit et se dirigea vers la cuisine.

— Kane, pourquoi as-tu payé sa visite ? J'avais de l'argent liquide sur moi.

— Je lui ai dit que tu étais assurée et elle m'a demandé une empreinte de carte de crédit, donc je lui ai donné la mienne. Les amis font ce genre de choses, soupira-t-il, ce n'est rien de bien grave.

Jenna serra les poings sur ses hanches.

— Mouais. J'aurais préféré aller en ville pour voir le docteur Brown. Elle était... bizarre.

Kane lui répondit par un regard penaud.

— Désolé, mais je n'ai pas eu le choix du médecin. Je n'en connais pas d'autres qui fassent des visites à domicile. On l'aurait crue tout droit sortie des années 1950.

Jenna alla au plan de travail et prépara du café.

— Je ne te le fais pas dire, convint-elle en se frottant à nouveau les fesses. Et elle m'a fait une piqûre. Moi qui déteste les aiguilles. Quand elle enverra le reçu, je te rembourserai.

Il descendit deux tasses à café de l'étagère.

— Si tu insistes, mais ce n'est pas nécessaire. C'est moi qui ai insisté pour qu'elle passe.

Jenna lui jeta un regard de travers.

— Peut-être, mais maintenant ça va jaser dans toute la ville : non seulement on vit ensemble, et en plus c'est toi qui paies mes visites médicales.

— Non, elle n'en dira pas un mot, lui assura Kane avec un sourire. Secret médical oblige.

Il s'appuya sur le comptoir.

— Et pour info, les gens croient déjà que nous sommes ensemble. Une vieille dame m'a demandé quand je comptais faire de toi une honnête femme.

Atterrée, Jenna le regarda avec stupéfaction.

— Oh, mon Dieu, dis-moi que ce n'est pas vrai.

— Si, si. Je lui ai répondu que tu ne sortirais pas avec moi même si j'étais le dernier homme sur terre, et que notre relation était strictement professionnelle.

Kane se dirigea vers le réfrigérateur et en sortit le lait.

— Elle m'a tapoté le bras et dit de ne pas m'inquiéter, que je finirais par trouver quelqu'un, termina-t-il.

Jenna gloussa, puis fut prise d'une quinte de toux.

— Je ferais mieux de retourner au lit. Appelle-moi quand le café sera prêt.

— D'après le médecin, tu as quoi ? demanda Kane en lui attrapant le bras, avant de froncer les sourcils. Pourquoi l'as-tu autorisée à te faire une prise de sang ? C'est risqué. On ne sait jamais qui regarde les analyses.

Jenna rit.

— Elle ? Je ne pense pas qu'elle soit une menace pour la sécurité nationale.

— D'accord, fit-il, manifestement peu convaincu. Est-ce qu'elle pense que tu es contagieuse ?

Jenna lui fit signe de s'éloigner.

— Non, c'est juste une infection des voies respiratoires et j'ai une ordonnance pour des médicaments qu'il faudra aller chercher. Elle voulait un échantillon de sang, pour le cas où il y aurait « quelque chose de plus méchant ». Je lui ai dit de l'envoyer à Wolfe. Je lui demanderai quels tests elle a prescrits exactement. Je suis sûre qu'il veillera à ce qu'elle ne fasse rien de fâcheux.

Elle se moucha.

— J'avais l'impression d'être soignée par une grand-mère, elle se comporte comme une vieille femme.

Ils échangèrent un regard.

— Quoi ? Ne me dis pas que tu lui as trouvé l'air tout à fait normal, si ?

— Elle est un peu étrange, s'esclaffa Kane. Quand j'ai remarqué ton bras, j'ai craint qu'elle n'ait utilisé un couperet. On la croirait tout droit sortie d'une machine à remonter le temps.

Jenna lui donna un coup de poing dans le torse pour l'empêcher de rire.

— Ce n'est pas drôle. On ne t'a pas planté une aiguille dans le derrière, à toi ! La prochaine fois, j'irai voir le docteur Brown, conclut-elle.

— C'est lui que je choisirais aussi.

Kane dévoila ses dents blanches et elle l'entendait encore ricaner tandis qu'elle regagnait sa chambre.

5

Un vent glacial fouetta Wolfe au visage lorsqu'il quitta la chaleur de son bureau de médecin légiste. L'hiver s'était installé et des stalactites plus ou moins longues pendaient aux gouttières de tous les bâtiments. Et même si la neige donnait à la ville des airs de carte postale, les températures glaciales ajoutaient au danger que les zones les plus reculées se retrouvent isolées. Il avait entendu raconter que les plus âgés y mouraient souvent de froid et que les véhicules disparaissaient sous les congères. Il aimait bien la vie à Black Rock Falls, mais avec l'énorme chute des températures de cette année, il était convaincu que l'hiver annonçait une nouvelle ère glaciaire.

Alors qu'il gagnait son pick-up, les érables gelés qui entouraient son immeuble craquaient et, de temps en temps, une branche cassait et tombait au sol, heurtant la neige dans un bruit assourdi. Il rattrapa Emily par le bras quand elle dérapa sur le sentier gelé. Ses joues roses apparaissant sous son sweat-shirt à capuche. Il n'avait pas réussi à l'empêcher de l'aider aujourd'-hui. Au moins, il pouvait se féliciter que ses deux autres filles soient à la maison, bien au chaud.

Le blizzard de la nuit passée n'avait pas dissuadé les habitants de la ville de vaquer à leurs occupations. Les chasse-neige avaient déblayé les routes avant le lever du jour et les véhicules circulaient normalement, beaucoup rapportant un sapin de la pépinière. Il y avait des enfants partout, ravis d'être en vacances pour les fêtes de fin d'année et de profiter de la première neige. Alors que sa fille et lui se dirigeaient vers le pick-up, ils croisèrent un couple en pleine discussion, si animée qu'ils étaient comme enveloppés d'un nuage de vapeur, nez rouge dépassant des écharpes et des bonnets couverts de flocons de neige.

Wolfe grimpa dans le véhicule et attendit qu'Emily attache sa ceinture.

— Tu es sûre de vouloir venir avec moi ? Il fait meilleur à l'intérieur.

Emily sourit à son père.

— Je ne voudrais surtout pas manquer ça. Cette affaire m'a l'air pour le moins intrigante. Je ne suis pas sûre que le récit du témoin soit exact. C'est un peu tiré par les cheveux, non ? Et puis, elle serait morte, si elle avait passé la nuit dernière dehors avec le blizzard. Je trouve ça très suspect. D'après les informations dont on dispose, Mlle Tate pourrait avoir tué son amie et inventé une histoire pour couvrir le crime.

Wolfe se retint de sourire. Il pensait à peu près la même chose au vu du rapport préliminaire.

— Il est toujours préférable de considérer la dernière personne à avoir vu une personne vivante comme un suspect, jusqu'à preuve du contraire. Dans des cas comme celui-ci, il nous faut rassembler autant de preuves que possible. Les choses se sont peut-être passées comme elle les a décrites, mais en tant que médecin légiste, j'ai besoin de preuves, quoi qu'il en soit.

Wolfe devait bien admettre qu'il n'était pas peu fier qu'Emily ait décidé de suivre ses traces et qu'elle ait entamé des études en sciences médico-légales. Elle passait son temps, entre les cours et la plupart des week-ends, à travailler à ses côtés au bureau du médecin légiste. L'intelligence était un trait de caractère familial, puisque toutes ses filles excellaient dans leurs études, mais cette intelligence avait un prix. Emily était têtue et il devait consacrer jusqu'à la dernière once de sa patience considérable pour satisfaire ses filles. Trop de restrictions freineraient leur esprit curieux, et s'il leur lâchait la bride, elles finiraient par se flanquer dans le pétrin. Après avoir perdu sa femme d'un cancer quelques années plus tôt, parvenir au bon équilibre avait souvent été plus difficile qu'il ne voulait l'admettre. Heureusement, Emily avait trouvé en Jenna une amie solide et la figure d'une grande sœur. Elles s'étaient rapprochées pendant la convalescence de Kane à l'hôpital et avoir Jenna comme modèle ne pouvait être que positif.

Emily lui jeta un coup d'œil.

— Comment on procède ? Elle a 19 ans, on n'a donc pas besoin du consentement de ses parents pour l'examiner.

Il se tourna vers sa fille.

— Attention, on agit avec prudence. La jeune femme est une inconnue. Elle a affirmé à l'adjoint Rowley qu'elle avait été témoin d'un meurtre, mais nous devons examiner les éclaboussures de sang sur elle pour déterminer si elle est impliquée ou non.

Emily croisa ses mains gantées sur ses genoux.

— Tu veux que je prélève des échantillons ou que je me contente d'observer ? Ou bien que je lui parle, de femme à femme ? Elle est à peu près de mon âge, je pourrais peut-être lui soutirer des informations. N'oublie pas que la plupart des gens te trouvent intimidant, précisa-t-elle avec un large sourire. Si je venais de te rencontrer, je prendrais mes jambes à mon cou.

Wolfe s'engagea sur l'autoroute en direction de l'hôpital.

— Nous y allons pour une évaluation médico-légale, j'ai donc besoin que tu l'observes pendant qu'elle se déshabillera et que tu ramasses ses vêtements. Parle-lui le moins possible. Je prendrai sa déposition, puis je suis sûr que le shérif Alton voudra l'interroger.

— Jenna se sent toujours assez mal. Je l'ai appelée tout à l'heure et elle m'a dit que le médecin lui avait fait une piqûre de pénicilline.

Emily fronça les sourcils.

— Kane étant aussi confiné à la maison, je crois que ça fait de toi l'officier supérieur sur le terrain. Tu as complètement le droit de prendre les choses en main, conclut-elle, mâchoire figée en une ligne obstinée.

Wolfe se passa une main sur le visage et s'efforça de rester concentré sur la route glissante et dangereuse.

— Ça ne sera pas nécessaire. Jenna est tout à fait capable d'organiser une enquête à partir de chez elle. Elle va assigner les tâches de bureau à Rowley et, pour l'instant, il fait du très bon boulot. Je n'ai pas besoin de travail supplémentaire, Em. J'ai déjà du mal à passer du temps avec les filles et toi à l'étape actuelle.

Il lui jeta un coup d'œil.

— Je veux juste que tu observes la procédure de collecte des preuves, d'accord ?

— Bon, consentit Emily, même si son expression ne cachait rien de sa déception. Si tu le dis.

Wolfe se gara dans l'espace réservé aux véhicules de police et sortit. Il prit son sac sur la banquette arrière et se tourna vers Emily.

— Elle est à l'étage à accès restreint et Rowley devrait être à ses côtés.

Il enjamba le tas de neige grise et gelée que le chasse-neige avait poussé là et tendit la main à Emily pour l'aider. Ils se frayèrent un chemin jusqu'à l'intérieur de l'hôpital et prirent l'ascenseur pour l'étage en question. Le service du shérif avait procédé à quelques changements au cours des derniers mois pour assurer la sécurité de tous à ce niveau. Des scanners avaient été installés sur chaque porte. L'entrée dans chaque pièce et couloir requérait une carte magnétique. Personne ne pouvait y pénétrer sans la présence d'un policier et Wolfe ne put s'empêcher de sourire en voyant un agent de Blackwater en faction. Même malade et à court de personnel, Jenna s'était arrangée pour que la jeune femme bénéficie d'une surveillance de tous les instants.

Un médecin, qui attendait avec Rowley devant une salle d'examen, jeta à Wolfe un regard exaspéré.

— Monsieur Wolfe, je dois protester. Ma patiente n'a pas reçu de soins depuis son arrivée, lança-t-il, le visage rougi par la contrariété. Je dois respecter le devoir de diligence, mais l'adjoint Rowley insiste pour que vous l'examiniez d'abord. Elle est vivante, ce n'est pas un cadavre. Vous n'avez pas le droit. Elle pourrait souffrir d'hypothermie.

Wolfe se raidit.

— Dans toute enquête pour crime, j'ai, en tant que médecin légiste, le droit d'examiner un suspect potentiel et de recueillir des preuves. Je suis sûr que vous savez que l'adjoint Rowley a parlé à Mlle Tate : il m'a assuré qu'elle n'avait pas besoin d'un traitement médical d'urgence. Le chauffeur du camion qui l'a trouvée lui a donné une boisson chaude et une couverture – ce qui, incidemment, a contaminé toute trace possible d'une tierce personne dans ce crime. Il est donc impératif que j'examine ses vêtements sur place, conclut-il en toisant le médecin de son plus méchant regard. Les éclaboussures de sang nous indiqueront si elle dit la vérité sur l'enlèvement et le possible meurtre de son amie.

Il désigna la porte.

— Ça ne prendra pas longtemps, mais je ne peux pas risquer de contamination supplémentaire. Vous êtes le bienvenu si vous souhaitez observer.

Le médecin s'adossa au mur et croisa les bras.

— Je préfère attendre.

Wolfe ôta ses gants et son manteau, puis se tourna vers Rowley.

— Je peux m'en occuper à partir de maintenant. Le shérif a-t-elle appelé ?

— J'ai parlé à Kane juste avant que vous n'arriviez. Je vais m'entretenir avec les parents de Sky Paul, ajouta Rowley en baissant les yeux, puis je retournerai au bureau. Kane vérifie les antécédents d'Ella Tate. Il n'a pas trouvé de liste de membres de sa famille. Pouvez-vous lui demander un contact pour son plus proche parent ?

Wolfe acquiesça.

— Bien sûr. Tenez-moi au courant et je m'assurerai que tout le monde reçoive une copie de mon rapport.

Une idée lui vint et il scruta Rowley.

— Lui avez-vous lu ses droits ?

Ce dernier rosit.

— Non. Je me suis dit que c'était une victime. Bon sang, elle est en garde à vue et vous allez l'interroger sur un crime.

— Oui. C'est la procédure normale. La dernière personne à avoir vu vivante une présumée victime est notre premier suspect.

— Je le sais, mais elle avait l'air si convaincante..., fit Rowley en haussant les épaules. Je m'y colle maintenant.

Wolfe soupira.

— Non, vous avez assez à faire. Je m'en chargerai. Vous feriez mieux de vous mettre en route.

— Oui, monsieur.

Rowley tourna les talons et se dirigea vers l'ascenseur.

Wolfe regarda Emily.

— Je prendrai la déposition de Mlle Tate après l'examen, mais j'ai besoin que tu enregistres notre conversation à partir du moment où nous entrons dans la pièce.

Il ouvrit son sac et lui tendit son magnétophone, dont Emily se saisit

— D'accord.

Sitôt dans la salle d'examen, Wolfe se présenta puis

présenta Emily. Il enfila une paire de gants en latex et un masque.

— Je vais recueillir votre déposition, mais d'abord, voyez-vous un inconvénient à ce que je prenne quelques photos et quelques échantillons au niveau de votre visage et de vos vêtements ?

— Non, faites ce que vous voulez si ça peut vous aider à retrouver Sky.

Wolfe la contourna, prenant note des griffures sur son visage et des éclaboussures de sang sur son flanc, sa joue et son gant gauches. Si elle était gauchère, elle pouvait être l'assassin. Il sortit une barre chocolatée de sa poche et la lui tendit. Elle la prit de la main gauche.

— Vous devez avoir faim. Surtout par ce temps.

Ella lui lança un regard interrogateur.

— Merci. J'espérais que l'hôpital ne tarderait pas à me donner à manger.

Wolfe sourit.

— Un repas vous sera servi dès que j'aurai terminé. Avant de commencer, je dois vous informer de vos droits en vertu de la loi.

Il lui lut ses droits, puis sortit son appareil photo de sa sacoche.

— Vous comprenez vos droits ?

Elle le regardait, les yeux écarquillés.

— Oui, mais je ne suis pas en état d'arrestation, si ? Je n'ai rien fait de mal et je n'ai pas besoin d'un avocat. Pourquoi me lire mes droits ? Je suis une victime. Je ne comprends pas.

— Je suis un représentant de la loi et je vous garde ici jusqu'à nouvel ordre. Je vais vous poser des questions concernant un crime. Une jeune femme a disparu, présumée assassinée, et comme vous êtes la dernière personne à l'avoir vue vivante, je ne voudrais pas que vous vous incriminiez, expliqua Wolfe en se déplaçant autour d'elle pour prendre des photos des éclaboussures de sang. Êtes-vous gauchère, mademoiselle Tate ?

— Oui. Pourquoi ?

Ella le regarda de sous la capuche de son manteau.

— J'ai assez chaud maintenant. Pourquoi ne puis-je pas enlever mon manteau et mes gants ?

Wolfe lui souleva le bras.

— Tendez votre bras et tournez-le d'un côté puis de l'autre. (Clic.) Je vais devoir effectuer quelques prélèvements sur votre visage, puis j'emporterai vos vêtements au laboratoire. L'hôpital vous fournira une blouse et une robe de chambre jusqu'à l'arrivée de votre famille.

— Oh, merveilleux ! J'ai économisé pendant des années pour me payer ce manteau, lança Ella, les yeux brillants de colère. Et mes bottes ont coûté deux cents dollars.

— Vous tenez vraiment à les porter alors qu'elles sont couvertes du sang de votre amie ? s'étonna Emily, qui s'était rapprochée. Vous ne vous êtes pas rendu compte que vous êtes couverte de sang ?

Ella regarda son bras.

— Non. Où ?

Emily fronça les sourcils.

— Tout le long du côté gauche. Je crois que vos vêtements sont fichus.

Wolfe observait les réactions de la jeune femme.

— Avez-vous un numéro que nous puissions appeler pour prévenir votre famille de votre hospitalisation ?

Ella releva le menton.

— Pas en ce moment. Mon frère a été envoyé en mission il y a quelques semaines. C'est pourquoi je passe mes vacances avec Sky. Noël est censé être spectaculaire à Black Rock Falls, mais il gèle.

Wolfe haussa les épaules.

— Oui, il fait très froid ici. Si nécessaire, je pourrai envoyer un message à votre frère. Je suis certain qu'il a le droit de vous appeler sur Skype de temps en temps.

— S'il pouvait, je ne vous le dirais pas, rétorqua Ella avec un regard désapprobateur. S'il vous plaît, ne me reposez pas la question.

Parfaitement conscient des exigences de sécurité liées aux déploiements militaires à l'étranger, Wolfe opina.

— Bien sûr, je comprends.

Il sortit un kit de prélèvement de son sac.

— Je vais recueillir quelques échantillons sur votre visage et vos mains, enchaîna-t-il. Ça ne fera pas mal.

— D'accord.

Ella tourna le visage pour le lui soumettre.

— Je serai ravie de vous prêter quelques-unes de mes affaires, intervint Emily avec un sourire. J'ai l'impression qu'on fait à peu près la même taille.

— Mon sac est dans la voiture de Sky. Une fois que vous l'aurez retrouvée, vous pourrez apporter mes affaires à l'hôpital ? demanda Ella, pleine d'espoir. À peu près tout ce que je possède se trouve dans sa voiture. Mon téléphone portable devrait y être aussi. Je l'ai jeté sur l'homme, il a rebondi contre lui et il est tombé par terre. Il a une coque rose avec mon nom en strass dessus.

En se déplaçant autour d'elle, Wolfe préleva des échantillons de sang sur son visage et son cou.

— Vous avez dit à mon adjoint que la voiture de Sky avait disparu pendant la nuit. Elle est peut-être sous une congère. Si vous me donnez votre numéro de portable, je le transmettrai aux agents qui recherchent la voiture. Ils pourraient l'entendre sonner sous la neige.

— Bien sûr.

Ella le dicta, en s'y reprenant à deux fois, à Emily, qui l'entra dans ses contacts sur son propre portable.

— Appelle Webber et transmets-lui le numéro, lui indiqua

son père.

— D'accord.

Emily sortit dans le couloir.

Une fois tous ses prélèvements ensachés et étiquetés, Wolfe tendit à Ella de grands sacs en plastique.

— La salle de bains est par là, fit-il en désignant une porte. Quand Emily reviendra, je veux que vous mettiez tous vos vêtements dans ces sacs. Vous pouvez garder vos sous-vêtements. Je ne pense pas que le sang ait pénétré jusque-là.

— Sans doute pas. J'ai plusieurs couches d'habits sous mon manteau. Deux couches de vêtements thermiques. Comme je n'arrivais pas à tout faire entrer dans mes bagages, j'ai enfilé le reste. S'il n'y a pas de sang dessus, je peux les garder aussi ?

Voilà qui expliquait pourquoi elle n'était pas morte de froid. Wolfe se frotta le menton.

— Si vous êtes d'accord pour qu'Emily les examine d'abord afin de le déterminer, oui, vous pouvez garder tout ce qui n'est pas taché de sang.

Ella baissa les yeux au sol, puis les releva lentement pour les planter dans ceux de Wolfe.

— D'accord. Alors, je peux prendre une douche ?

— Oui, mais avant de partir, laissez-moi voir vos mains.

Il attendit qu'elle retire ses gants et examina ses mains, à la recherche de traces d'engelures ou de sang. Il ne trouva ni l'un ni l'autre. Il croisa son regard.

— D'accord, merci. Quand vous aurez fini, je prendrai votre déposition.

Quand Emily revint, il attendit qu'elle récupère les vêtements, puis la laissa attendre dans la chambre qu'Ella ait pris sa douche. Sorti dans le couloir, il appela Jenna.

— Rowley est en route pour discuter avec les parents de Sky Paul. Et moi, j'attends de prendre la déposition d'Ella Tate.

Jenna se racla la gorge.

— Que vous disent les éclaboussures de sang ? Victime ou suspecte ?

Wolfe poussa un long soupir.

— Je penche pour suspecte. Les éclaboussures peuvent provenir des coups qu'elle aurait infligés et son attitude n'est pas celle que j'attendrais de quelqu'un qui a subi ce type de traumatisme. Elle est hostile plutôt que dévastée. En fait, elle semble se soucier davantage de ses vêtements tachés de sang que du fait que quelqu'un ait assassiné son amie devant elle. Autre chose. Elle ne présente pas de signes d'engelures, quand bien même elle s'est cachée dans un arbre pendant six heures en plein blizzard. Cela dit, elle portait de nombreuses couches de vêtements, y compris deux ensembles de vêtements thermiques, des chaussettes et des bottes fourrées.

— Si elle était sous un manteau de neige, ça a pu la garder un peu au chaud, suggéra Jenna, avant d'être interrompue par une toux sifflante. Désolée. Où en étais-je ? Ah oui, je sais que certains petits animaux se terrent sous la neige pour survivre, c'est possible.

Wolfe remarqua Emily qui lui faisait signe à la porte.

— Je dois raccrocher, madame. Je vous rappellerai quand j'aurai plus d'informations.

Il coupa l'appel.

6

Sky Paul luttait pour reprendre connaissance. Des souvenirs fugaces s'immisçaient dans son esprit, une route sombre, la nuit, quelqu'un qui lui assénait un coup. Sous elle, pourtant, elle sentait des draps chauds contre son dos. Peut-être n'était-ce qu'un mauvais rêve, peut-être était-elle à la maison, dans son lit. Elle voulut s'obliger à ouvrir les yeux, mais le rêve l'entraîna plus profond et elle sombra dans cette paisible zone entre le sommeil et l'éveil. Un souvenir lui revenait néanmoins, insistant, et elle tenta d'en saisir la vérité. Quelque part dans les profondeurs de son esprit, un cauchemar planait. Son cerveau avait-il créé l'homme au bord de la route et ce mal de tête atroce ? Elle se revoyait conduire avec Ella jusqu'à Black Rock Falls, mais pas rentrer chez elle. Certaines pièces du puzzle lui échappaient et elle ne pouvait se soustraire à ce malaise prégnant. *Il faut que je me réveille.*

Elle retomba dans le néant profond du sommeil pour se réveiller quelque temps plus tard avec un mal de tête lancinant. Le souvenir d'un coup à la tête était donc bien réel. Elle ne se rappelait pas avoir eu aussi soif de sa vie, au point que sa langue était collée à son palais. Elle ouvrit les yeux et la première chose qu'elle remarqua, ce fut une poche de liquide suspendue à un poteau à côté de son lit et le bip d'une machine. *Je suis à l'hôpital.* Avec précaution, elle tourna sa tête endolorie pour regarder la femme dans le lit d'à côté, branchée à plusieurs machines. Elle avait à peu près son âge, des cheveux bruns et une main aux ongles vernis de rose vif reposait sur le drap baissé.

Sky tenta de toucher son visage, mais s'avéra incapable de lever les bras. Craignant que son traumatisme crânien ne l'ait paralysée, elle remua les doigts : ils fonctionnaient bien. Elle baissa alors les yeux et, stupéfaite, découvrit des liens qui attachaient ses deux poignets à une barre de chaque côté du lit. Elle essaya de se dégager, mais les bandes la maintenaient fermement. La panique monta.

— Infirmière, j'ai besoin d'aide, couina-t-elle, d'une voix râpeuse.

Des pas, puis une silhouette vêtue d'une blouse d'hôpital verte, d'un bonnet dans la même matière et d'un masque apparut. Sky cligna des yeux en voyant l'homme.

— J'ai soif... et qu'est-ce qui m'est arrivé ? demanda-t-elle en se tortillant sur le lit. Pourquoi suis-je attachée ?

— Calmez-vous, Sky. Tout va bien se passer. Vous avez eu un accident de voiture et je ne peux pas encore vous donner à boire. Les sangles vous maintiennent pour votre sécurité.

Il prit une seringue dans un plat à côté du lit et l'inséra dans le tube relié à son bras.

— Rendormez-vous maintenant.

Une vague chaude se répandit en elle et elle ferma les yeux, mais la voix de son cauchemar la réveilla en sursaut.

— J'ai ordonné de la maintenir dans un coma artificiel et de brancher l'autre machine.

Un autre homme portant la même blouse verte était penché au-dessus d'elle. La voix rauque, familière, la frappa de plein fouet, hérissant tous les poils de son corps.

L'homme avait l'air impatient.

— Et avant de rentrer chez vous, laissez la poubelle près de la porte de derrière. Je la jetterai plus tard.

Un mélange de confusion et de terreur envahit Sky. Que se passait-il ? Personne ne lui avait rien expliqué. Où était Ella ? Elle lutta pour rester éveillée, mais même l'intensité de sa peur fut sans effet face aux drogues qui coulaient dans ses veines. La douleur disparut et l'obscurité l'entoura.

7

Ravi de l'expression terrifiée de Trudy, il sourit de voir la drogue faire son effet. Enlever et assassiner des femmes lui conférait un tel pouvoir que c'était devenu un besoin insatiable. Il n'avait jamais éprouvé aucune émotion normale, sous quelque forme que ce soit, et en quarante-cinq années de vie, il n'avait connu que trois personnes en qui il puisse avoir confiance.

Il aimait faire croire à ses victimes qu'elles étaient en sécurité dans une chambre d'hôpital, puis observer le choc sur leur visage lorsqu'elles réalisaient qu'elles étaient sous son contrôle. Il les tuait et jouissait de chaque instant. Une fois qu'elles étaient mortes, il ne pensait plus du tout à elles. L'absence de remords était un don qu'il appréciait, hérité de son père.

Fils d'un éleveur de bétail, il avait lui-même nourri des veaux orphelins. Puis, lorsqu'il avait atteint l'âge de 10 ans, son père l'avait forcé à les abattre. Au lieu de le bouleverser, l'expérience l'avait excité. Les mots de son père résonnaient encore à ses oreilles. « Tu es comme moi, mon fils. On n'en a rien à foutre de rien. »

Il n'en avait rien eu à foutre non plus quand son père était mort.

Il fixa son masque chirurgical, puis tira d'un côté le rideau entourant le lit. Son attention s'attardait sur Sky. Sa disparition devait faire la une des journaux à l'heure qu'il était. Découvrir qu'elle avait une amie dans la voiture avait tout gâché. Il l'aurait prise elle aussi, si cette fichue salope ne s'était pas enfuie, mais Ella Tate lui avait laissé toutes les informations dont il avait besoin avec son téléphone portable.

Les jeunes postaient tout en ligne, ils annonçaient à n'importe qui où ils allaient et à quoi ils s'occupaient. En se faisant passer pour un homme dans le début de la vingtaine, il s'était offert trois mille amis parmi lesquels choisir et il avait été facile de découvrir quand Sky quitterait l'université pour rentrer chez elle. Le selfie posté depuis le Blackwater Roadhouse à 23 heures lui laissait largement le temps de gagner l'autoroute en voiture et de l'attendre là. Sky avait cependant omis de préciser qu'Ella l'accompagnerait à Black Rock Falls.

Il entra dans le petit bureau adjacent à la salle de soins et consulta son ordinateur. En quelques minutes, il avait trouvé des posts d'Ella et l'avait demandée comme amie. Bientôt, elle raconterait au monde entier – et donc à lui – où elle se trouvait et ce qu'elle fabriquait. Ça faisait partie de la nouvelle culture. Les gens postaient même des images de leur dîner. Il sourit.

— Très bien, Ella, je vais simplement attendre que tu viennes à moi.

Il se déconnecta et retourna dans la salle d'examen pour contempler sa nouvelle prise.

La vie est de plus en plus belle.

8

La journée de Jenna empirait de seconde en seconde. Elle avait fini de lire la déposition d'Ella Tate, mais Wolfe ne répondait pas à son téléphone portable. Comment pouvait-elle diriger une enquête à distance sans observations de terrain ? Elle rappela sur son portable et laissa un message. Les seuls moments où Wolfe éteignait son téléphone, c'était pendant une autopsie, mais, comme personne n'avait signalé la découverte d'un corps, elle ne comprenait pas ce qui se passait. Toujours inquiet pour ses filles, il transférait systématiquement ses appels sur le portable de Kane, si lui-même ne pouvait décrocher. Mais le téléphone de Kane n'avait pas sonné.

Elle écarta les cheveux de son visage et s'adossa aux oreillers. En l'absence de rapports de ses adjoints, elle n'avait d'autre choix que d'attendre. Entendant les pas de Kane dans le couloir, elle tourna son attention vers la porte. Il avait été un patient remarquablement agréable et, maintenant que la situation était inversée, il se révélait un infirmier très attentionné. Cependant, depuis qu'il avait perdu la mémoire, elle lui trouvait le même air perdu qu'à son arrivée à Black Rock Falls, il y avait plus d'un an. Sans doute le souvenir de la mort de sa femme l'avait-il durement frappé pour la deuxième fois, et elle essaierait de le soutenir du mieux qu'elle pourrait en étant son amie. Après avoir perdu tous ceux qu'elle aimait dans le monde, elle comprenait son chagrin, et Kane aurait besoin de temps pour guérir, à la fois dans sa tête et dans son corps. Lorsqu'il apparut à la porte avec deux tasses de café fumant, elle lui sourit.

— Merci. Tu as lu la déposition que Wolfe a envoyée ?

— Oui, et d'après la quantité de sang sur Tate, Sky Paul n'aurait déjà pas dû survivre à la première attaque. S'il y en a eu une seconde, comme le suggère Ella, c'est un cadavre que nous recherchons : et en supposant que cet homme l'a laissée sur le bord de l'autoroute, il n'y a aucune chance qu'elle ait survécu au blizzard, conclut-il avec un soupir. J'ai vérifié les antécédents de Tate.

Il posa les deux tasses sur la table de chevet et s'installa avec précaution sur le siège à côté du lit de Jenna.

— En plus d'avoir de mauvaises fréquentations, Ella Tate était une adolescente à problèmes, mais à la mort de ses parents, elle est partie vivre avec son frère et semble avoir remis de l'ordre dans sa vie. Son frère est un Navy Seal et, lorsqu'il est en mission, elle se retrouve seule, sans personne pour s'occuper d'elle. Je suppose que le frère étant absent, elle avait prévu de passer Noël avec la famille de Sky. J'aimerais l'interroger, histoire de voir ce qui se passe dans sa tête. Ce qu'elle raconte ressemble plus à une fiction qu'à quelque chose de plausible.

Jenna soupira.

— Wolfe est inquiet. D'après les éclaboussures de sang sur ses vêtements, il se peut que ce soit elle qui ait frappé son amie, mais à part ça, nous n'avons rien à nous mettre sous la dent, commenta-t-elle en se mordillant la lèvre inférieure, songeuse. Ça fait quatre fois que j'essaie de le joindre et il ne décroche pas, ce qui ne lui ressemble pas. Comment se fait-il que ses appels ne soient pas renvoyés sur ton téléphone ?

Kane haussa les épaules.

— Sans doute parce qu'ils sont transférés à Webber. Je ne vois pas trop pourquoi il ne te rappelle pas.

Brusquement, Jenna comprit.

— Je sais ! Webber est dehors avec Walters à la recherche de la victime ou de sa voiture. Il n'y a pas de réseau à cette distance de la ville et je suppose que Rowley a le téléphone satellite dans son pick-up. Je réessaierai plus tard. Une fois qu'ils auront pris le virage et dépassé la route menant à l'usine de transformation de la viande, ils auront du réseau.

— Je vais utiliser la radio de ton véhicule pour les contacter. Je doute qu'ils soient loin de la voiture de patrouille de Walters, annonça Kane, qui se leva. Où sont tes clés ?

Jenna ouvrit le tiroir à côté d'elle et en sortit son porte-clés.

— Tiens. Fais attention sur les marches.

Elle attendit patiemment qu'il enfile son manteau et rabatte la capuche par-dessus son bonnet de laine avant de s'aventurer à l'extérieur, Duke sur les talons. Kane marchait mieux à présent, mais il ne parvenait pas à masquer les sérieux maux de tête dont il souffrait dès qu'il sortait dans le froid. Au bout de cinq minutes, elle l'entendit revenir, secouer la neige de son manteau et enlever ses bottes. Elle but une gorgée de café. Quelques instants plus tard, il entrait dans sa chambre.

— Ils n'ont trouvé aucune trace de la jeune femme ou du véhicule disparus. De l'hélicoptère non plus, pourtant il a tourné sur des kilomètres dans toutes les directions. Il est maintenant rentré à la base. Le chasse-neige a déblayé plusieurs kilomètres dans les deux directions à partir des coordonnées que le chauffeur du camion a transmises à Rowley.

Kane s'assit et prit son café, avant d'ajouter :

— Les motoneigistes ont localisé les bois et la vieille grange mentionnés dans la déposition d'Ella Tate. Ils ont dégagé un chemin jusqu'aux arbres, le long de la clôture, mais n'ont rien trouvé de coincé sur le fil barbelé.

Jenna soupira.

— Il devrait y avoir des fibres dessus, si son manteau s'y est accroché comme elle l'a affirmé, à moins que la neige ne les ait emportées.

— Il est peu probable que la neige change quoi que ce soit à la chose. Webber a vérifié et je doute qu'il soit passé à côté de preuves. Ça fait des heures qu'ils y sont, je leur ai dit d'arrêter là et de rentrer au bureau, soupira-t-il. L'hélicoptère repartira à l'aube avec le reste de l'équipe pour continuer les recherches, mais les chances sont quasi nulles, à cause de la neige.

Jenna acquiesça.

— Merci. Je pense que Rowley ne va pas tarder à venir au rapport. Je ne lui envie pas son travail.

Quelques instants plus tard, le téléphone portable de Jenna sonna. Elle l'attrapa et le mit sur haut-parleur.

— Rowley, j'écoute, quoi de neuf ?

— *La dernière fois que Mme Paul a été en contact avec Sky, c'était à 23 heures. Elle a appelé pour dire qu'elle était au Blackwater Roadhouse, qu'elle s'arrêtait prendre de l'essence et quelque chose à manger. Apparemment, elle était agacée. La famille de Sky s'est ensuite endormie et n'a constaté son absence que le lendemain matin.*

Jenna échangea un regard avec Kane.

— Elle a dit pourquoi ?

— *Oui, les deux filles s'étaient disputées à propos du frère de Sky. Elle n'est pas entrée dans les détails, mais selon elle, c'était assez houleux. Au point qu'elle a dit à sa mère qu'elle avait envie de partir et planter Ella au relais routier.*

— Il nous faut le numéro de téléphone portable de Sky. S'il est allumé, nous pourrons peut-être le tracer et la localiser.

— *J'ai tout ça dans le rapport. Je suis au bureau, je vous envoie le dossier tout de suite. J'ai lancé un avis de recherche sur Sky, sa voiture et la description de l'homme qu'Ella m'a donnée. Je suis en train de rédiger un rapport pour les médias, et puis j'y vais. Tous les appels seront renvoyés sur votre portable. Quelqu'un a peut-être vu quelque chose. Y a-t-il autre chose que vous voulez que je fasse, madame ?*

Jenna se tapota la lèvre inférieure en réfléchissant.

— Avez-vous vu Wolfe cet après-midi ?

Rowley prit une inspiration.

— *Oui. Il est à la résidence des Paul, en train de prélever des échantillons de sang, je crois, pour les comparer au sang trouvé sur Ella Tate.*

Jenna poussa un soupir de soulagement.

— Walters et Webber sont en route pour le bureau. Une fois qu'ils auront déjeuné, envoyez Webber chez le médecin légiste, histoire qu'il l'assiste. Et vous pouvez fermer boutique. Un autre blizzard est annoncé.

— *Vous voulez que je demande à Wolfe de tracer les téléphones portables ou que j'appelle le Blackwater Roadhouse et que je fasse un suivi ?* demanda Rowley, d'une voix où perçait l'appréhension.

Jenna jeta un coup d'œil à Kane.

— Non, c'est bon. Kane tracera les téléphones portables d'ici. Je vais appeler le Blackwater Roadhouse et approfondir cette histoire de dispute. Si c'était assez grave pour que Sky en parle à sa mère, quelqu'un les a peut-être entendues.

Elle détourna la tête pour tousser, puis reprit :

— Puis-je vous demander un service personnel ?

— *Bien sûr.*

— Pourriez-vous aller chercher mes médicaments à la pharmacie sur le chemin du retour ?

— *Oui, madame.*

Sitôt l'appel terminé, les sonneries de son téléphone portable et de celui de Kane retentirent à l'unisson.

— Sans doute le dossier, devina-t-elle en souriant à Kane. Va donc exercer ta magie.

— Oui, madame.

9

C'était un cauchemar. La lourdeur de ses membres et l'impossibilité de soulever les paupières avaient convaincu Sky que rien de tout ça n'était réel. Elle essayait de se réveiller, mais comme dans les terreurs nocturnes de son enfance, ses yeux refusaient de s'ouvrir. Quelque part, juste un peu trop loin, elle entendait un doux murmure de voix, et des lumières vives rougeoyaient derrière ses paupières. Elle tentait de parler, mais sa bouche ne voulait pas former de mots. Ses oreilles émettaient un étrange bourdonnement et elle percevait un lent « bip, bip, bip » tout près.

Elle s'efforça de rationaliser sa situation et passa en revue ses souvenirs : l'homme au bord de la route, la douleur à la tête, puis son réveil à l'hôpital, l'annonce qu'elle allait subir une opération. Elle se rappela le mal de tête, puis la sensation de flottement après que l'infirmier lui avait injecté quelque chose dans la perfusion à son bras. Si elle pouvait se souvenir de toutes ces choses, forcément, c'était qu'elle ne rêvait pas. *Pourquoi je ne peux pas ouvrir les yeux ?*

Les voix se rapprochèrent et une odeur familière fit brutalement ressurgir un autre souvenir – mais s'agissait-il d'un souvenir ou d'un mauvais rêve ? Elle se remémorait l'odeur de l'homme qui l'avait frappée et traînée dans son pick-up. Prise d'une effroyable panique, elle mobilisa chaque once de ses forces, mais ne parvint même pas à battre des paupières. Quelqu'un toucha son visage, un contact doux, presque une caresse, et elle tourna la tête d'un côté à l'autre lorsqu'une voix retentit.

— Je sais que tu m'entends.

L'homme se penchait vers elle.

— N'est-ce pas amusant ? Tu dois apprécier les drogues, du moins certaines, dit-il en gloussant. Je peux faire ce que je veux. Je peux te taillader ou t'arracher les ongles un à un, tu n'auras pas d'autre choix que de rester allongée là et encaisser. Ça te fait peur, Sky ?

À l'intérieur, Sky hurlait. La terreur faisait cogner son cœur si vite que l'alarme du moniteur retentit. Quelqu'un allait venir, forcément. Elle entendit des pas légers et, à sa voix, elle reconnut l'infirmier.

— Tout va bien ? Elle est peut-être allergique aux médicaments.

Il s'était approché et lui avait posé ses doigts froids sur la jugulaire.

— Non, non, affirma la voix de l'autre homme, plus proche maintenant. Elle est juste excitée de me voir, c'est tout.

La terreur agrippait Sky dans ses griffes. Elle tenta d'alerter l'infirmier pour lui dire que non, ça n'allait pas bien, mais elle était incapable de bouger un muscle. Que lui arrivait-il ? Puis elle entendit un gloussement et une haleine chaude empestant l'oignon souffla sur son visage. Elle voulut se détourner, mais tous ses muscles étaient paralysés.

— Il ne peut pas t'aider, Sky. Il m'appartient, vint lui chuchoter l'homme à l'oreille. Je peux te garder deux ou trois jours, ou toute une vie, avant de te tuer. Ça ne serait pas amusant ?

10

LUNDI

Kane était à bout de patience. Il voulait – non, il devait – retourner au travail. Rester coincé dans la maison vingt-quatre heures sur vingt-quatre le rendait fou. Il avait passé tout son dimanche à tracer des téléphones portables et à faire ce qu'il pouvait pour aider à l'enquête, mais il avait besoin de sortir un peu. Les recherches destinées à retrouver Sky Paul n'avaient abouti à rien. L'équipe de recherche avait fouillé toutes les usines de la périphérie et n'avait repéré aucun signe de vie. Les entreprises avaient fermé leurs portes pour les fêtes de fin d'année. Des congères de plus d'un mètre cinquante de haut bordaient les deux côtés de l'autoroute et, avec les chutes de neige qui en annonçaient encore, ils n'avaient aucune chance de retrouver Sky ou sa voiture avant la fonte.

Après une séance de musculation éprouvante, il tenta quelques coups de pied dans le sac de frappe : son genou blessé résista très bien. Bien que la reconstruction ait mis à mal sa souplesse, il suffirait de quelques ajustements à sa posture pour qu'il soit encore capable de donner des coups de pied susceptibles de mettre quelqu'un à terre. En revanche, les pivots poseraient problème. Avec un genou reconstruit et des tendons réparés, il ne serait plus jamais à cent pour cent de ses moyens.

— Je n'aurai qu'à frapper plus fort avec les poings.

Il enchaîna justement avec une série sur le sac et n'entendit pas Jenna entrer dans le gymnase. Elle l'observa longuement, puis :

— Si tu frappes plus fort, le sac va exploser. Tout baigne ?

Il attrapa une serviette sur le banc et épongea son visage en sueur.

— Non. Je suis en train de devenir dingue. J'aimerais retourner au travail maintenant que tu te sens mieux.

— Et les maux de tête ? fit Jenna, l'air suspicieux. Tu n'es pas encore sorti assez longtemps pour tester si tu supportes le froid.

Kane haussa les épaules et regarda ses mains.

— Si. Je me suis éclipsé pour aider Rowley à s'occuper des chevaux ce matin, admit-il en souriant. Crois-moi, ce n'est pas pire qu'avant et si je porte un bonnet de laine sous ma capuche, ça garde ma tête au chaud.

— Je ne peux pas te l'interdire, Dave, mais s'il te plaît, vas-y doucement pour ton premier jour de reprise et emmène Duke avec toi, sinon il va penser que tu l'as encore abandonné. Il s'inquiète pour toi.

Jenna frotta les oreilles du chien et Kane regarda les yeux tristes qui l'observaient.

— Ne t'inquiète pas, Duke, sourit-il. Je t'emmènerai avec moi. Tu as besoin de moi pour quelque chose en particulier ? ajouta-t-il à l'attention de Jenna.

— Pourquoi n'irais-tu pas interroger Ella Tate à l'hôpital ? Elle est traitée pour hypothermie, ça nous donne donc une excuse pour la garder à l'œil sans l'inculper.

Jenna se laissa tomber sur le banc et leva les yeux vers lui.

— Le médecin n'a pas encore parlé de la libérer, ça nous donne donc au moins un jour supplémentaire. Wolfe devrait avoir analysé les échantillons de sang qu'il a prélevés sur elle à l'heure qu'il est, soupira-t-elle.

Kane passa la serviette autour de son cou et s'assit à côté d'elle.

— Ce n'est pas un secret, c'est le sang de Sky Paul, même la jeune Tate l'a admis, dit-il en s'essuyant le visage. Vu que rien ne ressort de leurs portables et sans témoignage de personnes ayant vu Sky ou sa voiture, le tueur a pu détruire les cartes SIM et abandonner la voiture à un million d'endroits, si ce qu'Ella a dit est vrai. Outre les trous d'eau le long de la rivière, il y a des puits de mine dans toute la région. Les équipes de recherche et de sauvetage ont inspecté les bâtiments industriels et continueront à chercher pendant quelques jours encore, mais ils n'ont pas beaucoup d'espoir. Avec le temps qu'il fait, si son véhicule est dehors, on ne le retrouvera pas avant le redoux.

Il se frotta les tempes.

— Pas avec les chutes de neige annoncées, c'est sûr, renchérit Jenna, inquiète. Je sais que tu vas m'en vouloir de dire ça, mais je persiste à penser qu'il est encore trop tôt pour que tu retournes sur le terrain. Fais-moi plaisir et accorde-toi une demi-journée pour voir comment ça va. Ils annoncent encore du mauvais temps cet après-midi et tu risques d'être bloqué en ville.

— Si ça arrivait, je dormirais sur place avec Rowley. D'accord, reprit-il en voyant l'expression soucieuse de Jenna, j'irai au bureau après le petit déjeuner et je serai de retour avant 14 heures.

— Ça me semble judicieux. Maintenant que tu te sens prêt à retourner au travail, je suppose que tu vas repartir vivre dans le chalet ?

Elle repoussa ses cheveux derrière une oreille et haussa deux sourcils interrogateurs.

Pas question de gâcher leur belle amitié ! Kane resta donc les yeux baissés, soudain hyper concentré sur les volutes du bois poli, le temps de trouver les mots justes. Il se souvenait d'être devenu très proche de Jenna, mais plus comme un souvenir agréable que la relation naissante qu'ils avaient connue il y avait quelques mois. L'image de sa femme, Annie, lui traversa l'esprit et son ventre se noua. Sa perte de mémoire à court terme, due à son récent traumatisme crânien, ne concernait que son temps passé à Black Rock Falls. L'attentat à la voiture piégée et l'agonie de sa femme, en revanche, lui paraissaient s'être passés hier. *Je me sens dans la peau d'un homme marié.*

Il avait retrouvé la mémoire de l'année écoulée, mais la douleur de la perte d'Annie était comme une plaie ouverte dans son cœur. Bien sûr, il aimait vivre dans la maison de Jenna, mais en ce moment, il avait aussi besoin de son propre espace. De solitude pour se remettre les idées en place. Tous ses souvenirs s'étaient mélangés et la dernière chose qu'il voulait, c'était blesser sa meilleure amie.

— Oui, je retournerai au chalet dès que tu seras prête à reprendre le travail. Rowley a proposé de m'aider encore quelques jours à panser les chevaux.

Jenna s'esclaffa et lui donna un coup de poing sur le bras pour plaisanter.

— Mince. Et moi qui commençais juste à m'habituer à laver tes chaussettes puantes.

Kane fronça les sourcils.

— Mes chaussettes ne sentent pas mauvais... Si ?

11

Après le petit déjeuner, Kane fit signe à Duke de monter sur le siège arrière de son pick-up, s'installa lui-même au volant, plaça son gobelet à emporter dans le porte-café et mit le chauffage à fond. Son chien était si possessif que le laisser derrière n'était pas envisageable. Le limier était resté collé à lui comme de la glu dès qu'il avait enfilé son manteau. Samedi, pendant son court aller-retour jusqu'à son chalet, Duke avait hurlé comme si la fin du monde approchait, en s'acharnant sur la porte d'entrée tel un beau diable. Jenna n'avait pas été ravie-ravie.

Kane se retourna sur son siège et tapota Duke sur la tête.

— J'espère que tu vas supporter le froid. Je vais devoir te laisser dans la voiture pendant que j'irai à l'hôpital, alors tu as intérêt à être sage.

Il l'avait emmitouflé dans un épais manteau noir pour chien – l'un des quatre que Jenna avait achetés après avoir vu Duke claquer des dents – et avait en plus apporté une épaisse couverture thermique pour le couvrir.

Le chasse-neige, qui était passé depuis plus d'une demi-heure, avait dû arriver jusqu'en ville, à cette heure. Kane attendit que Rowley passe devant avec son véhicule et le suivit – même si lui se rendait directement à l'hôpital pour interroger Ella Tate, Jenna avait tenu à ce que Rowley garde un œil sur lui. Il sourit pour lui-même. Elle ne le connaissait pas aussi bien qu'elle pensait. Il ne prendrait jamais le volant d'une voiture s'il avait le moindre doute sur ses capacités et le spécialiste lui avait donné le feu vert. Sa tête allait bien et les céphalées s'atténueraient avec le temps. *À moins que quelqu'un d'autre ne me tire dessus.*

L'expression d'horreur d'Ella Tate lorsque Kane entra dans sa chambre d'hôpital en disait long. Il l'avait trouvée assise près de la fenêtre et elle s'était figée, comme suspendue dans le temps, en le voyant. À son expression affolée et à la façon dont elle s'était agrippée aux bras du fauteuil, il comprit qu'elle n'avait pas reconnu en lui un agent des forces de police. Sa réaction face à un intrus potentiel accréditait l'histoire qu'elle avait racontée à Rowley.

— Mademoiselle Tate, je suis l'adjoint David Kane. J'aimerais échanger quelques mots avec vous, si vous le voulez bien.

Il enleva ses gants, baissa la fermeture Éclair de son épais pardessus et en dégagea ses épaules, puis le jeta sur une chaise. L'insigne de sa veste réglementaire était désormais clairement visible et il remarqua un changement subtil dans la posture de la jeune femme. Prenant son temps pour lui permettre de se détendre, il sortit son bloc-notes et un stylo, puis traîna une chaise jusqu'à la fenêtre et s'assit en face d'elle.

— Comment vous sentez-vous aujourd'hui ?

— Je vais bien.

Ella cligna des yeux plusieurs fois, comme si elle avait du mal à se concentrer.

Kane sourit.

— Tant mieux. Est-ce que je vous ai fait peur quand je suis entré à l'instant ?

Elle serra si fort la couverture qui recouvrait ses jambes que ses jointures blanchirent.

— Oui, vous ressemblez à l'homme qui a attaqué Sky et qui m'a poursuivie. J'ai cru qu'il revenait pour me tuer aussi. Vous avez retrouvé Sky ?

Kane secoua la tête et s'efforça autant que possible d'adopter le ton de la conversation.

— Pas encore, mais nous avons des équipes de secours à sa recherche.

Il se cala contre son dossier. Il lui poserait des questions sur l'homme qui l'avait attaquée un peu plus tard, lorsqu'elle serait calmée.

— Que pouvez-vous me dire sur les instants qui ont précédé l'incident ? Pourquoi vous vous rendiez aussi tard à Black Rock Falls, Sky et vous ?

— Mon frère a été envoyé en mission et sera absent pour les vacances. La famille de Sky m'a donc invitée à passer Noël avec eux. Vu que je n'ai jamais passé de vacances à Black Rock Falls, j'ai sauté sur l'occasion, expliqua-t-elle avec un soupir. On devait y aller ce week-end, mais la mère de Sky a appelé en disant qu'ils annonçaient une tempête de neige, alors on est parties tout de suite.

— Vous avez fait toute la route depuis Billings ? Il y en a pour six heures de trajet. Vous êtes toutes les deux à l'université là-bas, c'est bien exact ?

Ella haussa les épaules.

— Oui, à la MSU, l'université d'État du Michigan. On s'est arrêtées pour refaire le plein et prendre un burger. On y serait arrivées, si Sky n'avait pas insisté pour qu'on s'arrête.

Elle prit une profonde inspiration et lança un long regard perçant à Kane.

— Vous ressemblez vraiment à l'homme qui a tué Sky.

Kane opina.

— Alors, il était grand comme moi, dans les un mètre quatre-vingt-quinze ? Ou est-ce qu'il me ressemblait physiquement ?

Elle le considéra de pied en cap attentivement.

— Même taille, vêtements sombres, bonnet de laine avec une capuche par-dessus, comme vous. Des mains aussi grandes que les vôtres et il faisait le même bruit de ventouse en marchant.

— D'accord. Très bien, commenta Kane en prenant quelques notes, histoire de faire comme si l'interrogatoire était routinier, puis il releva les yeux. Au cas où vous vous poseriez la question, ce n'était pas moi. Aujourd'hui, c'est la première fois que je mets le nez dehors depuis six semaines. Je suis resté enfermé chez le shérif pour récupérer : j'ai dû me faire opérer après m'être cassé le genou. Je pense que vous aurez remarqué que je boite.

Ella vira au rouge tomate.

— C'est rassurant. Enfin, pas pour votre genou, pardon. Je voulais dire de savoir que ce n'était pas vous.

Kane haussa les épaules.

— Pas de problème. Revenons à la nuit où Sky a disparu. À quel endroit vous êtes-vous arrêtées en dernier pour vous ravitailler en essence ?

Ella se mordilla un ongle.

— Blackwater. On s'est bêtement disputées à propos de son frère, avoua-t-elle en lui jetant un regard où brillait un éclair de colère. Elle m'a défendu de sortir avec lui. Je n'en revenais pas qu'elle m'interdise de le voir. On est colocataires depuis notre première année à la MSU.

Elle détourna le regard pour ajouter :

— À croire qu'une fille de militaire n'était pas assez bien pour sa famille.

Donc tu l'as tuée. Kane se frotta le menton. Les changements d'humeur de la suspecte l'inquiétaient, d'autant qu'elle avait eu le même comportement lors de l'entretien avec Wolfe. Cela dit, sa réaction face à lui avait semblé naturelle. À moins qu'elle ne soit une très bonne actrice.

— J'en déduis que vous avez résolu le problème avant de reprendre la route ?

Elle soupira.

— Ben oui. Qu'est-ce que je pouvais faire ? Je lui ai dit que je resterais à l'écart. Vous ne voulez pas savoir ce qui s'est passé ensuite ?

Kane secoua la tête.

— Non, j'ai lu votre déposition. J'ai juste besoin de quelques détails supplémentaires. Vous ne vous souvenez pas du tout du véhicule de l'agresseur ?

— Pas vraiment, répondit-elle, les yeux rivés au sol.

Conscient que les gens occultaient souvent les événements terrifiants ou les accidents, il tenta de raviver sa mémoire.

— Fermez les yeux et essayez de vous revoir en train de rouler vers le véhicule.

— Il faisait nuit. Le type avait allumé ses feux de détresse. Il était difficile de voir son véhicule.

Kane lui sourit.

— C'est très bien. Vous avez dit qu'il était grand, alors dites-moi comment il était par rapport à son véhicule ? Plus grand ou pareil ?

Ella fronça les sourcils.

— Je ne sais pas trop. Il était un peu penché en avant, si bien que sa capuche lui tombait sur le visage.

— Était-il appuyé contre la portière ?

— Non, il était appuyé contre... C'était un pick-up ! s'exclama-t-elle, les yeux ronds, tout sourire. Un gros pick-up de couleur claire.

Kane hocha la tête. Elle semblait sincèrement surprise de s'en souvenir.

— OK. Vous avez dit qu'il portait une hache et qu'il l'avait posée sur le siège. Une hache, c'est assez gros et lui est visiblement de grande taille, et pourtant il a réussi à se pencher à l'intérieur de la voiture entre le volant et le siège avec une hache dans une main, c'est bien ça ?

Ella ferma à nouveau les yeux, puis les rouvrit.

— Il avait une hache... C'était une petite hache. À peu près de cette longueur.

Elle écarta les mains d'environ trente centimètres.

Kane acquiesça de nouveau.

— C'était juste une lame ou avait-elle une forme différente sur un côté, comme un marteau par exemple ?

— Je ne l'ai vue qu'une fraction de seconde, mais je sais que c'était du métal.

Son expression se fit solennelle.

— Ça s'est passé comme ça : on s'est arrêtées, Sky a baissé sa vitre et il l'a frappée avec la hache, puis il a ouvert la portière, l'a traînée dehors en laissant tomber la hache sur le siège. Ensuite, il a essayé de m'attraper. Comme il était grand, il ne pouvait pas entrer complètement dans la voiture. J'ai eu le temps d'ouvrir la portière et de m'enfuir.

— D'accord. C'était probablement une hachette, d'après ce que vous me décrivez. Une hache a un long manche, expliqua Kane tout en prenant des notes. Donc vous ne savez pas vraiment si Sky est morte, n'est-ce pas ? Elle vous a appelée à l'aide, plus tard, c'est bien ça ? Comment savez-vous qu'il l'a tuée ?

Les yeux d'Ella s'emplirent de larmes.

— Je n'en suis pas sûre, mais je l'ai entendue hurler. C'était horrible. On aurait dit qu'il était en train de la tuer. Je ne pouvais pas l'aider, vous comprenez ? J'étais terrifiée. Il a menacé de me faire du mal à moi aussi.

— Peu de gens s'attaqueraient à un homme de ma taille portant une arme.

Kane voulait se montrer compatissant, mais des visions de

Jenna attirant un tueur loin de lui pour lui sauver la vie s'immiscèrent dans ses souvenirs. Les amis accomplissaient des actes héroïques lorsque c'était nécessaire. Or, la jeune disparue était la meilleure amie d'Ella. Il devait pousser un peu ses questions, pour voir si un côté sombre ne se cachait pas derrière sa façade dévastée.

— Avez-vous eu l'idée de le suivre jusqu'à la route pour aller voir par vous-même ? Il faisait nuit noire, comme vous l'avez dit dans votre déposition, et les broussailles sont épaisses le long de la route. Il aurait été facile de se cacher dans le fossé.

— Sérieux ? Vous êtes complètement abruti ou quoi ?

Les yeux d'Ella brillaient de colère.

— Vous croyez vraiment que quelqu'un se mettrait sciemment en danger comme ça ? Il avait une hache, ou une hachette, ou je ne sais quoi. Je ne suis pas assez courageuse, désolée.

Inquiet qu'elle ne souffre du syndrome de stress post-traumatique, il acquiesça.

— C'est normal. Vous avez dit que vous étiez parties pour séjourner chez les parents de Sky. S'ils sont toujours prêts à vous accueillir, seriez-vous d'accord pour séjourner chez eux jusqu'à ce que nous retrouvions Sky ? Pour l'instant, nous préférons que vous restiez en ville. Nous aurons besoin de vous pour identifier l'homme qui l'a attaquée.

— Oui, je connais la famille de Sky et j'aimerais être là pour savoir ce qui lui est arrivé. Je n'ai vraiment pas envie de rester seule dans l'appartement de mon frère, termina-t-elle sur un soupir.

Kane replia son carnet et le glissa avec son stylo dans sa poche.

— D'accord, je vais parler au médecin et appeler Mme Paul. Merci pour votre aide.

Ella leva le menton.

— Retrouvez Sky.

Kane ouvrit la porte et se retourna vers elle.

— Je ferai de mon mieux.

Dans le couloir, il salua l'agent en service devant la chambre d'Ella et franchit les portes de sécurité. Là, il tomba sur un homme en colère, qui se présenta comme le père de Sky.

— Qu'est-ce que vous faites pour ma fille et pourquoi je ne peux pas voir Ella ? cria M. Paul, dont le visage avait pris une vilaine teinte violacée. Qu'est-ce qui se passe ici ?

Kane baissa la voix, juste au-dessus du murmure. Il avait découvert depuis longtemps que les gens avaient tendance à se calmer pour l'écouter s'il parlait doucement.

— Le shérif a envoyé une équipe de secours pour tenter de la localiser et nous avons lancé un avis de recherche sur elle et son véhicule. Nous attendons d'éventuels appels de témoins. Pour l'instant, nous n'avons aucun suspect, mais le shérif a mobilisé toutes ses ressources sur l'affaire. Ella est actuellement sous protection, toutefois dès que j'aurai parlé au shérif, je verrai si nous pouvons nous arranger avec le médecin pour qu'elle soit confiée à vos soins, si vous êtes d'accord.

M. Paul lui lança un regard noir.

— Bien sûr que oui. C'est déjà assez grave que ma fille ait disparu, peut-être assassinée, mais croire qu'Ella serait impliquée, c'est de la folie.

Kane sortit son téléphone portable et l'agita devant lui.

— Donnez-moi juste cinq minutes.

Il s'éloigna hors de portée d'oreille et appela Jenna.

— J'ai parlé à Ella Tate. C'est une fille étrange avec des sautes d'humeur, mais ça peut être dû au syndrome de stress post-traumatique. Elle est sur la défensive et en colère. Ce n'est pas le comportement attendu d'une personne qui vient d'assassiner sa meilleure amie, et puis je ne vois vraiment pas comment elle aurait pu dissimuler le corps et le véhicule sans laisser de traces. J'ai eu beau la pousser dans ses retranchements, soupira-t-il, son histoire n'a pas changé par rapport à sa déposition. J'ai pourtant posé mes questions sous tous les angles. Je doute qu'elle soit impliquée. Je crois que ça s'est passé comme elle l'a dit et je ne pense pas qu'elle risque de s'enfuir.

— *Je ne suis pas sûre qu'il faille lui lâcher complètement la bride pour l'instant. Elle est le seul témoin,* lui répondit la voix de Jenna, rauque à cause de son rhume. *La mère de Sky a appelé et je lui ai donné des nouvelles des recherches de sa fille. Elle est impatiente de parler à Ella. Elle ne comprend pas pourquoi nous la gardons à l'hôpital sans autoriser de visites. Si tu es convaincu qu'Ella dit la vérité, nous pourrions la laisser sortir à condition qu'elle soit hébergée chez les Paul et qu'elle y demeure.*

Kane s'appuya contre le mur froid et regarda dans le vide.

— Le père de Sky est ici et se dit prêt à l'accueillir. Tu veux que je parle au médecin pour voir si elle peut sortir ?

— *Non, c'est bon, Wolfe lui a déjà parlé. Ella est physiquement prête à sortir, mais le légiste suggère qu'elle consulte un psy. Il s'est déjà occupé de sa sortie d'hôpital,* reprit Jenna après s'être raclé la gorge. *Il ne te reste qu'à renvoyer les agents de Blackwater chez eux et à expliquer les conditions de sa sortie à M. Paul.*

— Bien reçu. Et sinon, tu as demandé à Wolfe quels tests le docteur voulait te faire faire ? demanda-t-il en se frottant le menton.

— *Pas encore. Si tu passes à son bureau, tu pourrais lui poser la question ? Dis-lui que je suis d'accord. Ensuite, je pense que tu devrais rentrer. Rowley et Walters s'occupent de tout au bureau. Il ne se passe rien en ville, tout le monde est calfeutré en attendant le prochain coup de blizzard. Rowley a transféré les appels des médias et de la ligne d'avis de recherche sur mon téléphone portable.*

Elle soupira.

— *Si Rowley reste bloqué en ville, il peut rentrer chez lui depuis le bureau et nous, on arrivera bien à s'occuper des chevaux ce soir.*

Kane sourit. C'était comme si elle lisait dans ses pensées.

Une douleur lancinante lui cognait dans la tête et son genou lui faisait mal après cette longue marche – ce qu'il n'avouerait jamais, bien sûr.

— Je peux me débrouiller tout seul. Je prendrai un plat réconfortant en passant, chez Tante Betty : le froid me donne faim.

— *J'entends ton estomac gargouiller d'ici*, gloussa Jenna. *À plus tard.*

12

Quelque part dans l'obscurité, Sky entendait quelqu'un fredonner. Le retour à la conscience fut immédiat et elle reconnut le sifflement et le bip des machines. La peur et la panique la saisirent lorsqu'elle se remémora l'homme qui l'avait kidnappée. Le désespoir l'envahit. Elle devait alerter quelqu'un et rester consciente était son seul espoir pour cela. Sentant quelqu'un tout près, elle n'essaya pas de bouger : jusqu'à ce qu'elle découvre de qui il s'agissait, faire la morte était sa seule issue.

En soulevant un tout petit peu les paupières, elle entrevit un infirmier en tenue de bloc opératoire qui se penchait sur elle. Il lui leva un bras et le lava. Après l'avoir séché, il le reposa puis continua sa toilette de manière professionnelle. *D'accord, un lavage au gant, je peux gérer.* Avec d'infinies précautions pour ne pas attirer l'attention, elle déplaça son regard le long de son propre corps, surprise de constater que les côtés du lit avaient été ôtés, ainsi que les entraves à ses poignets.

Les battements de son cœur s'accélérèrent et elle entendit les bips du moniteur faire de même. L'infirmier allait s'apercevoir qu'elle s'était réveillée et lui donner encore de ces médicaments de zombies. Elle força ses muscles à se détendre et les bips ralentirent un peu. Trop tard : il arrêta de fredonner et examina son visage. Paniquée, elle le sentit se déplacer sur le bord du lit, tout en passant un gant chaud sur sa poitrine. Il lui fallut mobiliser chaque once de sa volonté, mais elle parvint à garder une respiration lente et régulière.

L'infirmier la sécha, baissa sa chemise d'hôpital et la recouvrit d'une couverture. Puis il ramassa ses affaires et se dirigea vers la porte. La chambre sombra dans l'obscurité, à l'exception de la lueur des machines qui l'éclairaient. Tremblante à l'idée d'endurer à nouveau les railleries de son kidnappeur, elle attendit que les pas de l'infirmier se taisent et tourna la tête vers le lit voisin. Il était vide, dépouillé jusqu'au matelas. La jeune femme aux ongles roses n'était plus là. Sky se souleva sur un coude, puis s'assit lentement. Sa tête l'élançait et elle se toucha le visage, explora du bout des doigts l'enflure sur sa joue. Son nez lui faisait mal aussi, et lui rappela l'explosion de douleur dans la voiture. Le souvenir de cette nuit-là la frappa de plein fouet. L'homme qu'elle s'était arrêtée pour aider l'avait frappée puis jetée au bord de l'autoroute. Elle se rappelait avoir rampé sur l'herbe gelée en appelant Ella. *Où est Ella ?*

Une vague de vertige la submergea et les moniteurs se mirent à émettre des sons étranges. Avait-elle déclenché une alarme et alerté l'infirmier ? *Je dois trouver un téléphone et appeler ma mère.* Elle se laissa glisser du lit sur des jambes flageolantes et balaya la pièce du regard. Il serait facile de faire taire les machines : il lui suffirait de les éteindre à l'interrupteur. Elle remarqua alors la machine reliée à l'aiguille qu'elle avait dans le bras. Elle en avait déjà vu une semblable, quand sa grand-mère était malade. Sans hésiter, elle retira l'aiguille de son bras. Puis les connecteurs adhésifs. Libre de ses mouvements, elle trouva une minuscule lampe de poche utilisée pour les examens et se dirigea vers la porte en s'appuyant au mur.

Après avoir jeté un coup d'œil dans l'ombre du couloir et écouté un moment, elle sortit doucement. L'endroit était aussi silencieux qu'une tombe et il régnait un froid polaire. À l'aide de la lampe de poche, elle progressa à tâtons dans le couloir et arriva dans une pièce. Terrifiée à l'idée de tomber sur quelqu'un à l'intérieur, elle colla son oreille à la porte. Aucun bruit n'en provenait et aucune lumière ne brillait sous la porte. Elle prit une profonde inspiration, saisit la poignée et la tourna.

La porte s'ouvrit sur une petite kitchenette. Des armoires métalliques, semblables à des casiers, le long d'un mur, une table et des chaises au centre. Une horloge sur le mur lui indiqua qu'il était un peu plus de 17 heures. Elle ressortit dans le couloir. Les ombres semblaient vouloir engloutir son petit rayon de lumière tandis qu'elle avançait lentement vers l'inconnu. Il pouvait y avoir n'importe qui, là, dans le noir, en train de l'observer en attendant de la traîner à nouveau dans sa chambre.

Le cœur battant à tout rompre, au point qu'elle se demandait s'il n'allait pas exploser, elle avança lentement, pas à pas, dans le bâtiment lugubre. La petite lampe de poche glissait le long du couloir, transformant les ombres en agresseurs imaginaires qui tentaient de l'attraper. Elle détestait l'obscurité, or l'absence totale de fenêtres donnait l'impression que le couloir se refermait sur elle. La panique afflua de nouveau, au point qu'elle dut s'appuyer contre le mur froid en relâchant de grosses bouffées de buée. L'idée d'être sous terre sans échappatoire la terrifiait.

Au bout du couloir, elle franchit maladroitement la porte ouverte d'un petit bureau, malheureusement aucun téléphone ne trônait sur la table. L'incrédulité et la consternation lui tordaient les tripes à chaque pas. Rien ici ne ressemblait à un hôpital. Pas de fenêtres, pas de salles d'examen, la seule chose qui pouvait le rappeler était l'odeur d'antiseptique. Il n'y avait pas d'issue, pas d'escalier ni de porte, et sa seule option était de continuer à avancer dans le couloir. Le sol était si glacial sous ses pieds qu'il la faisait frissonner et la blessait. Le bruit de ses pas semblait se répercuter contre les murs comme un écho qu'entendrait n'importe quelle personne dans les parages. Son pouls battait fort dans ses oreilles, des pulsations répétées en même temps dans sa tête, mais elle continuait d'avancer.

La lampe de poche éclaira deux grandes portes battantes en aluminium et la vue de son reflet la fit reculer d'un bond. Aucune autre sortie n'étant visible, l'issue était forcément là. Elle poussa les portes et scruta la pénombre. La pièce dégageait une odeur particulière. Elle se glissa à l'intérieur et laissa les portes battantes se refermer derrière elle, puis leva la lampe de poche.

Le rayon passa sur un brancard recouvert d'un drap blanc bosselé. Elle s'approcha de quelques pas... et se figea, saisie à la gorge par la terreur. Incapable de respirer. Un bras mince et pâle pendant d'un côté du brancard. Paralysée, Sky baissa en tremblant le rai de sa lampe de poche le long du bras, jusqu'à une main molle... et des ongles rose vif.

13

Après avoir parlé au gérant du Blackwater Roadhouse, Jenna avait découvert que la dispute entre Sky et Ella avait été si virulente qu'on leur avait demandé de sortir. L'idée de Sky reprenant le volant en colère l'inquiétait. La dispute avait peut-être obscurci le jugement de la jeune femme lorsqu'elle avait décidé de s'arrêter pour aider un homme apparemment tombé en panne. Dans sa déposition, Ella disait l'avoir suppliée de ne pas s'arrêter mais d'appeler plutôt une dépanneuse. Jenna parcourut un instant ses notes sur l'affaire, puis suivit jusqu'à la cuisine l'odeur du café fraîchement préparé. Elle constata, ravie, que Kane avait lancé la cafetière avant de partir s'occuper des chevaux avec Rowley.

Elle ouvrit la porte du réfrigérateur, où trônaient un certain nombre de récipients en plastique portant le logo de « Chez Tante Betty » sur le couvercle et indiquant leur contenu. Manifestement, Kane avait passé outre sa décision de préparer le dîner et rapporté suffisamment de plats à emporter pour les nourrir tous les trois pendant plusieurs jours. Le bruit d'un véhicule à l'approche attira son attention. Elle referma le frigo et se dirigea vers l'avant de la maison. Derrière les phares, elle reconnut le pick-up du médecin légiste. *Qu'est-ce que Wolfe fiche ici ?*

Voyant Emily sauter du véhicule et se diriger vers l'écurie, Jenna ouvrit la porte d'entrée et attendit que Wolfe monte les marches du perron.

— Emily est pressée, qu'est-ce qui ne va pas ?

— Rien, elle voulait demander quelque chose à Kane, c'est tout. Je lui en ai parlé en amont, il m'a dit d'accord.

Wolfe tapa des pieds pour faire tomber la neige, essuya le dessous de ses bottes et entra dans la maison, où il les retira. Puis il se débarrassa de son manteau d'un mouvement d'épaules. Jenna le lui prit et l'accrocha à une patère.

— Venez dans la cuisine. Le café est presque prêt.

Elle ouvrit la marche.

— Super. J'avais besoin de discuter de certaines choses avec vous en privé, annonça Wolfe, avant de se laisser tomber sur une chaise face à la porte et de poser les coudes sur la table de la cuisine. Je vais aller droit au but avant que les autres n'arrivent. Vous m'avez demandé de remettre à Kane les détails des examens que le médecin a demandés, mais comme ils sont très spécifiques et personnels, je me suis dit que je devais vous en parler seul à seule.

Perplexe, Jenna versa le café, ajouta ce qu'il fallait pour les deux tasses et les posa sur la table. Elle s'installa à son tour sur une chaise et le regarda.

— Le docteur a dit qu'elle cherchait s'il n'y avait pas quelque chose de « plus méchant », donc je suppose qu'elle voulait éliminer tout virus un peu inhabituel.

Wolfe la dévisageait en touillant son café.

— Comme le VIH, l'hépatite, la syphilis et l'herpès ? Elle a également fait un test HLA et un test de groupe sanguin. Je m'attendais à une numération sanguine complète, ajouta-t-il avec un soupir, le taux de fer, de vitamine B12 peut-être, mais les autres requêtes...

Jenna se cala contre le dossier de sa chaise.

— Elle pense peut-être que j'ai des mœurs légères.

Wolfe fronça les sourcils.

— Vous avez la réputation inverse, Jenna. Le typage HLA est un test génétique, c'est ce qui m'a mis la puce à l'oreille. Vous pouvez avoir un visage et un nom différents, mais rien ne change votre ADN. Et les gens avec qui vous avez eu maille à partir en ont un échantillon.

Il la regarda longuement, puis :

— Je sais que c'était Viktor Carlos. J'ai travaillé avec l'équipe qui a piraté son organisation. Nous vous avons retirée du jeu quand nous avons découvert que l'un de ses hommes piratait des bases de données dans le but de vous y trouver et qu'il avait entré un profil ADN.

Une vague de nausée déferla sur Jenna. Après tant d'années, se pouvait-il qu'il reste encore quelqu'un de vivant à sa recherche dans le cartel de Viktor Carlos ? En tant qu'Avril Parker, agent infiltré de la DEA, elle avait démasqué son système de racket et envoyé le caïd en prison. Quelques années plus tard, une organisation mafieuse rivale avait anéanti tout son gang.

Elle regarda Wolfe avec incrédulité.

— Vous saviez tout ça et vous ne me l'avez pas dit ?

— D'après mes informations, tous les membres de son cartel sont morts, répondit Wolfe en buvant une gorgée de café, même si ses yeux gris ne la quittaient pas. Le problème, c'est que, lorsqu'une telle chose arrive, on doit partir du principe que sa famille s'est reconstituée. Un fils ou peut-être un cousin, et vous savez qu'ils peuvent mener une vendetta contre quelqu'un pendant de nombreuses années. Vous avez infiltré jusqu'au sommet de leur organisation, non ? Ils vous faisaient confiance.

Des souvenirs, comme des mauvais rêves, envahirent son esprit. Elle avait tout donné et failli perdre son âme en terrassant un monstre. Comment pourrait-elle l'oublier ? Elle acquiesça.

— Oui, ils me faisaient aussi confiance qu'à un membre de la famille.

Wolfe se racla la gorge.

— Je sais à quel point ça a dû être difficile, Jenna. Je sais aussi que vous avez épousé son frère et qu'on vous a fait des analyses de sang à cette occasion, c'est bien vrai ?

— Oui, merci de me le rappeler. Je n'ai survécu que parce que je savais que ce n'était pas réel. Ils traitaient leurs femmes comme des propriétés, ou des poulinières. S'il avait découvert ma réserve de pilules contraceptives, il m'aurait tuée.

Tout en parlant, ce qu'elle comprit soudain la frappa comme un coup de massue.

— Oh non, leur médecin de famille m'a fait des analyses de sang, souffla-t-elle.

Wolfe posa sa tasse sur la table.

— Et a donc votre profil ADN. Je vais donner le nom du docteur Mavis Weaver à mon contact et faire vérifier ses antécédents. Vous vous souvenez du nom du médecin que vous aviez consulté à l'époque ?

— Je ne me souviens pas qu'il me l'ait donné, fit Jenna en se mordillant les doigts. Vous pouvez ne pas transmettre mes résultats ADN à Weaver ?

Il fronça les sourcils.

— Oui, j'en ai bien l'intention, mais si tout ça est bien piloté par qui nous pensons, je n'ai probablement pas reçu la totalité votre prélèvement sanguin. Elle l'aura envoyé pour un second test et, pour l'instant, je ne sais pas où. À partir de maintenant, Jenna, plus de tests sanguins à moins que ce ne soit moi qui les fasse, d'accord ?

— Bien sûr. Je n'ai pas réfléchi. Je me suis si bien glissée dans ma vie actuelle que j'en ai oublié mon passé.

La porte d'entrée s'ouvrit et elle entendit des voix.

— Kane est au courant des détails de ma mission ? se hâta-t-elle d'ajouter.

— Non, et il ne les apprendra pas de moi, même s'il est accrédité pour.

Il tendit la main en travers de la table et exerça une pression sur la sienne.

— C'est un homme bien et vous savez maintenant que vous pouvez lui confier votre vie. Il n'y aurait pas de mal à lui expliquer un peu la menace qui pèse sur vous, sans entrer dans les détails. Peut-être faudrait-il renforcer la sécurité par ici. Laissez-moi m'en occuper, je vais demander à quelqu'un du QG de venir. Je vous tiendrai au courant, termina-t-il en retirant sa main.

Emily entra dans la pièce, les joues rosies par le froid.

— Bonjour, Jenna. Comment vous sentez-vous ? Vous êtes toujours pâle.

Jenna se força à sourire.

— Je vais bien. Je retourne au travail mercredi.

Elle remarqua l'expression inquiète de Kane et soupira. *Je ne peux pas lui cacher tout ça. Impossible. Il sait, rien qu'en me regardant, que quelque chose ne va pas.*

14

Pétrifiée par le choc et incapable de bouger, Sky restait les yeux fixés sur le brancard. La poitrine serrée, au point qu'elle avait du mal à respirer. Un léger sifflement non loin d'où elle se trouvait la tira de sa stupeur. Elle se retourna et passa le rayon de sa lampe de poche le long du mur, à la recherche d'un endroit où se cacher. Une sortie, proche du brancard, était équipée d'un lecteur de cartes fixé au mur. Ses jambes flageolaient tant elle avait peur. Le sifflement provenait de derrière cette porte. Le faisceau de la torche révéla un énorme réfrigérateur en aluminium, puis une porte à demi vitrée apparut. En rampant, elle pénétra dans la pièce. Une forte odeur d'antiseptique la frappa et, terrifiée à l'idée de ce qu'elle pourrait trouver à l'intérieur, elle prit une inspiration tremblante puis balaya la zone avec sa lampe.

La pièce contenait un évier et, sur un côté, une armoire avec une porte coulissante occupait tout le pan de mur, du sol au plafond. Elle l'ouvrit sans bruit et jeta un coup d'œil à l'intérieur. Des étagères garnies de couvertures et de draps, à côté de récipients de différentes tailles. Elle saisit une couverture et s'en enveloppa, puis se cala dans un petit espace à côté d'un balai.

Après avoir éteint la lampe de poche, elle s'enferma à l'intérieur.

Le sifflement s'amplifiait de seconde en seconde. La panique lui nouait le ventre. Si son ravisseur était venu pour la tuer, il trouverait son lit vide et se mettrait à sa recherche. Ses genoux tremblaient si fort qu'elle dut les serrer l'un contre l'autre pour éviter qu'ils ne s'entrechoquent contre la porte. Le sifflement était plus proche maintenant. Un œil collé à un interstice de l'armoire, elle cessa de respirer. Depuis son poste d'observation, elle entrevoyait la lumière rouge sur la façade du réfrigérateur dans l'autre pièce.

Un rayon de lumière jaillit par la porte et, l'instant d'après, les lumières s'allumèrent. Elle reconnut immédiatement le grand bonhomme : son kidnappeur. Il portait le même sweat-shirt à capuche noir qui lui camouflait le visage. Le sifflement s'arrêta quelques secondes, le temps qu'il coince la porte et aille chercher le brancard. Il poussa le corps de la femme par la porte et dans le couloir. Alors qu'il s'éloignait, le sifflement reprit et Sky entendit ses pas et le grincement des roues du brancard retentir au loin.

Cette porte ouverte, c'était la voie de la sortie et sa seule chance de s'échapper. Aussi silencieusement que possible, elle quitta sa cachette, traversa prudemment la pièce et sortit dans le couloir. Devant elle, il continuait tout droit sur quelques mètres, puis tournait brusquement à gauche. Un froid glacial s'infiltrait à travers la couverture et ses respirations saccadées envoyaient des nuages de buée dans l'air. Terrifiée à l'idée que l'homme puisse revenir bientôt, elle fourra la lampe de poche dans la poche de sa blouse et remonta la couverture sur sa tête. La sortie ne devait pas être bien loin, mais elle songea que si elle pouvait l'entendre, l'homme pourrait l'entendre lui aussi, dès l'instant où il cesserait de siffloter. Elle serra la mâchoire et le suivit.

Arrivée à l'angle, elle se plaqua contre le mur et jeta un coup d'œil rapide. L'homme n'était nulle part en vue, en revanche elle voyait une porte ouverte sur l'extérieur et des monticules de neige de chaque côté. Au lieu de l'air pur et vivifiant auquel elle s'attendait, une odeur lourde lui parvint aux narines.

Un puissant ronronnement suivi du bruit caractéristique d'une grosse machinerie lui claqua aux oreilles. Sans plus se soucier de faire du bruit, elle s'élança vers la porte ouverte, puis se colla à nouveau contre le mur et regarda à l'extérieur. La neige avait légèrement saupoudré une allée dégagée, éclairée par une rangée de lampadaires. Elle distinguait des traces de pas et l'empreinte des roues du brancard. D'un côté, un haut mur de briques qui se terminait quelques mètres plus loin. Elle n'avait d'autre choix que de s'aventurer sur le sentier et de découvrir le moment venu où il débouchait. Le cœur battant à tout rompre, elle courut en glissant à moitié le long du sentier, une main appuyée au mur.

Le claquement mécanique s'était amplifié et une odeur de mort flottait dans sa direction. Atteignant l'extrémité du mur, elle se figea sur place. À moins de dix mètres, l'homme hissait le corps nu d'une jeune femme sur un tapis roulant. Le large ruban la convoya jusqu'à l'ouverture d'une énorme machine dont les lames vrombissaient comme une déchiqueteuse à bois.

Horrifiée, Sky pressa ses phalanges sur sa bouche pour étouffer un cri. Des taches noires dansaient devant ses yeux et elle cligna des paupières, incapable de croire ce qu'elle voyait. Alors que le corps avançait lentement vers la gueule béante de la machine, elle eut un haut-le-cœur en entendant un bruit épouvantable et vomit de la bile.

Frémissante de peur et de dégoût, elle recula dans l'ombre et observa son environnement. Elle devait s'enfuir. Sur la gauche, des murs s'élevaient de l'ombre, sombres comme ceux d'une prison. Devant elle, un chemin gelé menait à un parking situé à moins de vingt mètres. Il n'accueillait en tout et pour tout qu'un pick-up blanc au pare-brise couvert d'une épaisse couche de glace. Au-delà s'étendait la sécurité de l'obscurité. Pourrait-elle y parvenir avant que l'homme n'ait achevé sa macabre besogne ?

Après avoir jeté un unique et rapide coup d'œil vers lui, elle s'élança. De gros nuages de vapeur s'échappaient de ses lèvres dans l'air glacé. Incapable de prendre de la vitesse sur la glace, elle fit quelques mètres avant d'entendre des pas lourds derrière elle.

Il l'avait vue.

Elle hurla et, les poumons brûlants, courut pour sauver sa vie. Le parking était entouré d'une clôture basse, dont les poteaux, couverts de neige, soutenaient un grillage pris dans le givre. Entendant les pas crisser derrière elle, Sky poussa un nouveau cri et l'air glacial lui brûla la gorge. Il l'attrapa, lui arrachant la couverture des épaules.

— Laisse tomber. Tu ne peux pas m'échapper. Allez, viens, sois gentille ou je t'achève sur place.

Elle reconnut la voix de l'homme qui l'avait enlevée. Osant un coup d'œil par-dessus son épaule, elle lui lança un regard noir.

— Lâchez-moi. J'ai vu ce que vous venez de faire.

Et elle se précipita vers la clôture, dont elle sauta la chaîne.

Son atterrissage sur les genoux fut violent. Elle glissa sur la glace, mais parvint à se relever et essaya de courir. Il fut sur elle en quelques secondes. La douleur la frappa de plein fouet à la tête et le goût métallique du sang se répandit sur sa langue. Le sol vint rapidement à sa rencontre et son visage s'enfonça dans un tas de neige fraîche. Le froid s'infiltra à travers ses fins vêtements. Elle voulut parler, mais sa bouche refusait de fonctionner. La dentelle parfaite d'un flocon de neige se posa sur son bras tendu. Le paysage gelé glissa dans le néant et la lumière autour d'elle s'estompa. *Je vais mourir.*

15

MARDI

Jenna fut accueillie à son réveil par une matinée froide et sèche, et l'étonnante sensation d'être en forme. Depuis qu'elle était tombée malade, Kane s'occupait des chevaux, faisait son sport et se douchait avant de frapper à sa porte pour lui apporter une tasse de café fumant. Elle s'assit dans son lit, repoussa ses cheveux de ses yeux et lui sourit.

— Tu me gâtes. Moi qui me réveillais à 5 heures tous les matins, maintenant je me prélasse jusqu'à presque 7 heures. Je vais avoir du mal à me lever pour retourner au poste demain.

Il posa la tasse sur sa table de chevet.

— Tu ne tarderas pas à te réhabituer à ton ancienne routine. Pour l'instant, tu ne peux pas faire de sport et Rowley m'aide à soigner les chevaux, alors pas besoin de sortir dans le froid quand il fait encore nuit.

Il retourna vers la porte.

— Le petit déjeuner sera prêt dans dix minutes, lança-t-il.

— Dave, le rappela Jenna en attrapant son café, je n'ai pas eu l'occasion de te parler hier soir, car Rowley était là, mais un problème s'est présenté. Wolfe m'a communiqué des informations que tu dois connaître. Tu pourrais rester après son départ ce matin pour que je puisse te mettre au courant ?

Kane s'était arrêté dans l'embrasure de la porte.

— À propos de l'affaire Sky Paul ?

Jenna secoua la tête.

— Non, c'est personnel.

— Tu n'es pas malade, au moins ? demanda-t-il, l'air soudain inquiet. Si c'est ça, j'ai du temps maintenant. Rowley est au chalet.

— Je vais bien. C'est quelque chose qui date d'avant notre rencontre. Je t'expliquerai plus tard, termina-t-elle avec un regard qu'elle espérait clair.

— Bien reçu.

Kane franchit la porte.

Pendant le petit déjeuner, Jenna discuta du fonctionnement quotidien du bureau. Outre l'affaire Sky Paul, ses adjoints devaient gérer les problèmes quotidiens en ville. Rowley fit état d'un grand nombre de collisions de véhicules dues au mauvais temps, et énuméra les plaintes habituelles. Elle l'observa par-dessus le bord de sa tasse, puis la posa sur la table.

— Contactez le ministère des Transports et voyez s'ils peuvent répandre plus de sel sur les routes de la ville. Ils ont investi dans d'autres chasse-neige cette année et se concentrent sur le dégagement de l'autoroute, donc ils ont peut-être besoin d'être informés de la situation.

— Oui, madame, je m'en occupe.

Rowley se leva de table, rinça son assiette et sa tasse et les plaça dans le lave-vaisselle.

— Nous avons des gens qui rentrent chez eux pour les fêtes et j'ai pensé qu'il serait peut-être avisé de faire une annonce publique pour leur rappeler de bien avoir des chaînes ou des pneus-neige sur leurs véhicules.

Jenna acquiesça.

— Oui, et peut-être rappeler qu'il est préférable de rester chez soi pendant un blizzard et de ne pas prendre la route à moins que ce ne soit indispensable. Je ne comprends pas ce que les gens viennent faire ici en hiver, ajouta-t-elle en secouant la tête. Je prendrais des vacances dans un endroit plus chaud, si j'avais le choix.

— Moi aussi, sourit Rowley.

Jenna jeta un coup d'œil à son carnet de notes. Travailler loin du bureau était pénible, tout autant que de traiter des problèmes à distance.

— Autre chose : sur l'affaire Sky Paul, j'en viens à tout envisager, puisque nous n'avançons pas. Et si l'homme qu'Ella Tate a vu n'était pas seul ?

— Possible, mais s'il avait un complice, il n'aurait pas aidé à la pourchasser ? enchaîna Kane en prenant une bouchée d'œufs. Qu'est-ce qui vous amène à envisager l'implication d'un deuxième homme ?

Jenna soupira.

— Eh bien, le fait que le véhicule de Sky ait disparu et que l'homme qui l'a attaquée ait les clés.

— La plupart des véhicules circulant sur cette route sont équipés d'un dispositif de remorquage, fit remarquer Rowley. Il a donc été facile de l'accrocher à l'arrière d'un pick-up et de le tirer n'importe où. Il pourrait être dans un autre État à l'heure où nous parlons.

Jenna soupira.

— Oui, les services de recherche et de sauvetage ont dit à peu près la même chose. Le temps écoulé entre l'incident et notre arrivée sur les lieux a été bien trop long.

Elle regarda ses adjoints et haussa les épaules.

— C'était juste une idée.

— On pourrait faire le tour des casses automobiles du coin, mais on leur a déjà demandé d'être à l'affût du véhicule disparu, ajouta Kane. Et puis, la plupart ont dû fermer pour les vacances.

Jenna acquiesça.

— Ça vaut la peine d'y faire un tour quand même. S'ils sont fermés, la voiture aura pu être abandonnée dehors.

— Je vais aller jeter un coup d'œil, proposa Kane, qui se leva et remplit sa tasse. Mais je pense que les services de sauvetage ou l'équipe de motoneigistes l'auraient retrouvée, cette voiture, même avec le blizzard.

Rowley enfila son manteau et tourna vers Kane un regard impatient.

— Je vais aller ouvrir le bureau. Le chasse-neige devrait avoir dégagé les routes à l'heure qu'il est.

— Je vous rejoins plus tard. Je dois passer au bureau du légiste pour parler à Emily.

Kane se rassit sur sa chaise, qui gémit sous son poids.

— J'ai promis de lui donner des informations sur le profilage, expliqua-t-il.

— D'accord.

Sur ce, et avec un signe de tête à Jenna, Rowley se dirigea vers l'entrée, où il s'arrêta pour enfiler ses bottes.

Une fois la porte fermée, Jenna rapporta à Kane le problème de ses tests sanguins.

— Wolfe s'inquiète de ma sécurité et va contacter le QG.

— Ne sois pas surprise si un hélicoptère atterrit ici avec une équipe de spécialistes à bord, commenta Kane, les sourcils froncés. Ils ont tendance à réagir rapidement. Je vais appeler Rowley et lui dire que je reste à la maison aujourd'hui.

Jenna leva le menton.

— Ce n'est pas bien grave, Dave. Je me débrouillais très bien avant que tu n'arrives. Je suis armée et avisée de l'existence d'une menace. Je suis sûre que je m'en sortirai jusqu'à ce que tu reviennes à la maison à 14 heures. De toute façon, je ne vois personne risquer une attaque en plein jour, soupira-t-elle.

Mais l'expression soucieuse de Kane en disait long.

— Ça dépend de la menace, nuança-t-il. Wolfe a-t-il parlé de pirater l'ordinateur du docteur ?

Jenna secoua la tête.

— Non, et je dirais que faire ça légalement ne serait pas facile, vu les lois sur le secret médical.

— Je ne sais pas pourquoi, mais je doute que le QG attende une décision de justice, sourit Kane en tambourinant des doigts sur la table. Wolfe m'a dit que tu étais en possession d'informations qui dépassent même mon niveau d'accréditation, donc ils feront l'une des deux choses suivantes : pirater l'ordinateur de la toubib pour voir qui elle contacte, ou venir ici et te retirer de l'équation.

L'idée de quitter sa maison, Kane, Wolfe, Rowley, Emily et ses sœurs fit à Jenna l'effet d'un coup de poing au creux de l'estomac.

— Je ne quitterai pas Black Rock Falls. Toi et les autres, vous êtes la seule famille que j'aie maintenant, affirma-t-elle en posant sur lui un regard intense. Je refuserai de partir. J'ai failli te perdre une fois, pas question que ça se reproduise, insista-t-elle.

— Ils ne te laisseront pas le choix, Jenna.

16

Non sans une certaine réticence, Kane quitta la maison, Duke sur ses talons. Avec la menace qui pesait sur Jenna, la dernière chose dont il avait envie, c'était de la laisser seule dans un ranch isolé. Elle avait tenté de le rassurer en lui disant qu'elle porterait son Glock dans son holster d'épaule, mais cela n'avait guère contribué à diminuer son inquiétude. Si un assassin passait à travers son système de sécurité loin d'être infaillible, elle n'aurait pas le temps de se rendre dans la pièce sécurisée aménagée au fond de la grange. Sa sonnerie, lorsqu'elle était activée, envoyait une alerte sur le téléphone portable de Kane, mais il serait trop loin pour lui prêter assistance en cas d'urgence. Malgré tout, elle insistait pour rester seule, prétextant qu'elle devait être là et disponible pour le cas où Wolfe enverrait une équipe du QG afin de mettre à jour son système de sécurité. Peu convaincu que son passage au centre de retraitement des déchets soit une priorité, il resta quelques instants sur le perron à scruter les environs.

La neige tombée pendant la nuit avait lissé le paysage et les rayons de soleil aqueux du petit matin scintillaient comme des traînées d'or sur les prairies gelées. L'hiver à Black Rock Falls était d'une beauté cruelle, qui transformait les arbres autour du périmètre de la maison en menaces noires et grinçantes. Les branches gelées, en se brisant, claquaient comme des coups de feu dans le silence. « Un manteau de neige », voilà qui décrivait bien la scène s'offrant à lui. Et le silence donnait à penser que la nature avait baissé le volume.

Il traversa jusqu'au garage, ses bottes crissant dans la neige, et démarra son pick-up, laissa le moteur tourner au ralenti, le temps de gagner lentement son chalet dans la neige. Des glaçons pendaient des gouttières et le givre qui recouvrait les fenêtres formait des tourbillons. Le chalet ressemblait à une maison en pain d'épices. Il tourna les clés dans sa paume, puis décida finalement de ne pas entrer, estimant qu'il s'agirait d'une atteinte à l'intimité de Rowley.

Plus tard dans l'après-midi, il commencerait à déménager ses affaires de la maison de Jenna. Rowley avait déjà sorti son cheval de l'écurie et prétendait à qui voulait l'entendre qu'il était impatient de rentrer chez lui. Kane le comprenait. Sa famille serait là pour les vacances, il avait envie de passer du temps avec eux, et puis il y avait son chien. Il était prévu que Rowley s'installe avec lui dans le chalet, mais c'était avant qu'on ne découvre que Duke était une créature territoriale et refusait la présence d'un autre chien mâle chez lui.

Kane retourna à son pick-up et passa la marche arrière pour sortir du garage. Soudain, il entendit le vrombissement des pales d'un hélicoptère, avant que l'appareil ne se pose à côté du corral, projetant plus de neige qu'un chasse-neige. Incertain de l'identité des occupants qui sautaient déjà par la portière, il alla se garer devant la maison de Jenna, descendit du véhicule et sortit son arme. L'un des quatre hommes se dirigea vers lui, tandis que les trois autres déchargeaient l'équipement de l'héli-coptère. À l'approche de l'homme, Kane pointa son pistolet, visant la tête.

— Halte là.

L'homme leva les mains.

— Nous avons des ordres, agent.

Kane garda son Glock bien en place.

— Montrez vos cartes, de manière à ce que je puisse les voir.

— Bien sûr, opina l'homme, qui sortit sa carte militaire et ordonna aux autres de faire de même. Wolfe a commandé une mise à jour de sécurité pour une femme dont le nom est secret. On peut prendre ça en charge à partir de maintenant, agent.

Kane examina attentivement les cartes de chaque homme et, convaincu de leur légitimité, rangea son arme dans son étui.

— Je ne pense pas, non. Attendez ici. Je vais aller lui parler d'abord.

Il remonta les marches et se glissa à l'intérieur, où il trouva Jenna, le visage blême.

— Ce sont les gars du QG qui viennent installer un nouveau système de sécurité. Je te suggère de te déguiser un peu, couvre-toi les cheveux, par exemple, mets des lunettes de soleil. Ils ne savent pas qui nous sommes et ont dit devoir intervenir chez une femme à l'identité secrète. Je vais rester jusqu'à ce qu'ils partent, ajouta-t-il en exerçant une pression sur son épaule. Pourquoi ne pas aller dans la chambre forte ? Je viendrai te chercher quand ils auront fini.

— Merci. Je vais m'éclipser par la porte de derrière. J'appellerai Rowley pour lui dire que tu auras du retard. Je ne veux pas qu'il s'imagine que tu as embouti ton pick-up et qu'il se pointe ici tout affolé.

Jenna lui adressa un petit sourire, puis se dirigea vers sa chambre en trottinant.

Kane alla ouvrir la porte d'entrée et jaugea les quatre hommes.

— Bon, par où voulez-vous commencer ?

— Nous aurons besoin d'accéder à toutes les pièces, de

poser des alarmes aux fenêtres et de mettre en place un nouveau système d'alarme silencieux dans le périmètre.

Kane se frotta le menton.

— Ça va prendre des heures.

— Non, une au maximum. Désormais, nous utilisons la technologie laser sans fil. Cela ne nécessite aucun câble et résiste à toutes les conditions météorologiques. Facile à utiliser, rapide à installer. On m'a indiqué que la personne avait un réseau d'écrans de vidéosurveillance.

Il brandit une petite boîte et expliqua :

— Ce bébé recueille les données et envoie une alerte à autant de téléphones portables que vous le souhaitez. Nous allons mettre à jour le système de vidéosurveillance et nous serons partis avant que n'ayez eu le temps de dire « ouf ».

Ayant entendu la porte de derrière s'ouvrir et se refermer, Kane lui fit signe d'entrer.

— D'accord, vous pouvez y aller.

Comme lui, Jenna n'exposait aucune photo : rien de personnel dans sa maison ne permettait de l'identifier. Par chance, la veille au soir, il avait déplacé sa berline dans la grange pour installer les chaînes, afin que le véhicule soit prêt quand elle voudrait se rendre au bureau, mercredi matin.

Les hommes se mirent au travail rapidement et efficacement et, après avoir expliqué le système à Kane, redécollèrent dans un tourbillon de neige. Il alla chercher Jenna dans la chambre forte.

— Cela n'a pas pris longtemps, commenta-t-elle, ayant enlevé son manteau, qu'elle jeta sur une chaise de la cuisine. Qu'est-ce qui nous dit qu'ils n'ont pas installé des caméras dans chaque pièce ou des dispositifs d'écoute ? Je ne fais confiance à personne.

Kane haussa les épaules.

— Je les ai surveillés, mais on peut faire un tour des lieux si tu veux ?

— Ah oui, j'avais oublié que tu connaissais tous les gadgets de ce genre, ironisa Jenna avec une grimace. Je me rappelle le jour où tu es arrivé.

Kane s'esclaffa.

— Moi aussi.

Il se dirigea vers sa chambre et en sortit une mallette.

— Tu sais te servir d'un de ces appareils ? demanda-t-il en brandissant les écouteurs et le scanner.

Jenna poussa un long soupir.

— Oui, je m'en souviens. J'ai l'impression que c'était il y a une éternité. Je peux me débrouiller. Vas-y, Rowley va t'attendre.

Kane lui tendit l'équipement.

— Je vais t'expliquer le fonctionnement du système de sécurité avant de partir. C'est beaucoup plus simple qu'avant et nous pouvons le régler ou le désactiver *via* nos téléphones portables. J'ai enregistré trois numéros avec l'alarme, le tien, celui de Wolfe et le mien, au cas où. Ils m'ont donné trois télé-commandes à emporter lors de nos déplacements. Elles permettent de nous identifier quand nous arrivons, afin que l'alarme ne se déclenche pas. En cas de fausse manip, tu peux aussi envoyer un message automatique pour nous avertir tous les deux.

Il la précéda dans le bureau où se trouvaient les écrans.

— Maintenant, tu as la possibilité de faire un panoramique de l'ensemble du ranch ou de zoomer. Je suis étonné qu'ils aient pu mettre tout ça en place si rapidement.

Elle l'écouta pendant qu'il lui donnait tous les détails.

— C'est génial, conclut-elle enfin. D'accord, c'est facile. Donc on peut réactiver l'alarme lorsqu'on quitte la propriété en voiture ?

Kane se dirigea vers la porte.

— Oui. Si jamais tu trouves des micros, ne les détruis pas

avant que Wolfe les ait examinés. Histoire qu'on sache à quoi ou à qui on a affaire.

Arrivé à la porte, il se retourna.

— J'appellerai pour faire le point sur le centre de retraitement des déchets à l'heure du déjeuner.

— D'accord. Sois prudent sur la route.

17

Il observait Sky, tandis que les sons du moniteur emplissaient la pièce par ailleurs silencieuse. Son besoin de la réduire au silence avait ruiné ses plans. Il aurait dû être plus prudent, un seul coup de poing avait failli la tuer, ce qui lui aurait gâché tout son plaisir. Après avoir porté la fille à l'intérieur et fait disparaître toute trace de son évasion, il avait rappelé l'infirmier à son poste et lui avait expliqué que c'était sa faute si elle était tombée du lit et s'était cogné la tête. L'homme, bien formé et généreusement payé, n'avait pas moufté : il s'était attelé à la tâche pour que Sky se remette bien.

Agacé, il retourna à son bureau et s'installa devant son ordinateur. Samedi soir, sa visite à sa petite amie avait été satisfaisante, mais elle ne comblait pas son besoin insatiable. Elle était un moyen de parvenir à ses fins et il la contrôlait en lui disant ce qu'elle voulait entendre. Au fil des années, il était devenu si habile qu'il pouvait charmer n'importe qui et faire croire à tout ce qu'il racontait. Sa vie était devenue un tissu de mensonges habilement cousus. La plupart du temps, les gens étaient crédules au point que s'il prétendait pouvoir marcher sur l'eau, ils le croiraient.

Si son métier actuel n'avait pas été aussi lucratif, tant sur le plan financier que sur celui des satisfactions qu'il lui procurait, il aurait pu suivre une autre voie. Les gens le croyaient, quels que soient les crimes qu'il commettait ou les mensonges qu'il débitait. Il avait du charme à revendre et savait se tirer de toutes les situations. Une semaine avant la mort de son père, il avait convaincu son associé de lui céder son entreprise et son compte en banque. Cet idiot croyait sincèrement qu'il s'occuperait de sa famille à sa place. Punaise, il aurait préféré les égorger.

Cette pensée lui tira un gloussement, mais il se ravisa aussitôt. L'envie de kidnapper recommençait à le tarauder : la poussée d'adrénaline déclenchée par l'enlèvement de Sky était retombée depuis longtemps. Il ne lui restait plus qu'à trouver quelqu'un, en plein hiver et par une tempête de neige. Il se connecta à ses sites de réseaux sociaux, parcourut ses nombreux profils et sourit. Plusieurs jeunes gens avaient prévu de rentrer à Black Rock Falls pour les vacances. Il dressa une liste et décida d'en prendre le plus possible. Après tout, les vacances de printemps étaient encore lointaines et il avait besoin de remplir son petit hôpital.

Curieux, il se rendit sur la page Facebook de Sky et lut les posts. Enfin, Ella Tate était en ligne : elle essayait de rameuter un groupe pour rechercher son amie, mais n'avait pas obtenu de réponse. Il cliqua sur sa page et parcourut ses photos. Il découvrit qu'elle avait élu domicile chez les parents de Sky à Black Rock Falls et elle l'accepta immédiatement lorsqu'il lui adressa une invitation comme ami. Il continua ensuite à chercher d'autres personnes à kidnapper, quand l'ordinateur tinta sur un nouveau message. Ella lui demandait de l'aide pour retrouver Sky. Il sourit de sa bonne fortune. *Oh oui, bien sûr que je vais t'aider à retrouver ton amie.*

18

Des cristaux de givre recouvraient le pick-up de Kane lorsqu'il repartit de la casse automobile de Black Rock Falls, suivi de près par Rowley. Il prit une profonde inspiration pour dégager ses poumons des odeurs d'huile, de graisse et de sueur. L'hiver avait une odeur bien particulière, de frais et de propre. Lorsqu'il relâcha son souffle, un panache de vapeur l'entoura. Il se glissa derrière le volant et démarra. Après une brève visite de la casse, il avait examiné de plus près le broyeur et la déchiqueteuse, puis discuté avec leur propriétaire, Chuck Burns. La visite s'était avérée une perte de temps et leur recherche n'avait rien donné. Il jeta un coup d'œil à Rowley, dont les lèvres gercées et les joues rouge vif étaient à l'image de la plupart des habitants de la ville. Au ralenti, il alluma le chauffage pour dégivrer le pare-brise. Au moins la neige s'était-elle arrêtée de tomber un moment, mais une voix de malheur avait annoncé aux informations un nouveau blizzard pour la fin de la journée.

Malgré le froid glacial et la menace constante de maux de tête, Kane ne regrettait pas son retour à Black Rock Falls. Il avait trouvé un foyer dans cette ville étrange et les gens l'avaient accepté. Rien ne semblait entamer le moral des habitants et il les admirait pour leur résilience. Ils se plaignaient rarement et, quand le temps refroidissait, ils s'emmitouflaient avec des vêtements, des bonnets et des écharpes aux couleurs vives, créant un spectacle coloré. Sur le trajet qui le ramenait en ville, Kane salua les gens en train de dégager leurs allées. Pour la plupart, qu'il neige ou qu'il fasse beau, c'était un jour comme les autres. Il engagea le pick-up dans la rue principale et prit la direction du bureau.

En une nuit, la ville avait pris des allures de carte de Noël. Les arbres étaient chargés de neige et chaque maison voyait pendre des stalactites de son toit blanc, formant comme une guirlande de dentelle. Des enfants au nez rouge et coulant construisaient des bonshommes de neige dans les jardins, riant et se lançant des boules, indifférents à la température glaciale.

Des sapins de Noël aux lumières clignotantes ornaient de nombreuses fenêtres et la ville s'était parée de décorations annonçant les fêtes de fin d'année. Kane se tourna vers Rowley.

— Je pense qu'on devrait aller jusqu'à la zone industrielle et jeter un coup d'œil à l'autre casse auto.

Rowley se frotta les mains.

— Aucun intérêt. Ils ferment au moins quatre semaines pendant l'hiver. L'équipe de motoneigistes y est allée rechercher Sky Paul : le portail était fermé par une chaîne.

Les sourcils froncés, Kane prit la route qui sortait de la ville, heureux que l'épandeur de sel ait dégagé l'autoroute.

— Mais ils ne cherchaient pas les traces d'une voiture écrasée, nuança-t-il. Dans ce genre d'affaires, il faut sans cesse se demander : « et si... » On n'a pas de piste, rien du tout, et à vrai dire, on ne sait même pas si on a une victime. On a des traces de sang et le témoignage parcellaire d'une jeune femme qui pourrait être impliquée dans un meurtre.

Rowley ouvrit son blouson et enleva ses gants à présent que l'atmosphère dans l'habitacle s'était réchauffée.

— Donc, on se demande : et si elle l'avait tuée, vous voulez dire ? Bon, elle est la dernière personne à l'avoir vue vivante, ce qui fait automatiquement d'elle une suspecte. Vous pensez qu'elle aurait conduit la voiture jusqu'à la casse, qu'elle l'aurait fait écraser avec le corps à l'intérieur, puis qu'elle serait retournée à pied sur la route ?

— Non, parce qu'il manque à ce « et si » un élément d'information essentiel, pointa Kane, qui lui jeta un coup d'œil avant de reporter les yeux sur le paysage gelé. Les chances qu'Ella Tate connaisse le type ou le gardien ou n'importe quel employé de la casse sont infimes. Or, il fallait bien que quelqu'un soit là pour réduire le véhicule de Sky en miettes. Ce n'est pas quelque chose qu'elle pouvait faire seule.

— Alors, quel est votre « et si » ? s'enquit Rowley avec intérêt.

— Et si l'incident s'était déroulé comme l'a dit Tate et que le tueur était en fait le propriétaire de la casse ?

— Il aurait tué la fille, remorqué la voiture jusqu'ici et écrasé les preuves ? Ça se tient, conclut Rowley avec un sourire.

En contemplant la beauté de la campagne sous son manteau blanc immaculé, Kane se remémora son premier voyage à Black Rock Falls par la même autoroute enneigée, en pleine nuit. L'isolement et le calme inquiétants, les arbres noircis dressés le long de la route comme un bataillon de soldats au garde-à-vous. Il ne pouvait imaginer qu'une jeune femme choisisse de passer de son plein gré une nuit dans un arbre ou de marcher des kilomètres dans la neige. Sa survie tenait du miracle.

— Nous avons donc deux scénarios possibles.

— On pourrait comparer ses relevés téléphoniques avec ceux du propriétaire et voir si elle le connaît, suggéra Rowley.

Et aussitôt, il sortit son téléphone portable pour passer en revue les éléments de l'affaire.

— Oui, renchérit Kane, et si elle le connaît, elle aurait pu le contacter depuis le Blackwater Roadhouse pour lui annoncer qu'elles étaient en route.

Rowley pivota sur son siège.

— Pourquoi tuer sa meilleure amie ? Ça me semble un peu extrême, juste parce qu'elle s'est disputée avec elle à propos du frère de Sky.

— Exact, le mobile est un point qui me dérange aussi. On est proches de l'endroit où, selon Ella Tate, elles ont été attaquées, non ? demanda Kane avec un coup d'œil à son GPS.

— Oui, vous voyez ces arbres là-bas ? fit Rowley, le doigt vers le carreau. C'est là que Tate aurait passé la nuit. D'après sa déposition, l'attaque a dû se produire en face.

Kane ralentit le pick-up. Aucun véhicule ne circulait dans un sens ou dans l'autre et l'endroit était aussi silencieux qu'un tombeau. Il balaya la zone du regard, reconnut les sillons récents laissés par les motoneiges le long du chemin partiellement dégagé. La petite pinède où Tate s'était abritée disparaissait sous la neige et les branches ployaient sous son poids. L'endroit le plus sûr pour passer la nuit dans ces conditions serait de se réfugier en haut d'un arbre, sous des branches couvertes de neige. À l'abri du vent, les branches et la neige avaient pu former une sorte d'igloo autour d'elle.

Il se tourna vers Rowley.

— La casse est loin d'ici ?

— Tout droit, premier virage à droite, elle est indiquée par un panneau orange vif. La route a été dégagée, on devrait pouvoir passer sans encombre.

Sur ce, Rowley enfila ses gants et regarda le ciel.

— Je ne sais pas combien de temps la météo va tenir avant le blizzard, le ciel semble prêt à exploser.

Content d'avoir des pneus-neige, Kane avança sur le bitume noir couvert de glace qui longeait un champ de vieilles voitures rouillées, manifestement là depuis au moins un demi-siècle. Toutes les vitres étaient recouvertes d'une abondante couche de blanc et de givre. Il s'arrêta devant les immenses grilles de fer et klaxonna. L'endroit semblait désert. Il sortit de voiture, rabattant fermement son bonnet sur ses oreilles et remontant sa capuche. Il ouvrit la portière à Duke qui sauta à côté de lui, renifla le sol gelé et éternua.

Kane effectua un balayage visuel de la zone, puis se tourna vers Rowley.

— On doit déterminer à quelle date ils ont fermé. Les grosses machines qu'ils utilisent pour transporter les véhicules dans le broyeur et le broyeur lui-même ne semblent pas couverts de la même quantité de neige que les bâtiments environnants.

Sortant son téléphone portable, il prit quelques photos.

— Vous voyez, ici, à l'endroit où s'ouvre le portail, il n'y a que quelques centimètres de neige.

Rowley tapa la neige de ses bottes contre une souche.

— C'est vrai, mais ils utilisent beaucoup de sel dans les allées. Et je pense que quelqu'un passe de temps en temps pour garder un œil sur l'endroit.

Kane remit le téléphone dans son manteau.

— Peut-être, pourtant il n'y a pas grand-chose à voler, si ? Je ne suis pas sûr que beaucoup de gens essaieraient d'escalader cette clôture en hiver. Je vais regarder quelles quantités de neige ont été mesurées pour cette région. En attendant, si le propriétaire a fermé avant le premier blizzard, la quantité de neige ne concorde pas. Et s'il a fermé après, il était donc ouvert le lendemain de l'agression. Dans ce cas, pourquoi n'était-il pas là pendant les recherches ?

— Le groupe de motoneigistes a dit que les portes étaient fermées à clé quand ils sont venus. Or, ils sont passés trois ou quatre fois pendant les fouilles de la zone. Alors, on fait quoi ? demanda Rowley, le regard dans le vide.

Kane retourna à son pick-up et ouvrit la portière arrière pour que Duke remonte sur sa couverture.

— On va se renseigner sur leur date de fermeture et on leur

demandera de nous autoriser à jeter un coup d'œil. S'ils ne nous laissent pas entrer pour fouiller l'endroit, je pense qu'on a assez d'éléments pour obtenir un mandat de perquisition.

19

La publication d'un communiqué de presse était une arme à double tranchant. Contrairement à l'avis de recherche, le communiqué de presse avec son « gardez l'œil ouvert » émis par les forces de l'ordre pour retrouver ou appréhender des personnes ou des suspects introuvables ouvrait une boîte de Pandore d'informations potentiellement sans intérêt, qu'il fallait toutes passer au crible au cas où quelqu'un aurait vraiment vu quelque chose d'utile. Après quelques heures de recherche, Jenna avait découvert une petite piste, mais son exploration devrait attendre qu'elle ait rempli sa tasse de café. Sa toux persistante s'était calmée, cependant elle avait encore mal à la tête et sa maladie l'avait affaiblie plus qu'elle ne voulait l'admettre. Elle se leva et, les mains sur les hanches, se cambra en arrière pour étirer son dos.

La neige apportait avec elle un silence presque irréel et, bien que le ciel soit couvert de nuages, une lumière particulièrement blanche entrait par les fenêtres. La condensation due au chauffage avait gelé et formé un dessin de feuilles sur les vitres, qu'elle frotta un peu pour regarder à l'extérieur. De l'autre côté de l'allée, le chalet de Kane semblait sorti d'une carte postale, recouvert de neige et décoré de stalactites de plusieurs centimètres de long qui pendaient des gouttières et des rebords de fenêtres. Les branches des pins environnants ployaient sous le poids de la neige et paraissaient étrangement vertes parmi les doigts noirs des érables et les broussailles marron et grises. Le froid qui s'infiltrait par le carreau lui refroidit la peau. La maison du ranch avait plus de cent ans et, chaque hiver, elle se promettait de finir l'installation du double vitrage pour empêcher le vent froid d'entrer, mais il se passait toujours quelque chose pour retarder l'intervention. À croire que le temps était son ennemi : elle avait rarement le loisir d'aller chez le coiffeur se faire couper les cheveux, alors apporter des améliorations à la maison...

L'alarme silencieuse se mit à clignoter sur le panneau mural et son téléphone portable vibra. Comme si elle avait attendu ce moment, un étrange calme l'envahit. Elle était peut-être seule, mais elle pouvait défendre sa maison. En trois enjambées, elle atteignit le coffre à fusils et, quelques instants plus tard, elle avait un fusil chargé à portée de main. Elle attacha son arme de secours à sa cheville. La sonnerie de son téléphone portable l'informa que Kane avait reçu la même alerte. Elle parcourut l'ensemble des écrans et avisa le véhicule qui se dirigeait vers la maison, puis accepta son appel.

— J'ai un visiteur au volant d'une vieille Dodge Durango, peut-être un modèle 2000, peut-être gris clair métallisé, mais il y a beaucoup de neige dessus.

Elle entendait le rugissement du véhicule de Kane lorsqu'il répondit :

— *Le docteur Weaver conduisait un pick-up argent, c'est très probablement elle. Je suis dans la zone industrielle, à environ un kilomètre de l'endroit où Sky a été enlevée. Rowley est avec moi. Wolfe peut être là dans vingt minutes. Je l'appelle.*

Jenna mordilla sa lèvre inférieure en regardant le véhicule rouler au pas dans son allée.

— Non, ne le dérange pas tout de suite. Si elle est seule, je peux m'en occuper. Je ferai comme si je n'étais pas à la maison, même si la fumée qui sort de la cheminée risque de l'avertir du contraire.

Elle soupira.

— L'alarme m'a fait peur, après ce que Wolfe m'a raconté sur les analyses de sang que le docteur Weaver a demandées. Ça fait d'elle une menace potentielle.

— *Bien reçu. Je retourne au bureau. Ne raccroche pas. Je vais te passer Rowley dans une minute et vous mettrai sur haut-parleur. Ne la laisse pas te piquer avec une aiguille.*

Jenna s'adossa contre le mur et regarda la silhouette emmitouflée sortir du véhicule et se diriger vers le porche.

— Pas question. Je ne sais pas comment on va expliquer la situation à Rowley. On ne peut pas lui dire la vérité.

Elle attrapa son manteau sur la patère et l'enfila. Il était hors de question qu'elle laisse entrer cette femme.

— *Je trouverai quelque chose. Elle est seule ?* demanda Kane d'une voix sérieuse.

Jenna tenta de percer du regard les vitres givrées de la voiture du docteur.

— À moins que quelqu'un ne soit allongé dans son pick-up, il semblerait, oui. Silence radio maintenant, j'ouvre la porte.

Elle glissa le téléphone portable dans sa poche et tourna la poignée.

— Qu'est-ce qui vous amène par ce froid, docteur ?

Le docteur Weaver la considérait depuis le bas des marches.

— J'étais dans le coin et j'ai voulu passer voir comment vous vous rétablissiez.

Jenna sortit sur le pas de la porte, mais garda ses distances.

— Je vais beaucoup mieux, merci.

Voyant que le médecin gardait les mains dans ses poches, Jenna sentit monter un frisson d'inquiétude qui lui courut dans la nuque. Plus la femme se rapprochait, plus elle lui trouvait une expression bizarre qui la mettait mal à l'aise. De l'appréhension, ou bien était-ce l'indécision qu'elle devinait dans ses petits yeux de fouine ? Elle n'arrivait pas à mettre le doigt dessus, néanmoins lorsqu'un nerf tressaillit sur la joue de la doctoresse, une sonnette d'alarme retentit dans la tête de Jenna. Elle n'avait pas confiance en cette femme, elle la voulait hors de son ranch.

— Vous êtes encore très pâle. Je vais vous examiner, gratuitement.

L'expression du docteur Weaver était déterminée, désormais.

— C'est inutile. Je vais bien.

Jenna laissa son manteau s'entrouvrir juste ce qu'il fallait pour que la doctoresse remarque l'arme, bien calée dans son holster d'épaule.

— Vous devriez être à l'intérieur, à l'abri du froid.

L'attention de sa visiteuse se porta sur le pistolet. Sourcils froncés, elle laissa retomber sur la neige tassée en bas de l'escalier le pied qu'elle avait levé pour monter les marches.

— Vos analyses de sang sont revenues et, à part un taux de globules blancs légèrement élevé, vous allez bien. Ce taux est probablement dû à l'infection. Vous devriez refaire une prise de sang dans quelques semaines pour vérifier.

Jenna se força à sourire.

— C'est une bonne nouvelle. Wolfe me la fera. Vous n'auriez pas dû venir jusqu'ici rien que pour m'en informer. Vous auriez pu m'appeler. Les routes sont dangereuses à cette époque de l'année. Je dois y aller, j'ai de la visite, termina-t-elle avec un regard derrière elle.

— Oh, fit la doctoresse d'un air confus. Je pensais que vous étiez seule. J'ai croisé les adjoints Kane et Rowley sur la route secondaire.

— Je ne suis pas sûre de me souvenir ce que cela fait d'être seule, s'esclaffa Jenna, en espérant ne pas avoir l'air hystérique. Depuis que j'ai été malade, je reçois un flot de visiteurs tous les jours. Je me reposerai mieux quand j'aurai repris le travail.

Elle poussa un peu la porte en frissonnant de façon bien visible.

— Il fait froid, dites donc. Je vous laisse retourner à vos patients. Merci d'être passée, conclut-elle avec un signe de la main.

Jenna ferma la porte et tourna le verrou, mais le docteur Weaver resta plantée là, à la dévisager avec la même expression. Son immobilité s'avérait plus que perturbante. Jenna sortit son téléphone portable.

— Rowley, passez-moi Kane.

— *Elle est partie ?*

Un frisson lui remonta le long de l'échine.

— Non, elle continue de regarder ma porte.

Elle se dirigea vers la pièce de vie et dégagea un petit cercle sur la fenêtre givrée pour regarder dehors.

— Elle a une expression étrange. Et elle m'a sorti qu'elle pensait me trouver seule.

Kane se racla la gorge.

— *Ce n'est pas bon. Je dépose Rowley au bureau et je rentre. Qu'est-ce qu'elle fait maintenant ?*

Jenna n'avait pas quitté le médecin des yeux.

— Elle est appuyée à son pick-up et parle au téléphone. Tu sais si Wolfe a obtenu des informations à son sujet ?

— *Non. Je suis sûr qu'il te le fera savoir quand le FBI aura fini d'enquêter sur ses antécédents.*

Le cœur battant, Jenna contemplait la femme avec incrédulité.

— Bon sang, elle est en train de revenir vers la maison.

Elle changea le téléphone de main pour sortir son arme de la droite, surprise de constater qu'elle tremblait.

— Qu'est-ce que cette femme me veut ?

— *Les vieux souvenirs sont difficiles à effacer, Jenna. Il est normal de se mettre en état d'alerte si on se sent menacé.*

Comme d'habitude, la voix de Kane était calme.

— *Écoute, si elle croit que quelqu'un est à la maison avec toi, elle serait stupide de tenter quoi que ce soit. Si elle revient à la porte, parle-lui par la fenêtre.*

Jenna rangea son arme avec une certaine réticence et ouvrit la fenêtre de la salle à manger.

— Quelque chose ne va pas ?

— Je crois que j'ai fait tomber mes clés.

Tout en parlant, le docteur Weaver passait sa botte dans la neige au pied des marches, tout en scrutant le sol gelé.

Jenna garda le téléphone portable à l'oreille.

— Vous aviez les mains dans les poches pendant tout le temps où vous m'avez parlé. Je ne pense pas que vous les ayez fait tomber ici. Essayez peut-être de regarder plus près de votre pick-up. Je viendrais bien vous aider à les chercher, ajouta-t-elle avec un soupir, mais je dois répondre à cet appel. Kane n'est qu'à quelques minutes d'ici, il pourra vous donner un coup de main quand il arrivera.

— C'est bon, les voilà, fit l'autre femme en se redressant, les clés à la main. Elles étaient dans ma poche. Je suis bête. Désolée de vous avoir dérangée.

Sur ce, elle regagna son pick-up, démarra et s'en fut.

— *Elle est partie ?*

Jenna n'entendait plus le moteur de Kane à l'autre bout du fil. Surprise que cette femme l'ait à ce point déstabilisée, elle relâcha un long soupir de soulagement.

— Oui, où es-tu ?

— *Devant le bureau. Je rentre à la maison maintenant.*

Jenna jeta un coup d'œil par la fenêtre.

— Bien. Faute de savoir qui elle a appelé, je serai dans la chambre forte au cas où. Viens me chercher là-bas.

Le son d'un moteur puissant lui emplit l'oreille : Kane reprenait la direction de l'autoroute.

— Je reste en ligne jusqu'à ce que tu arrives, dit-elle. Conduis prudemment.

— *Bien reçu.*

20

Ella faisait les cent pas devant le feu de cheminée ronflant de la tanière de Doug Paul. Si seulement la famille de Sky l'écoutait et cessait de la traiter comme une démente. Personne ne semblait entreprendre quoi que ce soit pour retrouver Sky. Ils restaient tous assis à attendre des nouvelles du shérif. Or, cette attente la rendait folle. Elle jeta un regard noir à Doug. Contrairement à sa petite sœur, il était robuste et athlétique. Ils avaient toutefois les mêmes cheveux et les mêmes yeux.

— C'est bon, j'ai attendu assez longtemps que les services de secours retrouvent Sky. Ils doivent chercher au mauvais endroit. Je veux emprunter ton pick-up et partir la secourir moi-même.

— Pas question que je te laisse approcher de mon pick-up, répliqua-t-il d'un ton peu amène. Maman va piquer une crise si tu sors toute seule.

Ella leva le menton.

— Je ne serai pas seule. J'ai rencontré un gars en ligne, un étudiant en médecine qui se propose de m'aider à retrouver Sky. J'ai rendez-vous avec lui tout à l'heure.

— Tu crois honnêtement qu'on pourrait la retrouver si les secouristes professionnels n'y arrivent pas ? Tu n'as pas regardé les informations ? Le shérif a envoyé toutes les équipes disponibles et l'hélicoptère des journalistes a annoncé qu'il y avait au moins cinquante personnes sur place. Que leurs agents étaient sur les lieux et dirigeaient les recherches. Crois-moi, le shérif remue ciel et terre pour la retrouver. Tu te mets le doigt dans l'œil si tu penses que toi et je ne sais quel étudiant en médecine, vous allez la trouver au milieu de la nuit, railla Doug.

— Au moins, j'aurai essayé. Pas comme toi qui restes assis bien confortablement devant le feu pendant que Sky est dehors en train de mourir de froid.

Ella traversa la pièce et indiqua une carte encadrée de Black Rock Falls, accrochée au mur.

— De quand date cette carte ?

Il pivota dans le fauteuil, faisant gémir son capitonnage en cuir, et observa ce qu'Ella lui montrait.

— Je ne sais pas trop, mais ce n'est pas une carte, c'est une photo aérienne prise par mon père. Il me l'a offerte pour mon dernier anniversaire, donc elle n'est pas trop vieille, je pense. Pourquoi ?

Scrutant l'image, Ella passa le doigt le long de l'autoroute. Elle désigna un certain nombre de bâtisses éparpillées sur un côté.

— À quoi servent tous ces bâtiments ? Ce sont des élevages de bétail ?

— Non. L'endroit où d'après toi Sky a disparu se trouve à un gros kilomètre de la zone industrielle de Black Rock Falls. Les prairies sont criblées de puits de mines d'or abandonnés et peu de gens les utilisent comme pâturages. La plupart des bâtiments qui s'y trouvent sont des fabriques de céramique, des usines sidérurgiques, une casse auto... des trucs industriels, quoi.

Il désigna ensuite un groupe de six ou huit bâtiments.

— Le seul endroit par là où on trouve du bétail est l'usine de transformation de la viande. Les bêtes y sont transportées par camion, puis gardées dans ces zones clôturées avant d'être abattues et transformées. Là, ajouta-t-il, déplaçant désormais son doigt vers un énorme bâtiment, c'est l'usine de transformation de la viande et ici, précisa-t-il en faisant glisser son doigt le long de la carte, c'est l'usine d'engrais.

Il se retourna et la regarda.

— Pourquoi ?

— Personne n'a parlé de fouiller les usines à la recherche de Sky ? Ils n'ont que l'autoroute à la bouche, mais d'après ce que je vois, tous ces endroits ne sont qu'à un kilomètre ou deux de l'autoroute. Et si quelqu'un qui travaille de nuit dans l'une de ces usines avait enlevé Sky ?

— C'est peu probable à cette époque de l'année. Toutes les usines sont fermées pendant les vacances et elles sont équipées de systèmes d'alarme. Si Sky était arrivée jusque-là, et j'en doute, elle serait morte de froid. Et de toute façon, quelqu'un l'aurait déjà trouvée, ajouta-t-il en secouant la tête. Aux informations, ils ont dit que l'hélicoptère des secours avait survolé toute la zone, et l'équipe en motoneige avait vérifié toutes les usines.

Ella lui saisit le bras.

— Elle est forcément dans le coin.

— Qu'est-ce qui te fait dire ça ? répliqua Doug, une épaule appuyée contre le mur. Il a très bien pu la mettre dans son coffre et partir n'importe où avant que tu ne signales sa disparition. Il avait au minimum neuf heures d'avance.

Ella secoua la tête et serra son bras plus fort.

Pourquoi ne voulait-il pas comprendre ?

— Où est sa voiture alors ? argua-t-elle, levant le menton pour le regarder fixement. Je n'ai vu qu'un homme. Comment a-t-il déplacé sa voiture ? Un homme ne peut pas déplacer deux véhicules s'il est tout seul.

— Bien sûr que si. Viens, je vais te montrer.

Doug se dirigea vers une porte, qui donnait sur un immense garage. Là, il désigna une machine.

— Tu vois ça ? Ça s'appelle un châssis de remorquage ou un châssis en A. Si je le fixe à l'arrière de mon pick-up, je peux l'accrocher à l'avant d'un autre véhicule ou à une remorque. Pas besoin d'un autre conducteur. Ça ne prend pas beaucoup de place dans le coffre. Des tas de gens utilisent ce genre de truc.

Ella frotta ses bras dans le froid du garage.

— D'accord. Mais je pense que c'était une embuscade. D'une manière ou d'une autre, il savait qu'on passerait par là.

— Il savait que vous seriez dehors à minuit alors qu'une tempête de neige s'annonçait ? N'importe quoi. Nous-mêmes, on ignorait à quelle heure Sky arriverait jusqu'à ce qu'elle appelle maman depuis le Blackwater Roadhouse. Comment l'homme qui l'a attaquée aurait-il pu le deviner, lui ?

Ella secoua la tête.

— Je ne sais pas, mais j'ai le sentiment qu'elle est là, quelque part. Il faut qu'on aille la chercher.

Elle retourna à l'intérieur de l'appartement et regarda les flammes danser dans l'âtre.

— Si j'ai raison, cet homme a peut-être une maison dans les environs. Il pourrait être en train de prévoir l'assassinat d'une autre personne. Je pense que si on arrive là-bas à peu près à l'heure où il a enlevé Sky, on pourrait l'attraper, cette fois. On sera en surnombre, et puis tu pourrais prendre ça. Il ne s'attendra pas à ce qu'on soit armés et qu'on riposte.

Elle désignait un fusil de chasse dans un râtelier sur le mur.

— On est dans le Montana, je te signale, fit Doug, l'air peu convaincu. La plupart des gens transportent des armes dans leur véhicule ici. S'il opère comme tu le dis, il s'est déjà fait tirer dessus.

Elle lui lança un regard noir.

— Il était bien vivant, la dernière fois que je l'ai vu. Prends le fusil. J'ai rendez-vous avec un certain Jim, précisa-t-elle, les sourcils froncés. Je ne veux pas le laisser dehors à m'attendre en se gelant les fesses. Ni allumer les nouvelles pour découvrir que le tueur l'a assassiné lui aussi.

— D'accord, je prends l'arme. Cette zone est une zone blanche en matière de réseau téléphonique et tu serais surprise du nombre de personnes qui tombent en panne ou qui sont impliquées dans un accident sur une distance d'un kilomètre seulement. À croire que ce tronçon de route est maudit.

Désormais, il la dévisageait avec une expression déterminée.

— Si tu veux absolument partir, va t'emmitoufler et rejoins-moi ici. Je prendrai des couvertures au cas où on resterait coincés là-bas.

Ella grimaça.

— Tu penses qu'on va être pris dans une tempête de neige ?

— Peut-être. Je persiste à penser que c'est une idée stupide, mais si tu insistes, on fait ça à ma manière et on fait demi-tour si le temps se gâte. On aura le fusil de chasse et le GPS de mon pick-up est équipé d'un traceur satellite. S'il nous arrive quoi que ce soit, quelqu'un viendra nous chercher dès qu'on aura constaté notre disparition.

Il lui fit signe de filer.

— Allez, je ne vais pas passer la nuit à attendre que tu sois prête. Il gèle dehors et je veux prendre un café chez Tante Betty avant de quitter la ville, et ils ferment à 23 h 30.

Ella le considéra : croyait-il vraiment à son histoire ? Avait-il conscience de la menace qui pesait sur eux s'ils tombaient sur le même homme ?

— OK, mais emporte beaucoup de munitions. Je ne veux prendre aucun risque.

21

Il jeta un dernier coup d'œil au visage de Sky, sans éprouver le moindre regret à la vue de ses yeux fixes et sans vie. Personne ne comprenait ce qu'il ressentait lorsque ces femmes finissaient par mourir. Pour lui, une fois qu'elles avaient rendu leur dernier souffle, leur dernier hurlement, elles avaient la même valeur qu'un emballage de bonbon vide qu'il fallait jeter à la poubelle. Il ne verrait aucun inconvénient à la laisser le long d'une route, mais les flics auraient alors un cadavre. Or, sa méthode à lui était bien plus propre et nette.

Après l'avoir hissée sur le tapis roulant, il retira la couverture qui la recouvrait et appuya sur l'interrupteur. Il attendit quelques instants, le temps qu'elle glisse dans la goulotte. La machine gémit et trembla sous l'effort puis, au moment où les cheveux blonds disparurent de sa vue, il repartit à l'intérieur avec le brancard.

La chance lui souriait. D'après les médias, le shérif soupçonnait Ella Tate d'être impliquée dans la disparition de Sky. Il entra dans son bureau en pouffant, s'assit et supprima son faux profil des réseaux sociaux afin que personne ne puisse le relier à ses victimes. Comme les forces de l'ordre le faisaient habituellement, le shérif embaucherait un profileur pour tâcher de pénétrer dans son cerveau, mais il était plus malin que la plupart des gens. Pour l'instant, la fliquette se concentrait sur Ella Tate. C'est donc sur elle que se porteraient les soupçons si quelqu'un d'autre disparaissait. Ils étaient déjà convaincus qu'elle avait assassiné Sky, ces imbéciles. Le profileur la décrirait comme une étudiante confuse et violente, et l'affaire serait close. *Jusqu'à ce qu'ils l'arrêtent, je suis libre de faire ce que je veux.*

22

Le ventre serré par l'impatience, Ella regardait par la vitre du pick-up de Doug. Le blizzard annoncé n'était pas arrivé et, malgré la lourdeur inquiétante du ciel, la nuit était froide et sèche, les routes dégagées. Black Rock Falls ressemblait à un décor de cinéma, avec les guirlandes de Noël suspendues entre les lampadaires qui éclairaient de leurs couleurs vives les devantures enneigées des magasins. Devant Chez Tante Betty trônait un bonhomme de neige au nez rouge clignotant, qui accueillait les clients de son bras levé. À l'intérieur, un sapin festif scintillait de guirlandes et de boules de verre. Sur la vitrine, un panneau proposait une liste de plats de saison fort alléchants pour lutter contre le froid.

Alors qu'ils quittaient la ville en voiture, passant devant le parc avec le gigantesque sapin de Noël et sa crèche, elle repensa à sa vie depuis la mort de ses parents. Elle en était venue à mener une vie d'enfant de militaire, traînée d'une caserne à l'autre par son frère. Cependant, dans un an environ, elle serait livrée à elle-même, à la recherche d'un emploi et d'un endroit qu'elle appellerait sa maison. Il fallait juste qu'elle retrouve Sky, puis elle pourrait planifier son emménagement à Black Rock Falls. La famille Paul s'était montrée bienveillante à son égard et elle aimait bien Doug. Avoir des gens qu'elle connaissait en ville ferait toute la différence. Elle détourna son regard du vaste paysage blanc et vide pour jeter un coup d'œil à Doug. Il conduisait, crispé sur le volant, penché en avant pour mieux fouiller du regard les environs immédiats à travers le pare-brise givré. Les flocons de neige formaient déjà des lignes blanches sur les essuie-glaces. Elle se racla la gorge.

— J'aimerais vivre ici après l'université. Ça fait longtemps que je ne me suis pas sentie quelque part chez moi.

— C'est une région en pleine expansion. Personnellement, je n'ai pas l'intention de m'installer ailleurs, il y a beaucoup de travail ici.

Doug leva le menton comme pour indiquer l'avant de la voiture.

— Qu'est-ce qui se passe là-bas ? Ce ne serait pas la voiture que vous avez vue, la nuit où Sky a disparu ?

Les phares du pick-up de Doug éclairaient un véhicule de couleur claire sur le bord de la route, feux de détresse allumés. Une vague d'appréhension morbide submergea Ella. Elle s'agrippa au siège, essayant de garder son calme.

— Oui, ça pourrait être lui. Je suis presque sûre que c'était un pick-up blanc, ou peut-être gris métallisé. Je ne peux pas m'empêcher de trembler, tu sais, avec cette impression de déjà-vu.

Le visage de Doug était sombre.

— Oui, sauf que cette fois, tu es avec moi et qu'on a un fusil de chasse. Allons-y.

Une personne emmitouflée contre le froid descendit de la cabine, enfila un chapeau de cow-boy par-dessus un bonnet de laine noir et enroula une écharpe autour de son visage, puis fit le tour de son véhicule. À mesure qu'ils se rapprochaient, leurs phares se déplacèrent sur de profondes rainures dans la neige. Ella sursauta à la vue d'un autre véhicule, le nez dans le fossé, qui bordait la route. Bien qu'il soit partiellement enfoui dans la neige grisâtre, elle en distinguait les feux arrière rouges. Des nuages de vapeur s'échappaient du capot froissé et une portière était ouverte.

— Oh, mon Dieu, c'est un accident.

— Les routes sont couvertes de glace, il ne faut pas grand-chose pour perdre le contrôle.

Doug ralentit, puis interrogea Ella du regard.

— Et lui ? Il ressemble à l'homme qui vous a attaquées ?

— Je n'ai pas pu le voir, il était habillé tout en noir, avec une capuche rabattue sur le visage. Il faisait à peu près sa taille, remarque... mais le chapeau de cow-boy le fait paraître plus grand, je pense. Non, il ne me semble pas que ce soit lui, finit-elle par conclure. C'est probablement Jim, le gars que j'ai rencontré en ligne.

Doug la considéra, sidéré.

— Tu n'as pas pensé à demander à ce Jim à quoi il ressemblait ? Ou quel véhicule il conduisait ?

Ella détourna son attention du véhicule accidenté.

— Je sais à quoi il ressemble. J'ai vu sa photo de profil en ligne et il m'a dit qu'il conduisait un pick-up blanc. Je ne vois ni son visage ni la couleur de son véhicule d'ici de toute façon, ajouta-t-elle, avant de désigner la voiture garée devant eux. Oui, il pourrait être blanc.

Doug gara son pick-up sur le côté de l'autoroute, laissant le moteur tourner.

— D'accord. Reste ici avec le fusil. Je vais voir ce que je peux faire pour l'aider. Tu sais t'en servir, hein ? ajouta-t-il avec un long regard inquiet.

L'anxiété envahit Ella. Ses parents étaient morts dans un accident de la route et voir ce véhicule complètement plié lui rappelait trop de mauvais souvenirs.

— Oui, oui. Vas-y, quelqu'un pourrait être en train de

mourir, là-dessous. Mais je ne verrouille pas les portières, au cas où tu devrais revenir en courant.

Elle tendit la main.

— Donne-moi ton portable, que je voie si on a assez de barres pour appeler les secours.

Elle prit le téléphone et jeta un coup d'œil à l'écran, puis composa le 911, mais il n'y avait pas de réseau. Comme Doug l'avait mentionné, cette zone blanche d'un kilomètre de long pour la réception téléphonique semblait aimanter les ennuis : l'endroit était carrément en train de devenir le triangle des Bermudes de Black Rock Falls.

23

Il était minuit passé et Jenna ne trouvait pas le sommeil. La visite du médecin l'avait déstabilisée en lui rappelant d'horribles souvenirs d'une autre vie, et avec eux, la menace de figurer sur une liste de personnes à abattre. Depuis l'arrivée de Kane, il était devenu son filet de sécurité et elle s'était prise à croire que sa vie passée ne risquait plus jamais de ressurgir, la plupart de ses acteurs étant morts. Le problème, c'était que les hommes impliqués avaient des familles et qu'il se trouvait toujours un volontaire pour se lancer dans une vendetta. Maintenant, à cause de quelque chose d'aussi bête qu'une prise de sang, elle pourrait se trouver à nouveau sur la liste noire du cartel.

Les yeux fixés au plafond, elle laissa son esprit vagabonder sur les derniers mois écoulés. Outre le temps assez important qu'elle avait consacré à la rééducation de Kane, elle s'était acquittée de ses tâches au bureau. Après avoir travaillé dur la journée, elle rentrait chez elle pour prendre le relais de l'infirmière que Wolfe avait engagée pour lui. Kane était différent depuis la fusillade et, même s'il était toujours aussi gentil et attentionné, il avait évité ses tentatives de rapprochement, un peu comme lorsqu'il était arrivé, au début. Quelque chose avait changé, sans qu'elle parvienne à mettre le doigt sur ce qui n'allait pas. Elle soupira. Wolfe devait savoir, mais il serait plus facile d'aller à Fort Knox et d'y voler quelques lingots d'or que de lui soutirer des informations sur Kane.

Elle finit par rejeter les couvertures, enfiler sa robe de chambre, glisser ses pieds dans ses pantoufles et gagner la cuisine. Elle avait sorti les ingrédients nécessaires à la préparation d'un chocolat chaud quand elle entendit des pas derrière elle. Le cœur battant, elle fit volte-face pour découvrir Kane dans l'embrasure de la porte.

— Tu m'as fait une peur bleue.

— Désolé. Tu peux m'en préparer une tasse aussi ? demanda-t-il en regardant vers le plan de travail par-dessus l'épaule de Jenna. Je n'arrive pas à dormir.

Elle l'observa : visage chiffonné, expression tendue.

— Bien sûr. Je n'arrive pas à dormir non plus. Il y a trop de choses qui se bousculent dans ma tête.

Elle prépara le chocolat chaud et lui en tendit une tasse, puis s'assit à la table.

— Où est Sky Paul ? Ella Tate est-elle impliquée ?

Kane se cala dans une chaise en grimaçant.

— J'aimerais bien le savoir aussi. D'après ce que j'ai compris, toutes les deux sont amies depuis qu'elles sont devenues colocataires à l'université. J'ai parlé à quelques-uns de leurs camarades du campus et ils disent tous la même chose : elles ont beau se disputer tout le temps, ce sont les meilleures amies du monde.

Il examina Jenna, puis soupira.

— Ce n'est pas tout ce qui te préoccupe, je me trompe ? Tu as l'impression d'avoir à nouveau une cible dans le dos et, crois-moi, je sais ce que tu ressens.

Jenna but une gorgée de sa boisson en le regardant par-dessus le bord de la tasse. Puis elle haussa les épaules.

— Oui, il y a de ça, mais j'ai déjà vécu avec ce problème et, avec Wolfe et toi sur l'affaire, je me sens protégée. Non, reprit-elle après une profonde inspiration, c'est plutôt pour toi que je suis inquiète.

Kane eut l'air étonné.

— Moi ? Je vais bien et mon état s'améliore de jour en jour.

Avec ses deux grandes paumes autour de la tasse, elle semblait soudain minuscule.

— Oh, tu parles de ma perte de mémoire ? devina-t-il enfin.

Soulagée, Jenna acquiesça.

— Oui, tu es distant, presque comme un étranger parfois.

Sa remarque parut le blesser.

— Je suis désolé, Jenna. Mes souvenirs sont confus. J'ai l'impression que mon arrivée ici remonte à cinq ans, et l'attentat à la voiture piégée, à quelques mois. Quand je t'ai vue dans le ravin après la fusillade, je ne t'ai pas reconnue, je ne savais pas où j'étais et la dernière chose que je me rappelais, c'était ma femme en train de mourir.

Elle comprit soudain. Pas étonnant qu'il ait été si distant. Par-dessus la table, elle exerça une pression sur son bras.

— Je suis vraiment désolée, Dave. Tu l'as mentionné à l'époque, mais je pensais que tu avais retrouvé tous tes souvenirs maintenant, soupira-t-elle. Ils sont donc bien tous là, mais pas dans l'ordre chronologique ? Bien sûr, je comprends mieux. Ne te stresse pas pour ça, prends les choses au jour le jour. Je peux attendre, Dave. Je l'ai déjà fait et je peux le refaire.

Kane étira sa jambe et se frotta le genou.

— C'est pour ça que je dois retourner au chalet. J'ai besoin de normalité, de la routine qu'on avait avant, pour me remettre les idées en place.

Il leva les yeux vers elle pour préciser :

— Notre amitié compte beaucoup, Jenna, et je veux qu'on se rapproche. Si tu es envoyée ailleurs, j'irai jusqu'au président des États-Unis, si nécessaire, pour être réaffecté avec toi.

Elle s'esclaffa.

— Voilà exactement le genre de meilleur ami dont j'ai besoin. On pourrait embarquer Wolfe et les filles avec nous ? J'aimerais garder la famille unie.

— Moi aussi.

24

La température avait chuté lorsqu'il s'était engagé sur l'autoroute. Il avait roulé lentement, avec l'intention de s'arrêter sur une route secondaire et d'attendre qu'Ella Tate et son compagnon passent dans leur pick-up noir. Il avait prévu de rouler derrière eux et de leur donner un gros coup de klaxon. Quelle n'avait pas été sa surprise de voir une berline filer sur l'autoroute à au moins quatre-vingt-dix kilomètres-heure, et mieux encore, d'assister à la perte de contrôle du conducteur dans le virage en épingle, où il était allé s'écraser au fond du fossé qui bordait la route.

Il s'était arrêté, feux de détresse allumés, puis muni d'une lampe de poche. S'étant frayé un chemin dans les congères en suivant les traces que la voiture avait laissées lors de sa sortie de route, il avait atteint le véhicule fumant. Le conducteur, une femme d'une quarantaine d'années, saignait abondamment d'une blessure au cou et serait bientôt morte, mais une jeune femme gisait inconsciente sur le siège passager, la tête coincée dans l'airbag. N'en croyant pas sa chance, il avait souri dans l'obscurité.

Il y a des jours où on tire le gros lot.

Son excitation avait viré à l'aigre, cependant, lorsque le faisceau de phares avait percé l'obscurité jusqu'à lui. Le véhicule avait ralenti, comme si ses occupants l'examinaient. Le froid glacial lui sciait les joues tandis qu'il regagnait son véhicule. Le pick-up s'approchait avec prudence. Ne voulant pas que quelqu'un l'identifie, il enroula une écharpe autour de son visage et rabattit son chapeau de cow-boy. Pourvu que le véhicule à l'approche transporte Ella Tate ! Mais si ce n'était pas le cas, personne ne le reconnaîtrait. Quand la voiture ralentit encore, il fit un signe de la main au conducteur, sans bouger pour autant. Un jeune homme sortit et se dirigea vers lui.

— Vous êtes Jim ?

Un frisson d'excitation le traversa. *Oh, ça va être tellement facile !*

— Oui, j'en déduis que vous êtes Doug. Ella est avec vous ?

— Elle est dans mon pick-up, répondit l'autre avec un coup d'œil à la voiture accidentée. Des survivants ?

Il porta les doigts aux seringues dans ses poches, main gauche pour Doug et main droite pour Ella.

— Oui, une... la conductrice n'a pas survécu. Inutile d'essayer d'appeler à l'aide d'ici. Si vous me donnez un coup de main pour porter sa passagère, je l'allongerai sur le siège arrière de mon pick-up et je pourrai la conduire directement aux urgences. Je l'aurais bien soulevée moi-même, mais je craignais qu'elle ne soit blessée au dos. Il va falloir la maintenir aussi droite que possible et lui soutenir la tête.

Doug avait l'air inquiet.

— Oui, je vais vous aider. Elle pourrait nous poursuivre pour l'avoir déplacée, remarquez. Vous êtes sûr qu'on ne devrait pas remonter la route jusqu'à ce qu'on trouve des bars et appeler une ambulance de là ?

Un type intelligent, mais je suis plus intelligent.

— Elle mourra de froid avant que les secours n'arrivent. Sa meilleure chance de survie, c'est que je l'emmène en l'état, mais j'aurai besoin de votre aide. Il va falloir la maintenir pour protéger son cou. Vous pouvez faire ça ?

Doug n'avait pas l'air totalement convaincu, pourtant il acquiesça sèchement.

— D'accord. Ella nous suivra dans mon pick-up.

Non sans peine, ils sortirent la jeune femme de la voiture, en prenant soin de soutenir sa tête. Il ordonna à Doug de lui tenir les épaules et n'eut aucun mal à le convaincre de se glisser sur sa banquette arrière avec la tête de la femme sur ses genoux.

— Elle a une couverture dans sa voiture. Je vais la chercher, ainsi que son sac à main. À l'hôpital, ils auront besoin de connaître son identité.

Il récupéra les sacs à main et les téléphones portables dans le véhicule, en profita pour sortir la seringue de sa poche, et retourna à la voiture. L'excitation lui faisait trembler les mains lorsqu'il ouvrit la portière la plus proche de Doug, à qui il tendit la couverture.

— Je vais aller dire à Ella de nous suivre.

Doug sourit.

— Bien sûr, les clés sont sur le contact. Attention, elle a un fusil chargé avec elle.

Au moment où Doug se retourna pour couvrir la blessée avec la couverture, il lui enfonça l'aiguille d'abord dans la jugulaire, puis dans la cuisse. Doug s'évanouit en quelques secondes sans un murmure. Un de moins. Après avoir refermé la portière, il regagna la chaussée noire non sans glisser et déraper sur la glace jusqu'au pick-up de Doug. Il s'arrêta à l'arrière dans l'obscurité pour s'assurer que l'écharpe couvrait bien son visage, puis sortit la seconde seringue de sa poche et la décapsula. Ayant fait lentement le tour du pick-up, il braqua la lampe de poche par la vitre. Elle était là, sans fusil mais un demi-sourire aux lèvres. *Un idiot naît toutes les minutes dans le monde.*

— Bonjour, Ella. Tu te souviens de moi ?

25

MERCREDI

Si froid. Ella chercha à tâtons la couverture qui la recouvrait et la remonta jusqu'à ses oreilles. Sa nuque lui faisait mal et ses jambes étaient étrangement engourdies. Ses dents claquaient comme des castagnettes, horriblement fort dans le silence complet. Dieu du ciel, le froid s'était infiltré jusque dans ses os ! Elle cligna des yeux, découvrit un mur d'un blanc éclatant devant elle. Surprise, elle regarda autour. Elle était dans une voiture et le mur blanc était un pare-brise recouvert de neige. *Comment diable suis-je arrivée ici ?*

De la condensation dégoulinait le long des vitres et elle leva sa main gantée pour l'essuyer, avant de se raviser et de fouiller dans la voiture. Elle trouva un emballage de hamburger, qu'elle utilisa pour dégager un trou dans la buée. Dehors, l'autoroute enneigée s'étendait dans les deux sens. Elle chercha dans sa mémoire, se rappela avoir suggéré à Doug de partir à la recherche de Sky. Ils étaient montés dans son pick-up avec un fusil de chasse et avaient quitté la ville. *Que s'est-il passé ensuite ?*

Elle reprit son inspection de l'habitacle. Le fusil de chasse était sur la banquette arrière, comme dans son souvenir. Deux gobelets à emporter vides étaient posés sur la console, ainsi que divers bonbons. Peut-être s'était-elle endormie et Doug avait-il décidé de chercher seul ? Mais quelle heure était-il, bon sang ? Elle avait extrêmement envie de faire pipi. Vu la lumière au-dehors, elle estima qu'il devait être au moins 9 heures du matin. Elle ouvrit doucement la portière et grimaça lorsqu'un souffle d'air arctique lui fouetta le visage. Si elle était venue ici avec Doug, il ne devait pas être loin. Ses jambes engourdies heurtèrent le bitume et elle se retourna pour contempler avec horreur la berline accidentée à quelques mètres de là. *On a eu un accident ?*

Le cœur au bord des lèvres, elle s'avança prudemment, n'en croyant pas ses yeux. La porte de l'épave était ouverte et le plafonnier éclairait une femme aux longs cheveux couverts de sang, à moitié sortie du pare-brise explosé. Une horrible coupure à la gorge ne laissait aucune place au doute : la pauvre femme était morte. Ella resta bouche bée, incrédule. Le sang de la défunte avait gelé en s'écoulant du capot et restait en suspens comme de grotesques sucettes rouges. Elle ravala un haut-le-cœur et se fraya un chemin dans la neige épaisse jusqu'au véhicule. Elle devait regarder à l'intérieur au cas où quelqu'un d'autre serait blessé.

Tremblante de froid et de peur, elle atteignit l'épave et se prépara au pire, puis jeta un coup d'œil dedans. Hormis la conductrice, la voiture était vide. En prenant soin de garder les yeux détournés des horribles blessures de la femme, elle s'agrippa au côté du véhicule et le contourna, à la recherche d'éventuels survivants dans les environs immédiats. Elle se retourna aussi pour examiner le pick-up de Doug. Il ne semblait pas avoir été endommagé. Peut-être étaient-ils tombés sur ce véhicule accidenté et s'étaient-ils arrêtés pour apporter leur aide, mais si c'était le cas, où était passé Doug ? Elle scruta la toundra gelée.

— Doug, tu es là ?

Sa voix semblait étouffée par la neige. Le silence inquiétant se refermait autour d'elle. Elle appela encore plusieurs fois, mais ne reçut aucune réponse et un filet de peur hérissa les petits cheveux de sa nuque. Elle était seule au milieu de nulle part et son ami avait disparu. *Non, pas encore. Ça ne peut pas m'arriver deux fois en une semaine.*

En glissant dangereusement le long du fossé, elle regagna le pick-up de Doug. La neige saupoudrait sa peinture noire et, à en juger par l'épaisse couche de givre qui le recouvrait, ils avaient dû passer la nuit ici. Si elle ne trouvait pas Doug, elle prendrait la voiture jusqu'en ville pour chercher de l'aide. Elle avait le GPS pour rentrer à Black Rock Falls. Elle ouvrit la portière d'un coup sec et son regard tomba sur le contact. Un sanglot de désespoir s'échappa de ses lèvres. Pas de clé. Un frisson la parcourut jusqu'aux os. Qu'était-il arrivé à Doug ? Pourquoi l'avait-il abandonnée, et son pick-up avec, sur le bord de la route ? Tout cela n'avait pas de sens. Il devait être quelque part tout près. Peut-être s'était-il égaré dans les sous-bois. Elle s'appuya contre le pick-up et le héla.

— Doug ! Doug, réponds-moi. Arrête de déconner !

Silence. En fait, il n'y avait absolument aucun bruit. Pas d'oiseaux, pas de circulation, pas le moindre son. Comme si elle était complètement seule au monde. Seule au milieu de nulle part avec un cadavre.

26

Une agitation au comptoir d'accueil détourna l'attention de Jenna de son écran d'ordinateur. Depuis son arrivée au bureau, le shérif avait passé une heure ou deux à mettre à jour ses dossiers, à collecter les rapports des équipes de recherche et de sauvetage locales et à tenir les médias informés de l'état d'avancement de l'enquête sur la disparition de Sky Paul. Rien ne semblait concorder dans cette affaire et n'avoir trouvé ni corps ni trace de la jeune femme laissait la policière sans aucun levier à actionner. Elle avait demandé à ses adjoints de chercher toute personne qui aurait pu passer dans la région au moment de la disparition de Sky. L'idée lui était venue de vérifier les allées et venues des hommes vivant en ville et qui correspondraient à la description qu'Ella Tate avait donnée de l'agresseur. Mais lorsque ses adjoints étaient revenus au bureau, tous secouant la neige de leurs sweat-shirts à capuche noirs, ils lui rapportèrent que « grand avec des épaules larges » correspondait au moins à la moitié des hommes de la ville.

On frappa à la porte et la réceptionniste, Maggie, passa la tête à l'intérieur de la pièce.

— J'ai M. et Mme Paul dans la salle d'attente. Ils insistent pour vous parler immédiatement.

Jenna se leva et sourit à Maggie.

— C'est bon, envoyez-les-moi.

Un homme grand, d'âge moyen et saupoudré de flocons de neige guida dans le bureau une femme à l'air désemparé portant une veste d'hiver rouge vif et un bonnet de laine assorti. Jenna contourna son poste de travail et tira une chaise pour Mme Paul.

— Avez-vous eu des nouvelles de Sky ?

M. Paul plissa les yeux, la mine sombre.

— Pas un mot. Et vous ?

Surprise par la dureté du ton, Jenna retourna derrière son bureau pour mettre de l'espace entre elle et cet homme en colère.

— Comme vous le savez, nous avons impliqué les médias et transmis des avis de recherche dans tous les autres comtés, commença-t-elle en soutenant son regard. Mes adjoints travaillent sans relâche pour la retrouver.

— Ce n'est pas pour ça que nous sommes ici.

Mme Paul s'était levée d'un bond et penchée sur le bureau, le visage à moins de dix centimètres de celui de Jenna.

— Mon fils est parti hier soir à la recherche de Sky et maintenant il a disparu lui aussi !

Heureusement, Jenna avait déjà eu affaire à nombrè de personnes irascibles et ce genre de manifestations ne l'intimidait plus. Elle s'assit et croisa les mains sur le bureau, puis demanda d'une voix à peine plus forte qu'un chuchotement.

— Quand avez-vous vu votre fils pour la dernière fois ?

Mme Paul se renfonça sur sa chaise et déglutit difficilement.

— Hier soir, au dîner. Doug nous a laissé un mot pour dire qu'Ella et lui étaient partis faire un tour du côté de Blackwater. Ils ne sont pas revenus ni l'un ni l'autre et il ne répond pas à son téléphone portable.

Debout derrière sa femme, M. Paul lui frottait les épaules.

— J'ai pensé qu'ils s'étaient peut-être arrêtés au Blackwater Motel, vu le mauvais temps, enchaîna-t-il, mais non. Ce n'est pas son genre de ne pas nous contacter.

— Êtes-vous au courant qu'un semi-remorque s'est renversé sur l'autoroute à un peu plus d'un kilomètre de Blackwater hier soir vers 23 heures ? Il a déversé un chargement de produits toxiques et l'autoroute a été bloquée dans les deux sens. Les informations en ont parlé toute la matinée, le ministère des Transports aurait installé un panneau clignotant sur l'autoroute à la sortie de la ville.

M. Paul fronça les sourcils.

— Vous êtes en train de nous expliquer que si Doug avait eu un accident avec son pick-up hier soir, dans la zone où les téléphones portables n'émettent pas, personne ne serait passé et il n'aurait pas pu non plus appeler à l'aide ? Eh bien, on va partir maintenant et aller le chercher nous-mêmes.

Jenna secoua la tête.

— Ce n'est pas nécessaire. Nous sommes mieux équipés pour gérer la situation. Je vais faire venir mes adjoints et nous verrons ensemble les détails.

Elle décrocha le téléphone et appela Kane.

— Prends Rowley avec toi et venez dans mon bureau. Nous avons un problème.

Quelques instants plus tard, Kane entrait avec Rowley. Il la regarda et haussa un sourcil interrogateur. Elle leva le menton et expliqua :

— Lorsque nous en aurons terminé ici, l'agent Rowley dressera un constat de disparition. Je vais lancer des recherches immédiatement. J'aurai besoin de détails sur le véhicule de votre fils.

Elle prit des notes sous leur dictée, puis se retourna vers le couple.

— À quelle heure sont-ils partis ?

— Nous ne savons pas. Tard. Le véhicule de mon fils est équipé d'un GPS avec un dispositif de traçage, ajouta M. Paul à l'attention de Kane. Vous voyez le genre d'appareil ? Il peut retrouver sa voiture à l'aide de son téléphone portable.

— Ah, c'est bien utile. Dans ce cas, nous devrions pouvoir retrouver nous aussi la trace du véhicule.

Kane sortit son carnet et son stylo.

— Si vous me donnez la plaque d'immatriculation et le numéro de téléphone de votre fils, je vais mettre quelqu'un sur le coup.

— Je n'ai pas son numéro d'immatriculation, admit le père d'un air sombre.

Jenna écarta une mèche de cheveux de ses yeux.

— Sa voiture est-elle assurée par Barker ici en ville ?

— Oui, nous le sommes tous, répondit M. Paul, requinqué. Ils doivent avoir tous ces détails.

— Voulez-vous les appeler, s'il vous plaît ? Ce sera plus rapide.

Jenna consulta les contacts de son téléphone portable et lui dicta le numéro, puis releva les yeux vers Kane.

— Quand nous aurons les informations, je demanderai à Wolfe de localiser le véhicule, mais nous n'attendrons pas : nous irons directement vers Blackwater pour le cas où ils auraient eu un problème de voiture et Wolfe appellera quand il aura les coordonnées. Prenez le téléphone satellite, vu que les portables ne passent pas, et tout ce dont nous pourrions avoir besoin. Nous nous y rendrons avec votre pick-up.

— Oui, madame, lança Kane, qui sortit du bureau.

Jenna attendit patiemment que M. Paul obtienne le numéro de plaque du pick-up de son fils, après quoi elle appela Wolfe. En raccrochant, elle croisa le regard du couple inquiet.

— Habituellement, lorsqu'un adulte est déclaré disparu, nous attendons un peu pour le cas où il se manifesterait, mais comme votre fils est parti à la recherche de Sky, le risque existe qu'il ait eu des ennuis. La première chose à faire est de retrouver son véhicule. Si nous ne parvenons pas à le localiser dans l'heure qui vient, je lancerai un avis de recherche. Je veux que vous remplissiez une déclaration de disparition pour que nous ayons toutes les coordonnées de Doug dans le dossier, ajouta-t-elle, se levant pour raccompagner le couple à la porte. Suivez donc l'agent Rowley, il commencera les démarches avec vous. Je vous appelle dès que nous l'aurons retrouvé.

— Merci, répondit M. Paul en poussant doucement sa femme dans le couloir.

Jenna ouvrit le tiroir inférieur de son bureau, sortit son arme de secours et l'attacha à sa cheville. Elle enfila ensuite son gilet en Kevlar, puis décrocha son pardessus de la patère et l'enfila aussi. Elle leva les yeux au moment où la silhouette de Kane apparaissait dans l'encadrement de la porte.

— Prends ton gilet, je pourrais être une cible et nous ne savons pas à qui nous avons affaire pour le moment.

Kane ouvrit sa veste pour révéler son Kevlar.

— Les grands esprits se rencontrent. J'allais te suggérer la même chose. Au début, j'ai pensé que la disparition de Sky, suivie de celle d'Ella et de Doug, avait pu être montée de toutes pièces pour t'envoyer seule sur une zone blanche. À la réflexion, néanmoins, la chronologie ne colle pas.

Ne voulant pas en parler au bureau, Jenna fronça les sourcils.

— Discutons-en dans la voiture. Téléphone ? Équipement ? lança-t-elle en l'observant de la tête aux pieds.

Kane lui sourit.

— Dans mon pick-up, avec un thermos de café, de la soupe et une pile de sandwichs que j'ai pris chez Tante Betty tout à l'heure. Je me suis dit qu'on mangerait sur le pouce aujourd'hui.

Jenna enfila son épais bonnet de laine et ses gants, puis le suivit dehors. Un froid mordant la fouetta au visage. La neige tombait, saupoudrant ses vêtements de flocons blancs et rendant le trottoir glissant. L'hiver avait une odeur particulière, mélange de neige, de fumée de feu de bois et de sapin. Un manteau de neige enveloppait la ville, pourtant parsemée de couleurs, depuis les décorations suspendues entre les réverbères et en travers de Main Street jusqu'aux joues rouges des habitants, dont la plupart portaient des écharpes et des couvre-chefs de teintes vives. Les enfants couraient partout, soufflant de grands nuages de buée en construisant des bonshommes de neige ou en se lançant des boules de neige. Cette couverture d'un blanc pur était amusante pour les enfants, mais au bout de trois mois, voire plus, de ce temps-là, même eux attendraient avec impatience le dégel.

Jenna jeta un coup d'œil au pick-up de Kane : « la bête » – comme il appelait sa Dodge noire modifiée et banalisée – était équipée de pneus d'hiver, pour plus de sécurité. Elle entendit un aboiement excité et sourit à Duke qui les regardait par la vitre. Grimpant sur le siège passager, elle se pencha par-dessus le dossier pour gratter les oreilles du chien.

— Coucou, Duke, joli harnais.

— Oui, il a peur des cages, alors un harnais, c'était la meilleure solution pour le garder en sécurité, expliqua Kane, tout sourire. D'autant que je peux aussi y attacher sa laisse.

Il monta derrière le volant et démarra.

Préférant attendre qu'ils atteignent l'autoroute avant d'entamer une conversation, Jenna s'occupa en remplissant deux gobelets avec le café que contenait le thermos. Kane avait besoin de toute son attention pour négocier les routes verglacées et éviter les conducteurs imprudents à travers la ville et ses banlieues. L'autoroute menant à Black Rock Falls, bien qu'entourée de part et d'autre d'un blanc infini, avait été déblayée et salée depuis le dernier blizzard. Un panneau clignotant jaune vif informait les automobilistes : « *Autoroute fermée entre Peak Crossing et Blackwater.* »

Elle se tourna sur son siège, tasse à la main.

— Tu parlais d'une histoire de chronologie ?

Kane prit la tasse à emporter, en but une gorgée puis la plaça sur la console.

— Oui. Sky a disparu vendredi soir, mais le médecin n'est venu faire ton prélèvement de sang que samedi. Si tu étais ciblée, il serait plus logique qu'elle soit impliquée dans la disparition de Doug Paul. Sachant que tu diriges l'enquête depuis chez toi, elle se doutait que tu ne serais pas à sa recherche. En tant que tireur d'élite, je ne prendrais pas le risque d'abattre une cible avec un hélicoptère au-dessus de ma tête et une équipe au sol, conclut-il avec un soupir. Ici, dans la neige, je serais une cible facile.

Jenna réfléchit et acquiesça.

— Oui, mais elle savait que je retournais au travail aujourd'hui.

Kane lui jeta un coup d'œil, puis reporta son attention sur la route.

— Exactement. Pas de véhicules sur l'autoroute et pas d'équipes de recherche ou de sauvetage pour repérer un sniper.

La peur remonta le long de l'échine de Jenna, lui donnant la chair de poule.

— Oui, si mon ADN correspondait à ce qu'elle cherchait et sachant que j'étais seule hier, elle aurait pu tenter de me maîtriser. Elle a beaucoup insisté pour entrer, convint-elle avec un frisson. Sinon, pourquoi serait-elle venue alors qu'elle aurait pu m'appeler ? Je n'aurais jamais dû l'autoriser à pratiquer cette prise de sang. Je ne lui fais pas confiance.

— Moi non plus et nous avons des gens qui fouillent dans ses antécédents. Si elle a ne serait-ce que traversé en dehors des clous, nous le saurons d'ici ce soir.

Malgré tout, Kane esquissa un sourire.

— Elle travaille peut-être à t'identifier pour le cartel, n'empêche qu'à cause de la chronologie, je ne peux pas la relier à la disparition de Sky. Car enfin, comment aurait-elle pu savoir que Sky et Ella seraient sur l'autoroute à ce moment précis ?

Il soupira.

— J'aimerais bien connaître les raisons qui ont poussé Doug et Ella à partir si soudainement à la recherche de Sky au milieu de la nuit.

Le téléphone satellite sonna et Jenna décrocha.

— Alton.

— *C'est Wolfe. J'ai localisé le pick-up de Doug Paul. Je vous donne les coordonnées.*

Jenna rentra les informations dans le GPS.

— Merci. Du nouveau sur le docteur Weaver ?

— *Pas encore. J'attends prochainement un compte rendu, je vous tiens au courant.*

— Merci.

Jenna raccrocha et scruta l'écran du GPS.

— Le pick-up est à environ huit cents mètres plus loin sur l'autoroute.

Effectivement, le véhicule de Doug Paul apparut bientôt au détour d'un virage. Quelqu'un sauta de la cabine, et courut au milieu de la route en agitant les bras. Jenna voyait sa bouche bouger, sans être capable de l'entendre.

— C'est Ella Tate, non ?

Kane grimaça.

— Possible, oui. Si c'est le cas, où est Doug Paul ?

— Il est peut-être blessé.

Alors que Kane ralentissait, l'attention de Jenna fut attirée par une ligne : il s'agissait de profondes rainures quittant la route et traversant le banc de neige gelée.

— Ça ne sent pas bon, fit-elle.

— Non, souffla Kane. On dirait que quelqu'un a quitté la route et fini dans le fossé.

Ils se garèrent derrière le pick-up de Doug Paul et, à travers la couche de neige, Jenna repéra les feux arrière d'une voiture, carrosserie froissée, positionnée selon un angle étrange. Les roues côté conducteur avaient franchi le fossé, mais l'autre côté n'avait pas eu cette chance. Elle se tourna vers Kane en remontant sa capuche.

— Je vais jeter un coup d'œil, et toi, tu ferais mieux de mettre Ella à l'abri du froid.

Sur ce, elle sauta du pick-up et grelotta quand le froid glacial s'infiltra malgré ses vêtements épais. Relâchant de grands nuages de vapeur, elle se dirigea vers l'épave, puis s'arrêta à mi-chemin devant l'horrible scène qui s'offrait à elle. Un corps à moitié sorti du pare-brise et une traînée de sang figée sur la peinture blanche.

— Oh, mon Dieu.

27

La forte odeur d'antiseptique tira Doug d'un profond sommeil. Des voix basses, des marmonnements lui parvenaient, à travers les miasmes de son cerveau embrumé. Il entrouvrit les paupières mais, jugeant l'effort trop pesant et la lumière trop vive, les referma. Sa mère avait pour habitude de venir ouvrir ses rideaux et d'entreprendre le nettoyage de la salle de bains lorsqu'elle voulait qu'il s'acquitte des corvées. Il ouvrit la bouche pour l'interpeller et lui rappeler qu'il était en vacances, mais sa langue demeura collée à son palais. Où avait-il donc fini hier soir ? Son esprit revint explorer sa journée et il se souvint d'avoir quitté la maison avec Ella et d'être parti à la recherche de Sky. L'image brutale d'une femme ayant traversé un pare-brise explosé lui revint en mémoire et il ouvrit les yeux. Il était éclairé par une lumière vive provenant du plafond. De lourdes tentures entouraient son lit. Il percevait les bips et les bruits d'aspiration de machines, des bruits familiers qui lui rappe-lèrent ses visites à son grand-père à l'hôpital, les jours qui avaient précédé sa mort.

Suis-je en train de mourir ? Bon sang, que lui était-il arrivé ? Il tourna la tête pour appeler les voix au loin, mais la pièce bascula et une nausée le submergea, tel un raz-de-marée. *Ouh là, ça n'est pas bon signe, ça.* Il referma les yeux et prit plusieurs profondes inspirations, jusqu'à ce que la sensation disparaisse. Sous lui, des draps frais et lisses lui collaient à la peau. Au moins les sentir le rassura sur un point : il n'était pas paralysé. Pourtant, il se sentait étrangement détaché de son corps, au point qu'il vérifia qu'il avait bien tous ses membres. Il remua les orteils et bougea les doigts, mais l'effort qu'il déploya pour soulever un bras éveilla une douleur fulgurante dans son flanc gauche. La souffrance s'était réveillée, comme un tigre endormi, pour ronger sa chair. Oh là là, quelqu'un lui avait-il tiré dessus ? Tremblant, il se mit à haleter tant l'angoisse était insupportable. La sueur lui empoissa le front et des gouttelettes salés vinrent lui piquer les yeux. Il tenta de forcer des mots à sortir de sa gorge sèche.

— À l'aide.

Sa voix n'était qu'un murmure rauque, mais quelqu'un l'entendit.

Le rideau s'écarta. Un homme vêtu d'une blouse d'hôpital et d'un masque chirurgical le contempla, avant de se détourner et de revenir quelques instants plus tard, une seringue à la main.

Doug leva le menton et dut batailler pour bredouiller :

— Qu'est-ce... qui m'est... arrivé ?

— Vous avez eu un accident de voiture. Vous ne vous en souvenez pas ?

Il secoua la tête.

— Non, qu'est-ce qui s'est passé ?

— Je ne sais pas, mais tout va bien aller, affirma l'homme, dont les yeux sombres n'exprimaient cependant aucune compassion. Ne luttez pas contre les médicaments, il vaut mieux que vous dormiez pour le moment.

Il enfonça l'aiguille de la seringue dans un tube relié au bras de Doug.

— Ça ne mettra pas longtemps à agir. Je reviendrai plus tard pour installer la machine, puis vous recevrez des doses régulières. Je ne vous laisserai pas souffrir.

Sur ce, il tira les rideaux autour du lit, libérant un large espace, et se hâta de repartir.

Le souvenir de son vieux chien rongé par le cancer et qu'il avait dû faire euthanasier revint à la mémoire de Doug. *Je ne te laisserai pas souffrir.* Mot pour mot ce que le vétérinaire avait dit à son chien. Perplexe, Doug tenta de voir par l'entrebâillement des rideaux et rencontra le regard terrifié d'une jeune femme dans le lit voisin. Elle avait une ecchymose au front et tirait faiblement sur les liens attachés à ses poignets. Il cligna des yeux. Elle lui était étrangement familière. Un autre médecin, ou peut-être un infirmier, vêtu d'une blouse d'hôpital mais plus grand que le premier, se présenta avant de lui tourner le dos pour se pencher sur la jeune femme.

— Bonjour, Olivia, fit-il avec un petit gloussement. Tu me dois une fière chandelle, tu sais. Je t'ai trouvée dans une épave de voiture. On va bien s'amuser ensemble.

Tout en parlant, il appuya la pointe d'un scalpel sous l'un des yeux apeurés de la jeune femme, puis l'en éloigna et le tint devant elle.

— Pas maintenant, mais je reviendrai bientôt.

Doug reconnut la voix de l'homme et, terrifié pour la sécurité de la jeune femme, tâcha de lutter contre la drogue qui lui avait été administrée. C'était Jim, l'ami d'Ella. Il voulut dire quelque chose, mais sa gorge était trop desséchée et ses mots sortirent dans un soupir. Jim se redressa. *Bordel, qu'est-ce qui se passe ici ?*

Les souvenirs de la voiture accidentée et d'une jeune femme qu'il fallait aider lui revinrent en mémoire. Jim avait insisté pour qu'il l'aide à emmener la blessée aux urgences. Dès l'instant où Doug avait eu la jeune femme dans les bras, Jim avait agi à la vitesse de l'éclair : il lui avait planté une aiguille dans le cou. Tout ce qu'il se rappelait ensuite, c'était son réveil à l'hôpital, en proie à de terribles souffrances. Un autre véhicule avait-il foncé sur eux, qui l'aurait blessé, ou était-il victime de quelque jeu tordu ? Il considéra Jim avec incrédulité. Punaise, l'étudiant en médecine venait de menacer une patiente sans défense. Des frissons glacés lui parcoururent les os, mais il ne pouvait pas bouger. Son corps semblait flotter, s'éloigner et, à mesure que les médicaments faisaient effet, sa vision se brouillait. Son ouïe, en revanche, fonctionnait parfaitement.

— Tu aimes les médicaments, Olivia ? Je les appelle les drogues de zombie. Ça signifie que tu vois et ressens tout. Ce n'est pas amusant ?

Jim lâcha un drôle de rire guttural.

— Dans les jours qui viennent, on va beaucoup se voir, toi et moi.

28

Un souffle d'air glacial fouetta Kane sitôt qu'il descendit de son pick-up, éveillant une douleur aiguë à sa tempe. Il enfonça son bonnet de laine sur ses oreilles et remonta sa capuche, dont il resserra les cordelettes autour du visage. Saisissant la trousse de premiers secours, il rangea le téléphone satellite dans une poche et contourna le capot de son véhicule. Ella Tate progressait maladroitement dans sa direction, glissant et dérapant, tout en parlant si vite qu'il n'arrivait pas à saisir un traître mot de ce qu'elle disait. Il constata son expression sauvage.

— Êtes-vous blessée ?

— Non, juste frigorifiée.

Kane fronça les sourcils.

— Qu'est-ce qui s'est passé ? Doug est dans la voiture ?

— Non, il a disparu. Je me suis réveillée dedans il n'y a pas longtemps.

Les dents d'Ella claquaient comme des castagnettes. Il la prit par le bras et la ramena jusqu'au pick-up de Doug.

— Vous ne savez pas conduire ?

— Si, mais il a pris les clés.

Ella frissonnait à côté de lui, les bras serrés autour de sa poitrine.

Alors que Kane contournait prudemment le capot noir couvert de glace, une odeur de sel lui brûla les narines. Il se pencha pour examiner la surface de la route et fronça les sourcils. La glace n'était pas aussi épaisse qu'il l'avait imaginé, ce qui signifiait que le chasse-neige avait déblayé la route et répandu du sel au cours des dernières vingt-quatre heures. Il se redressa et observa l'intérieur du pick-up de Doug Paul, où il repéra un fusil de chasse. Il n'y avait effectivement aucune trace de son propriétaire et rien n'indiquait non plus que les deux jeunes gens avaient bu. Il remarqua l'expression désemparée d'Ella.

— Venez avec moi, vous pourrez tout raconter au shérif. Il y a du café et de la soupe dans mon véhicule.

Kane souleva le fusil de chasse sur le siège avant, le déchargea et le rapporta dans son pick-up, où il le mit en sécurité dans une malle à l'arrière. Après quoi, il revint auprès d'Ella et la fouilla rapidement puis, convaincu qu'elle ne portait pas d'armes, il ouvrit la portière et lui fit signe de monter.

— Mettez-vous au chaud. Enveloppez-vous d'une couverture. Je reviens dans une seconde.

Après avoir donné une tape sur la tête de Duke, il retourna auprès de Jenna, en suivant les traces de pneus dans la neige. De là, il constata les dégâts, puis reporta son attention sur Jenna.

— Des survivants ?

— Non, grimaça-t-elle. Mettons-nous à l'abri du froid et voyons ce qu'elle a à dire.

Kane lui toucha le bras.

— Il y avait un fusil chargé dans le pick-up, mais elle n'a rien sur elle.

— D'accord.

Jenna épousseta la neige de son manteau, puis le précéda jusqu'à son pick-up, où elle grimpa.

Kane la suivit dans la chaleur de l'habitacle.

— Avez-vous été témoin de l'accident ? demanda-t-il à Ella.

— Je ne me souviens même pas d'être arrivée ici. La dernière chose que je me rappelle, c'est que je parlais à Doug, il devait être à peu près 23 heures. Ensuite, je me suis réveillée ici et Doug avait disparu, ajouta-t-elle en claquant des dents. Je ne sais pas ce qui m'arrive. J'ai l'impression de devenir folle.

De nouveau, Kane nota son apparence dépenaillée.

— Pas d'homme d'un mètre quatre-vingt-quinze qui vous aurait poursuivie armé d'une hache, cette fois ?

— Non, et personne n'est passé. Où sont les gens ? demanda Ella, qui se pelotonna dans la couverture.

— La route est fermée au niveau de Blackwater, répondit Kane, avant de se tourner vers Jenna. Tu veux que je la conduise aux urgences pour la faire examiner ?

— Non, je tiens à rester sur la scène. Appelle les secours par le téléphone satellite et préviens Wolfe, puis passe le véhicule au peigne fin. Transmets la plaque d'immatriculation à Rowley pour qu'il vérifie le numéro. Tu n'auras pas de réseau sur ton portable ici. Je m'occupe de prendre sa déposition, termina Jenna après s'être mouchée.

Kane jeta un coup d'œil à Ella, puis à Jenna. Son instinct lui soufflait que quelque chose ne tournait pas rond.

— Ça te dérange si je lui pose une question d'abord ?

— Vas-y.

Jenna versa du café dans une tasse et la tendit à Ella.

Kane se retourna sur son siège et observa attentivement la jeune femme. Enveloppée dans la couverture, elle avait l'air petite et effrayée, mais les psychopathes pouvaient avoir toutes sortes d'apparences.

— Deux de vos amis ont disparu et on vous retrouve au milieu de nulle part avec une arme. Vous dites ne pas vous rappeler comment vous avez atterri ici. Vous arrive-t-il souvent d'avoir des trous de mémoire ?

— Jamais jusqu'à ce matin. Écoutez, je n'ai rien fait à Doug ou à Sky, s'emporta-t-elle. Vous savez dire si quelqu'un a tiré récemment avec le fusil, non ? Je n'ai blessé personne.

— Nous n'avons rien affirmé de tel, mais nous devons vous poser des questions pour comprendre ce qui s'est passé, expliqua Jenna, qui sourit à Ella. Buvez le café. Il vous permettra de tenir le coup jusqu'à l'arrivée des secours.

Elle tourna vers Kane un regard noir.

— Je peux m'en occuper à partir d'ici.

— D'accord.

Il ressortit dans le vent mordant et se dirigea vers l'épave. Penché par la portière ouverte de la berline, il retira les clés du contact, les empocha. Puis il sortit le téléphone satellite et appela les secours pour Ella Tate. Aux urgences, on l'informa qu'à moins qu'il ne s'agisse d'une situation de vie ou de mort, il faudrait attendre plus de deux heures en raison du nombre d'accidents mineurs survenus en ville. Lorsqu'il informa Wolfe de la situation, celui-ci accepta de transporter Ella à l'hôpital si nécessaire quand il viendrait récupérer la victime de l'accident de voiture.

Après avoir raccroché, Kane passa en revue l'intérieur du véhicule et ne tarda pas à s'étonner. Il n'y avait là ni sac à main ni téléphone portable et, de l'examen du sachet vide de plats à emporter en provenance du Blackwater Roadhouse, il déduisit qu'il y avait eu plus d'une personne à l'intérieur du véhicule au moment de l'accident. Perturbé, il chercha autour et sous la voiture, grimpant sur la neige tassée par le chasse-neige pour regarder plus loin. Le verglas qui tombait lui cisaillait le visage quand il déverrouilla le coffre pour scruter l'intérieur : trois valises, toutes munies d'étiquettes d'avion au nom d'Olivia Palmer.

Il appela Rowley sur le téléphone satellite pour vérifier les plaques d'immatriculation et découvrit que le véhicule appartenait à Mme Ruby Palmer, une veuve de Black Rock Falls. Comme d'habitude, Maggie, la réceptionniste du bureau du shérif, connaissait la famille. Olivia était étudiante en troisième année et rentrait chaque année chez elle pour Noël. Sa mère avait dû aller la chercher à l'aéroport de Sweet Water Creek, à la périphérie de Blackwater, en raison de la fermeture temporaire de l'aéroport de Black Rock à cause du blizzard.

Après avoir demandé à Maggie de vérifier si les urgences auraient reçu Olivia, il se déconnecta et poursuivit sa fouille de l'épave. Si la portière était ouverte, il était possible que l'impact ait éjecté la passagère, cependant il ne trouva aucune trace de sang ou d'empreinte corporelle dans la neige. Où se trouvait-elle et où était passé Doug Paul ? Pour l'heure, en l'absence d'indices sur la disparition de ces trois personnes, si quelqu'un suggérait que des extraterrestres les avaient enlevées, il ajouterait peut-être cette hypothèse à sa liste de possibilités.

Il sortit son téléphone portable et prit des photos de tout, position du corps, contenu du sac à emporter et du coffre, puis il se retourna pour enregistrer le chemin parcouru par la voiture depuis la route. Il parcourut une portion de l'autoroute à droite et à gauche, à la recherche de traces de freinage, mais n'en vit aucune. La glace tassée sur l'autoroute était marquée par des chaînes, ce qui ne prouvait rien et pouvait être le fruit de la circulation normale. Après réflexion, il en vint à la conclusion que la conductrice avait pris le virage trop vite, perdu le contrôle du véhicule sur le verglas et glissé à travers la route. Les airbags s'étaient probablement déployés lorsque la voiture avait heurté le mur de neige compacte, bloquant la vue de la conductrice et la privant de toute possibilité de redresser son véhicule. Sans ceinture de sécurité pour la protéger, Mme Palmer avait traversé le pare-brise lorsque la voiture avait percuté le mur du fossé.

Les pieds et les doigts engourdis par le froid, il retourna à son pick-up. Une vague de chaleur et une odeur de soupe chaude l'enveloppèrent. Il fit part à Jenna de ses conclusions, puis jeta un coup d'œil à Ella sur la banquette arrière, en train de boire à une tasse.

— Alors, qu'est-ce qu'on a ? demanda-t-il au shérif.

Elle remplit une tasse de soupe au thermos et la lui tendit, puis plaça un sac de sandwichs à portée de main.

— Pratiquement rien, lui répondit-elle. Allons en discuter dehors.

Kane posa la tasse sur la console, prit un sandwich et, à contrecœur, ouvrit la portière pour ressortir dans le vent glacial.

— Faisons vite, mon cerveau est en train de geler.

Jenna examina son visage et fronça les sourcils.

— Bien sûr. Ella se souvient qu'elle avait prévu de retrouver un ami ici, vers 23 heures hier soir et qu'ils devaient partir à la recherche de Sky. Avec le fusil de chasse comme protection pour le cas où ils croiseraient l'Homme à la hache. Elle se rappelle aussi être partie de chez Doug, mais pas d'être montée dans son véhicule. Et c'est tout, soupira Jenna. Elle n'a aucun autre souvenir jusqu'à ce qu'elle se réveille, congelée, dans le pick-up de son ami. Qui a par ailleurs emporté ses clés et son téléphone portable.

Kane jeta un coup d'œil à Ella.

— Nous devons donc supposer qu'ils ont retrouvé le fameux ami. Il est plus que probable que Doug ait découvert Olivia vivante dans le véhicule accidenté et qu'ils l'aient emmenée à l'hôpital.

— Peut-être, mais pourquoi laisser Ella mourir de froid ici ? Elle aurait pu les suivre dans le pick-up de Doug. Ce n'est pas comme si la pauvre Mme Palmer risquait de s'en aller. Non, je ne pense pas que cela se soit passé comme ça. L'hôpital nous aurait avertis de l'accident hier soir.

Préoccupée, elle repoussa une mèche de cheveux sous son bonnet.

— Je vais contacter Rowley pour vérifier, juste au cas où quelqu'un aurait oublié de nous appeler.

— Déjà fait. Maggie est en train de se renseigner, répondit Kane, en se frottant la tempe pour soulager la douleur. Wolfe est en route avec Webber et, dès qu'il aura donné le feu vert, je ferai venir une dépanneuse pour évacuer l'épave.

— D'accord, je vais appeler Maggie et voir ce qu'elle a trouvé.

Jenna prit le téléphone satellite qu'il lui tendait et frissonna.

— Si c'est une autre attaque de l'Homme à la hache, pourquoi aurait-il laissé Ella derrière lui, à ton avis, et indemne les deux fois ? Il a forcément une idée derrière la tête.

L'esprit de Kane s'emballa à la pensée de toutes les implications.

— Je n'en vois qu'une : nous mettre sur une fausse piste et nous faire tourner en rond. Il ne faut pas être un génie pour savoir que dans ce genre de crime, la dernière personne à avoir vu une victime vivante est le principal suspect jusqu'à preuve du contraire et le premier centre d'intérêt de l'enquête.

— Oui, n'importe quelle série policière a pu le lui apprendre. Autrement, si l'on suit son raisonnement, si nous croyons Ella impliquée, ça lui donnera le temps d'effacer ses traces. Dommage pour lui, reprit-elle en plissant le nez, nous avons eu affaire à suffisamment de psychopathes ces deux dernières années pour ne pas tomber dans ce piège.

Kane se frotta le menton.

— Je pense qu'il l'a probablement droguée. Histoire qu'elle ne se souvienne pas de la façon dont elle est arrivée ici, ce qui ajouterait à son apparente instabilité à nos yeux. Nous allons en parler à Wolfe, cela pourrait expliquer pourquoi elle est si désorientée.

— Bonne idée. On ferait mieux de retourner dans le pick-up avant de mourir de froid. Je lui parlerai quand il aura terminé son examen préliminaire de la scène.

Sur un petit sourire, Jenna se dirigea vers la portière côté passager.

Kane remonta derrière le volant, mangea des sandwichs et but de la soupe, sans oublier de donner des morceaux de pain à Duke en attendant que Jenna termine son appel. Hélas, son signe négatif de la tête et son expression inquiète en disaient long. Deux autres jeunes gens avaient disparu sur cette route et ils n'avaient pas le moindre indice. Si Ella disait vrai et qu'un fou armé d'une hachette rôdait sur les chemins de traverse, ils devaient le trouver, et vite. Décidément, chaque nouvelle saison apportait son lot de psychopathes tordus à Black Rock Falls. *À quel type de cinglé avons-nous affaire cette fois-ci ?*

29

Sous les flocons de neige qui venaient se poser sur ses cils et ses joues, Jenna attendait patiemment que Wolfe extraie de l'épave le corps de Mme Palmer, forme grotesque dans sa rigidité congelée, et le charge à l'arrière de sa camionnette. Le médecin légiste avait pris beaucoup de temps pour l'examiner d'abord sur place et avait demandé à Webber de mesurer la distance entre la route et le lieu de l'accident. Puis il avait minutieusement parcouru la chaussée avec l'adjoint et sa fille Emily, afin de déterminer l'endroit où Mme Palmer avait perdu le contrôle de son véhicule. Son examen détaillé de l'intérieur de l'habitacle, et plus particulièrement de la portière côté passager, avait intrigué Jenna, mais ce n'était pas son rapport qu'elle attendait impatiemment. Il était évident que Mme Palmer était morte d'un accident de voiture.

Après avoir parlé à Ella Tate, Jenna n'arrivait pas à déterminer si la jeune femme désorientée était une bonne menteuse, une psychopathe ou si elle souffrait de perte de mémoire. Elle l'avait laissée entre les mains expertes de Kane pour qu'il la questionne plus avant. Emily, qui s'était jointe à eux, profiterait de cet interrogatoire pour gagner en expérience. En plus, la présence d'une jeune femme de l'âge du témoin serait bénéfique, d'autant qu'Emily était dotée d'une perspicacité incroyable et de la capacité de voir les choses sous un angle différent. Lorsque Wolfe referma les portes de sa camionnette, Jenna s'approcha de lui.

— Vous avez trouvé quelque chose d'intéressant ?

— Rien de probant, mais je suis d'accord avec Kane : il y avait quelqu'un d'autre dans le véhicule. J'ai prélevé de longs cheveux blonds sur l'appui-tête et le siège. Le tapis du côté passager porte des marques laissées par une personne qui y a été assise récemment avec des bottes recouvertes de neige, et je ne suis pas certain que la portière se soit ouverte lors de l'impact.

Il essuya les flocons de neige de son visage, puis continua :

— Il s'agit d'un modèle récent, dont les portières se verrouillent automatiquement dès que la voiture dépasse les dix kilomètres à l'heure. Le risque qu'elles s'ouvrent lors de l'impact est minime. La ceinture de sécurité est en travers du siège, comme si quelqu'un avait soulevé la passagère, et il y a une petite tache de sang sur l'airbag. Je vais le comparer à un échantillon prélevé sur Mme Palmer, mais il faudra attendre environ trois jours avant d'obtenir un résultat.

Jenna grimaça. Trois personnes disparues dans des circonstances similaires en moins d'une semaine, ça sentait le tueur en série à plein nez.

— Alors, on est devant un autre enlèvement, voire pire ?

Wolfe enfonça son chapeau.

— C'est une possibilité. D'autant que l'accident n'a pas été signalé. Ce qui m'inquiète, si c'était effectivement un malheureux accident, pourquoi avoir laissé Ella sur place ? Elle n'avait ni nourriture, ni clés de voiture. Ça me semble très irresponsable. Je vais ramener le corps à la morgue et le décongeler, précisa-t-il. Nous ne pouvons que supposer que l'accident est à l'origine de sa mort, pour l'instant. Tant que je ne l'aurai pas examinée, la cause reste indéterminée. Elle a pu être tuée par balle, pour ce que nous en savons.

Il soupira dans un nuage de buée.

— Le véhicule est prêt à être embarqué à l'atelier d'inspection. Je vais appeler la dépanneuse et prendre les dispositions nécessaires. J'ai un téléphone satellite ici.

— Merci. Avant que vous ne partiez, le retint Jenna, je dois vous demander quelque chose.

Elle frotta ses mains l'une contre l'autre pour éviter que ses doigts ne gèlent.

— Demandez. Elle n'est pas en train de faire des siennes, au moins ? voulut savoir Wolfe, qui désignait sa fille, assise dans le pick-up de Kane.

Jenna sourit à son expression inquiète.

— Pas du tout, au contraire, c'est un atout. Méfiez-vous, ou je vais la convaincre d'intégrer mes services.

— Ce ne serait peut-être pas aussi inconsidéré que vous le pensez. Elle a l'intention de vous convaincre de l'autoriser à vous accompagner pendant ses vacances afin d'en apprendre davantage sur les procédures policières. C'est une profileuse-née et je pense qu'une fois ses études terminées, elle pourrait bien vouloir combiner ses talents.

Jenna s'esclaffa.

— Comme vous ? Pourquoi ne suis-je pas surprise ? Si c'était un garçon, j'aurais cru avoir affaire à votre clone.

— Je le prends comme un compliment, madame, affirma le père, fier comme il se devait de sa fille. Vous aviez autre chose en tête ?

— Oui. J'ai interrogé Ella Tate et elle répète qu'elle ne se souvient de rien à partir du moment où elle a décidé de partir à la recherche de Sky Paul, la nuit dernière. J'ai déjà vu ça auparavant, cette brusque perte de mémoire. Généralement chez les personnes à qui l'on a fait prendre la drogue du viol. Combien de temps le produit reste-t-il dans le sang et pouvons-nous la tester ?

Wolfe plissa ses yeux pâles.

— Tout dépend de la drogue qui a été utilisée, il en existe plusieurs. Comme vous le savez, il faut qu'elle l'ait ingérée, ce qui est peu probable dans son cas, à moins qu'on n'ait utilisé de la kétamine : cette drogue s'utilise la plupart du temps comme anesthésiant sur les animaux, mais elle aurait le même effet sur un humain. Nous avons environ vingt-quatre heures pour pratiquer des tests et il serait bon de rechercher une blessure par piqûre d'aiguille. Si l'agresseur l'a piquée, il a dû agir rapidement pour qu'elle n'ait pas le temps de se défendre. Il a donc dû prendre quelques risques au niveau de l'endroit de la piqûre et, emmitouflée comme elle l'est, je chercherais une zone exposée, peut-être le cou ou le visage.

Jenna mordilla sa lèvre inférieure glacée.

— Je lui demanderai si elle ressent des douleurs. Si elle accepte une prise de sang maintenant, est-ce que vous avez votre trousse médicale avec vous ?

— Je ne quitte jamais la maison sans. Je vais chercher ce dont j'ai besoin, dit-il en se tournant déjà vers sa camionnette. Allez donc voir si vous pouvez la persuader de me donner un échantillon de son sang.

Jenna se dirigea vers le pick-up de Kane et ouvrit la portière.

— Emily, ça ne vous dérange pas de sortir attendre avec Webber ? Je dois parler à Ella.

— Bien sûr. Merci de m'avoir permis de monter.

Sur ce, Emily enroula une écharpe autour de son cou et glissa du siège avant, puis rejoignit en patinant précautionneusement la camionnette de son père.

Jenna échangea un regard significatif avec Kane, puis pivota sur son siège.

— Ella, je crains que votre perte de mémoire ne soit due à une drogue.

La jeune femme lui lança un regard indigné.

— Je ne me drogue pas. Doug non plus.

— Je n'ai pas dit ça. En revanche, la perte de mémoire que vous décrivez correspond à celle que provoque la drogue du viol, expliqua Jenna en soutenant le regard perplexe d'Ella. Vous souvenez-vous que quelqu'un vous ait piquée avec une aiguille ou avez-vous un point sensible quelque part ?

— Je ne me rappelle pas, mais oui, j'ai mal au cou, juste là, fit-elle en portant le doigt à l'endroit en question.

Jenna se pencha vers le siège arrière et observa la petite marque juste au niveau de la jugulaire.

— Ce pourrait être la marque d'une aiguille. Avec un prélèvement de sang, nous pourrons déterminer si quelqu'un vous a droguée.

Ella soupira.

— D'accord. Du moment que ça vous aide à me croire. Combien de temps je vais encore devoir rester assise ici ?

— Cinq minutes, lui assura Jenna, avant de s'adresser à Kane : Prends une photo de la marque d'aiguille. Wolfe va venir lui faire une prise de sang.

Elle sourit à Ella.

— Vous rentrerez en ville avec le médecin légiste. J'aimerais que vous soyez examinée aux urgences, puis vous pourrez retourner chez les Paul.

Ella lui lança un regard noir.

— Pas d'hôpital. Je ne suis pas blessée, j'ai juste froid et j'ai besoin de faire pipi.

Jenna regarda Kane prendre quelques clichés de la marque de l'aiguille, puis se retourna vers Ella.

— D'accord, à condition que vous ne bougiez pas de la maison jusqu'à ce qu'on découvre ce qui est arrivé à vos amis. D'accord ?

Ella haussa les épaules.

— Bien sûr. De toute façon, je ne connais personne d'autre à Black Rock Falls.

Une fois que Wolfe lui eut fait sa prise de sang et emmenée dans sa camionnette, Jenna s'adossa au siège et lâcha un soupir.

— Selon Wolfe, quelqu'un, peut-être blessé, a sans doute été transporté de l'épave vers un véhicule qui attendait.

— Ça y ressemble, oui, mais vu la quantité de traces de pneus sur l'autoroute, il est impossible de confirmer l'implication d'un autre véhicule. J'ai trouvé des traces de chaînes sur la plaque de glace, de l'autre côté de l'épave, mais à cette époque de l'année, cette route est souvent très fréquentée par les gens qui rentrent chez eux pour les fêtes. Quelqu'un a pu s'arrêter ici à n'importe quel moment, entre la première neige et le gel, mais il n'y a pas de preuve concluante qu'un véhicule se soit arrêté là précisément la nuit dernière.

Il regarda par le pare-brise, comme s'il réfléchissait à leur situation impossible.

— Nous n'avons aucune preuve d'un enlèvement, aucun véhicule, aucune trace de sang à part la petite tache sur l'airbag, qui pourrait facilement être une éclaboussure du sang de Mme Palmer. Bref, nous n'avons rien.

Il poussa lui aussi un soupir, avant de poursuivre :

— Je doute que nous trouvions quoi que ce soit d'anormal dans le pick-up de Doug Paul. Il était bien conscient des conditions météorologiques et devait disposer d'un véhicule en parfait état pour s'abriter à l'intérieur jusqu'à l'arrivée des secours. Seul un imbécile partirait à pied, et pour aller où d'ailleurs ? Il n'y a rien à des kilomètres à la ronde. Si les deux disparus avaient suivi la route comme n'importe quelle personne sensée, nous les aurions vus et à la vitesse à laquelle je roulais, je n'aurais pas pu les rater.

Jenna acquiesça.

— Je vais informer les médias, lancer un autre avis de

recherche pour le cas où quelqu'un les aurait pris en stop, et relancer les opérations de recherche et de sauvetage. C'est tout ce que nous pouvons faire pour l'instant. Ella se souvient qu'elle a parlé à Doug hier soir vers 23 heures. Le panneau de signalisation devait déjà être en place, ou avoir été installé peu de temps après. Je vais me renseigner sur l'heure exacte. Ça signifie que si quelqu'un a ramassé Doug et Olivia, ce quelqu'un roulait de Blackwater vers Black Rock Falls avant 23 heures, moment où le camion accidenté a bloqué l'autoroute. Ils n'ont pu emprunter qu'un seul chemin, celui de Black Rock Falls ou plus loin.

Elle le regarda.

— On doit les chercher plus près de la ville ou en ville.

Kane fronça les sourcils, concentré.

— Une autre chose à prendre en compte, enchaîna-t-il. D'après ce qu'on sait, Doug est un jeune homme sensé. S'il avait trouvé Olivia vivante, il l'aurait conduite directement à l'hôpital et nous aurait appelés pour que nous nous occupions de l'épave. Il s'est donc passé quelque chose d'autre ici et il est évident pour moi qu'Ella n'est pas impliquée. Je pense qu'elle est censée nous induire en erreur.

Il haussa ses larges épaules, puis termina :

— Ce qui ne nous laisse qu'une seule conclusion. Ce n'est pas une coïncidence et celui qui les a enlevés a aussi enlevé Sky. Je suis d'accord avec toi : par ce temps, ils doivent être près de Black Rock Falls. C'est la seule conclusion logique.

Jenna se resservit du café au thermos et en but une gorgée, tout en se réchauffant les mains sur la tasse.

— Oui, et si nous n'avions pas trouvé Ella seule dans le pick-up de Doug, nous aurions écrit dans le rapport qu'il s'agissait d'un grave accident de la route.

— Peut-être pas, nuança Kane en avalant son café. Tu aurais ouvert le coffre et trouvé les sacs appartenant à Olivia. L'un d'entre eux portant une étiquette de l'État du Montana, nous aurions supposé que sa mère l'avait récupérée à l'aéroport, ce que Maggie a suggéré.

Jenna fronça les sourcils.

— Je vais dire à Rowley d'appeler l'aéroport pour savoir quand elle a atterri. Nous savons qu'elle est arrivée avant 23 heures hier soir, puisque le camion renversé a bloqué l'autoroute peu après.

Elle termina son café et se tourna vers Kane.

— On rentre au bureau.

— Je commence à manquer d'essence, il va falloir nous arrêter en ville. Ce qui m'intrigue, reprit-il après avoir opéré un demi-tour, c'est pourquoi kidnapper Doug ? Si on a affaire à un de ces cinglés qui prend son pied à tuer, ils s'en tiennent généralement au même sexe. Alors quel est le mobile de celui-ci ?

— Les deux sexes, jeunes, beaux : tout ça me fait pencher vers une histoire d'esclavagisme sexuel, dit Jenna en fronçant le nez de dégoût. Ils les rendent accros à la drogue et se servent de cette dépendance pour les contrôler. J'ai vu des jeunes hommes, des femmes et des enfants vendus à l'étranger. C'est un problème qui va croissant, il ne faut pas l'ignorer.

Kane haussa un sourcil.

— Toi, tu m'as l'air d'avoir un plan.

Jenna acquiesça.

— Je réfléchis à des suspects potentiels. Peut-être que le nôtre est un routier qui passe régulièrement par là. Il a pu repérer les deux femmes seules dans leur voiture et les pousser avec son camion pour leur faire quitter la route. C'est assez facile, ça m'est arrivé, rappelle-toi.

Kane regardait droit devant lui, concentré.

— Ou alors elle a eu tellement peur qu'elle a quitté l'autoroute toute seule. J'ai vérifié le véhicule de fond en comble et je n'ai trouvé aucune éraflure ni aucun transfert de peinture d'un autre véhicule.

Jenna secoua la tête.

— Ça ne veut rien dire. Un semi-remorque qui fonce droit vers un conducteur, surtout dans un virage et par ces conditions météo, ça ferait paniquer n'importe qui. De toute façon, pour l'instant, c'est tout ce que j'ai pour avancer, soupira-t-elle. Je vais contacter le conseil local des entreprises et obtenir une liste des usines de la région, restées ouvertes sur de courtes périodes pendant les fêtes pour assurer les livraisons. Je me dis que c'est un bon point de départ, parce que je t'avoue qu'autrement, je suis à court d'idées.

Elle haussa les épaules et lui jeta un coup d'œil.

— Une chose est sûre, si ce kidnappeur est un opportuniste, c'est l'homme le plus chanceux que je connaisse.

30

JEUDI

Il entra dans le bureau de la femme et ferma la porte derrière lui en actionnant le verrou. Ses visites la ravissaient, surtout lorsqu'elle savait qu'il y avait des gens dehors et qu'ils risquaient d'être découverts. Quand elle se leva pour l'accueillir d'un regard affamé, il contourna consciencieusement le bureau pour l'enlacer, comme le ferait n'importe quel amant.

— Tu m'as manqué. Je devrais passer plus souvent.

Oh oui, c'était un rôle qu'il pouvait jouer. D'ailleurs, il avait joué la comédie toute sa vie. Ça l'amusait que les gens le croient. Non qu'il se soucie de l'opinion d'autrui à son égard, mais il se demandait souvent ce que l'on ressentait quand on tenait à quelqu'un. Peut-être cela se rapprochait-il de ce que lui s'attendait à recevoir.

Comme son papa le lui avait appris, les êtres humains aspirent à être valorisés. Il sourit à sa petite amie et remarqua la façon dont ses yeux changeaient lorsqu'elle les leva vers lui. Beaucoup de femmes le regardaient de cette façon et il en déduisait qu'il pourrait les avoir toutes. La plupart de celles qui le désiraient étaient d'une beauté et d'une richesse exception-

nelles et le considéraient probablement comme un mari potentiel, mais aucune ne lui passerait la corde au cou.

Sa petite amie n'était pas jolie, en fait, elle était même assez
banale, mais pour lui, elle était une denrée consommable. Son
utilité était double. Il avait besoin de son expertise et de sa
loyauté. Lui faire croire qu'il tenait à elle avait été facile, mais
c'était pour la convaincre de le suivre dans ses plans qu'il avait
vraiment fait preuve de génie. Il lui sourit : elle ferait n'importe
quoi pour lui. En réalité, si les choses partaient en vrille, il n'aurait même pas besoin de la tuer pour garantir son silence : elle le
protégerait de son plein gré et porterait le chapeau.

Personne ne pourrait l'impliquer dans le moindre acte
répréhensible, parce qu'il avait été plus malin que tout le
monde. À l'exception du shérif Alton. Elle n'avait pas mordu à
l'hameçon et avait relâché Ella Tate. Il allait donc l'envoyer
maintenant sur une autre fausse piste en tuant quelqu'un au
hasard. Tout à l'heure, il partirait faire un tour en voiture et
éclaterait la tête du premier idiot trop crédule et peu méfiant
qui s'arrêterait pour l'aider, puis il laisserait son corps trempé de
sang sur le bas-côté de la route. Le shérif se gratterait la tête en
se demandant combien de tueurs rôdaient sur le même tronçon
d'autoroute. Il retint un petit rire. Oh oui, rien que l'idée d'entendre un crâne craquer et de voir le sang couler sur la neige
calmerait son envie de tuer assez longtemps pour qu'il puisse
continuer à jouer le rôle du petit ami dévoué.

31

À son bureau, Jenna se replongea dans les événements de la veille. Affolée pour la sécurité des personnes disparues, elle avait commandé aux équipes de recherche et de secours de repartir à l'aube. Elles avaient passé l'autoroute au peigne fin en direction du sud à partir du camion renversé, à l'affût d'automobilistes bloqués, mais les fouilles, pourtant approfondies, n'avaient encore rien donné. Le ministère des Transports avait ordonné le blocage de l'autoroute et l'installation des panneaux de fermeture à minuit à Black Rock Falls et à Blackwater. Cela signifiait que l'accident de voiture et l'enlèvement de Doug et Olivia avaient eu lieu entre 23 heures et minuit. Jenna avait mis à jour le communiqué de presse et espérait que quelqu'un appellerait avec une piste. Après avoir passé la journée entre les coups de fil à droite à gauche et la collecte des informations, elle mit de l'ordre dans ses notes. Quelque part dans la pile d'informations devait se trouver un indice sur l'endroit où les disparus avaient été emmenés.

Comme elle l'avait supposé, certaines usines restaient ouvertes sur une base limitée pendant les congés. Celle de transformation de la viande, par exemple, ouvrait une journée au cours de la semaine précédant Noël pour assurer les livraisons de viande fraîche avant les fêtes. Elle avait tourné avec un personnel réduit, traité une dizaine de bœufs et puis avait fermé ses portes depuis deux semaines. Les casses et déchèteries locales restaient ouvertes à des horaires variables, en fonction des besoins de broyage ou de déchiquetage des déchets. Kane et Rowley les avaient inspectées, sans trouver trace du véhicule de Sky.

Jenna repassa ses notes, puis les dossiers de Rowley sur l'affaire. Aussi méticuleux que d'habitude, son agent avait dressé une liste de toutes les personnes qui se rendaient régulièrement à Black Rock Falls. La liste comprenait les camionneurs transportant des marchandises d'autres villes ou États, les courtiers en immobilier et les camionnettes de livraison du courrier, y compris FedEx et UPS. Elle s'ajouta en guise de rappel de parler aux conducteurs de chasse-neige : ils allaient et venaient sur l'autoroute plus fréquemment que la plupart des gens, même si enlever deux personnes dans un chasse-neige n'était sans doute pas chose facile. *Mais ils ont peut-être vu quelque chose que je pourrais utiliser.*

On frappa à sa porte et elle leva les yeux de son écran d'ordinateur. Kane.

— Entre. Tu as trouvé quelque chose d'utile ?

— Oui, j'ai une liste des chauffeurs qui passent régulièrement en ville, notamment les jours où les personnes ont disparu. Mais ce n'est pas pour ça que je suis là.

Il fit un pas en avant, puis s'arrêta et se racla la gorge, la mine grave.

— Il est 19 heures passées et Maggie a hâte de retrouver sa famille. Le ventre de Rowley gargouille si fort qu'il fait sursauter Duke. On peut rentrer à la maison sans tarder ?

Jenna jeta un coup d'œil au noir d'encre de l'autre côté de la fenêtre. La journée avait filé à toute allure.

— Oh là là, je n'avais pas remarqué qu'il était si tard. Je suis désolée, cette affaire est très chronophage. J'ai travaillé tout l'après-midi et je n'ai pratiquement pas avancé.

Elle s'adossa à sa chaise.

— S'il te plaît, va présenter mes excuses à Maggie et renvoie-la chez elle. Que fait Rowley, il dort au chalet, ce soir ?

— Non, il a déménagé toutes ses affaires ce matin, répondit Kane en souriant. Il est content de retrouver son vrai chez-lui.

Jenna s'étira et sourit à son tour.

— Je pense que tu ferais mieux de le renvoyer aussi et nous, on va aller dîner chez Tante Betty, c'est moi qui invite. Et pendant qu'on mangera, on réfléchira à la suite. Ça te dérange si on y va tous les deux dans ton pick-up ? demanda-t-elle, écartant les cheveux de son visage. Je n'ai pas vraiment envie de rentrer seule, ce soir.

— Moi non plus. J'ai nourri Duke, il dormira dans la voiture pendant qu'on dînera. Il sera bien installé, avec son manteau et une couverture épaisse en plus. Ce n'est que le temps d'une demi-heure. Je vais annoncer la bonne nouvelle à tout le monde, ajouta-t-il après avoir déposé le dossier sur le bureau.

Ils se ruèrent chez Tante Betty pour éviter la neige qui détrempait leurs vêtements, projetée sur eux par un vent pour le moins cruel. La chaleur et les merveilleux arômes de cuisine et de café corsé, tout juste passé, enveloppèrent Jenna dès qu'elle franchit la porte. Elle adorait l'atmosphère de cet endroit : y entrer, c'était comme un câlin plein de chaleur. Elle s'étonnait toujours qu'un café reste ouvert jusqu'à 23 heures, voire plus tard et tous les soirs, dans une ville relativement petite. Cependant, l'endroit n'était jamais vide et, la journée, les gens faisaient même la queue pour être servis. Une chose était sûre : ici, personne n'était jamais déçu.

Elle sourit à Rowley, qui repartait du comptoir avec un gros sac à emporter dans les bras.

— Vous avez goûté la soupe au potiron ?

— Oui, j'en ai pris assez pour le déjeuner de demain aussi, au cas où on serait débordés. Bonne nuit, madame.

L'agent inclina son chapeau et se dirigea vers la porte.

— Bonne nuit.

Jenna jeta un coup d'œil rapide aux plats du jour et son estomac grogna de satisfaction. Puis elle se fraya un chemin parmi les tables, jusqu'à l'une d'entre elles, adossée au mur du fond.

À côté du menu, la direction avait une notice affichée là en permanence : « Réservé au service du shérif ». Quand ses adjoints passaient manger sur le pouce, ils n'avaient pas le temps de faire la queue et le personnel de Tante Betty leur donnait la priorité, geste que tous appréciaient. Jenna enleva son manteau et ses gants, puis s'assit. En face d'elle, Kane posa sa parka sur le dossier de sa chaise et s'installa dos au mur comme d'habitude. Ses yeux d'aigle scrutaient les clients, à l'affût de têtes inconnues.

Ils passèrent commande et, quelques minutes plus tard, Jenna soupirait de contentement devant un grand bol de soupe au potiron. Elle avait aussi commandé, à l'instar de Kane, un steak avec toutes les garnitures.

— Oh, ce que c'est bon !

Kane la regarda, la cuillère au-dessus de l'assiette.

— Je suis content de voir que tu as retrouvé l'appétit. Pendant que tu travaillais cet après-midi, j'ai consulté la base de données pour y dénicher des cas similaires. Six personnes ont disparu au cours des derniers mois, et toutes auraient emprunté l'autoroute qui relie Blackwater à ici et se dirigeaient vers des villes voisines dans l'un ou l'autre des deux sens.

Jenna avala une bouchée de soupe et soupira.

— Pourquoi n'avons-nous pas reçu d'avis de recherche ou de signalement de disparition ?

Kane se cala contre le dossier de sa chaise tandis que la

serveuse débarrassait les assiettes et les remplaçait par leurs plats principaux.

— On en a eu. Ils ont été enregistrés et traités par Rowley et Walters.

Surprise que Rowley ne lui ait pas signalé les incidents, Jenna fronça les sourcils.

— Rowley ne manque jamais de me mettre au courant et Walters aussi.

— Oui, mais tu avais d'autres chats à fouetter à ce moment-là, lui rappela Kane en attaquant son steak. Les premières ont été signalées lorsque tu es venue me rendre visite à l'hôpital de Washington DC, les autres pendant la semaine où tu as pris un congé pour t'occuper de moi, et la dernière lorsque tu étais trop malade pour parler à qui que ce soit. Rowley était aux commandes et c'est lui qui s'en est chargé.

Il souleva sa fourchette, la porta à sa bouche, puis s'immobilisa.

— Tous les papiers sont en ordre, Jenna. La dernière personne à avoir disparu est Trudy Simmons, 20 ans, de Glass Ridge. Elle se rendait de Blackwater à une réunion d'anciens élèves dans sa ville natale. Les rapports proviennent tous de différents comtés. Rowley a vérifié auprès de l'hôpital, de l'hôtel et de la station-service de la ville et n'a trouvé aucune trace d'elle. Il a suivi le protocole et convaincu Wolfe d'utiliser son nouveau logiciel de reconnaissance faciale sur les images de vidéosurveillance qu'il avait collectées en ville. Ça n'a rien donné. Il a traité toutes les affaires de la même manière, procédé aux vérifications habituelles et, chaque fois, il n'a trouvé aucune trace de ces personnes. Comme pour Sky et Doug Paul. On dirait qu'elles ont toutes disparu comme par magie.

Jenna but une gorgée de café en l'observant par-dessus le bord de sa tasse.

— Rowley a donc classé les rapports, envoyé des copies aux comtés concernés et ne m'a pas dérangée avec ça. Je comprends : vu les circonstances, ces cas ne relevaient pas de notre juridiction.

Elle fronça les sourcils.

— Cela dit, il aurait dû les porter à mon attention maintenant.

— Il les a ressortis des archives aujourd'hui et tu as tous les détails dans tes dossiers, répliqua Kane en souriant. Comme tu as passé tout l'après-midi enfermée dans ton bureau à téléphoner, c'est moi qu'il a informé.

Intriguée, Jenna réfléchit.

— Ils ont quel âge, tous ces gens ? Il y a forcément quelque chose qui relie ces affaires entre elles.

— Entre 19 et 22 ans.

Kane retourna à son repas et ils mangèrent quelques minutes en silence. Afin qu'un suspect émerge, Jenna aimait laisser infuser dans son esprit les informations qu'elle avait recueillies. Elle termina son repas et attendit que la serveuse remplisse sa tasse de café, puis recula au fond de sa chaise.

— J'ai passé en revue une liste de suspects potentiels. Il faut que ce soit quelqu'un qui emprunte régulièrement cette autoroute et j'ai une liste de personnes. Des livreurs surtout, mais je ne peux m'empêcher de penser que le fourgon des services postaux fait des allers-retours quotidiens sur cette route. Le courrier arrive au bureau de poste, il est trié et le facteur local le distribue, tu es d'accord ?

— Hum, hum, acquiesça Kane, qui mastiqua lentement, puis déglutit. Il faudrait savoir à quelle heure arrive la livraison. Le transport peut se faire pendant la nuit.

L'excitation envahit Jenna, qui se pencha en avant sur la table.

— Bon, ça nous fait au moins une personne à qui parler. Qui d'autre pourrait emprunter cette route de nuit ?

Kane repoussa son assiette et prit son café.

— Un laitier peut-être ? Je ne sais pas trop quelles denrées périssables sont livrées au quotidien. Je sais en revanche que lorsque je suis passé prendre une soupe et des sandwichs plus tôt dans la journée, les serveuses s'inquiétaient de l'arrivée de leurs provisions en provenance de Blackwater.

Jenna sortit son bloc-notes et leva les yeux vers Kane.

— Les livraisons FedEx sont faciles à traquer, mais il doit y avoir d'autres livraisons ou des chauffeurs de camion qui traversent la ville régulièrement.

— La plupart ont des carnets de route, mais tous ces endroits doivent être fermés maintenant.

Kane étouffa un bâillement.

— La journée a été longue et je dois encore m'occuper des chevaux.

Après avoir passé tant de temps chez elle, Jenna ne se sentait pas du tout fatiguée.

— Oh, je viendrai t'aider avec les chevaux. J'ai d'autres choses à te dire. On discutera en route.

Elle paya l'addition avec sa carte de crédit, se leva, enfila son manteau et se dirigea vers la porte.

Pendant le trajet du retour, la neige ne cessa de s'accumuler sur les essuie-glaces et, lorsqu'ils quittèrent l'autoroute princi-pale pour emprunter la route menant au ranch, le chemin devint périlleux. Jenna avait confiance en la conduite de Kane, mais elle voyait bien la lenteur avec laquelle il progressait sur la chaussée gelée. Elle s'éclaircit la gorge.

— L'autre chose que je voulais mentionner, c'est que toutes les usines ne ferment pas complètement pendant la période des fêtes. Certaines ouvrent un jour par semaine pour approvi-sionner les magasins locaux.

Penché en avant, Kane scrutait la route devant lui à travers la neige qui fouettait le pare-brise.

— Ah, c'est intéressant, répliqua-t-il, car j'ai patrouillé dans la région et je n'y ai trouvé aucun signe de présence depuis au moins une semaine. J'ai eu l'impression que la porte de la casse avait peut-être été ouverte depuis le premier blizzard, mais ce n'est pas le genre d'endroit qui approvisionne les magasins locaux.

Les roues arrière du pick-up dérapèrent de côté et le cœur de Jenna s'emballa. Elle s'agrippa au siège et regarda Kane, dont le visage était un masque de concentration. Il se tourna et lui sourit.

— Ça va, on a roulé sur une plaque de verglas. Dans le pire des cas, on glisse dans le fossé et, à cette vitesse, on ne risque pas grand-chose.

Jenna éclata de rire.

— Toi, tu sais me rassurer.

Il s'esclaffa.

— Fais confiance à la bête et aux pneus-neige tout neufs. On n'est plus très loin.

Jenna poussa un soupir de soulagement.

— D'accord, bon, on a donc quelques pistes à explorer demain. Je vais demander à Rowley et Walters de commencer à chercher des personnes qu'on pourrait interroger. On devrait aller faire un tour dans les usines que je sais ouvertes pendant les congés, histoire d'essayer de parler à quelqu'un.

— D'accord.

Kane franchit le portail et des projecteurs s'allumèrent pour illuminer la propriété.

Un bip retentit lorsque la télécommande du véhicule se connecta au système d'alarme. Kane ralentit devant la maison.

— Donne-moi cinq minutes pour me changer, lui dit Jenna. Je te retrouve aux écuries.

Sur quoi, elle prit ses affaires et sortit. Mais Kane la suivit.

— Je vais entrer avec toi, pour m'assurer que tout va bien.

Jenna lui fit signe de s'éloigner et sortit son arme.

— Ça va aller. Le nouveau système de sécurité m'aurait alertée si quelqu'un avait franchi le portail, mais je vais quand même vérifier.

— Dans ce cas, j'attends ici jusqu'à ce que tu me donnes le feu vert.

Adossé à son pick-up, il la regarda monter les marches. Jenna entra, déposa ses affaires sur la table du vestibule et balaya la maison du regard, puis elle retourna à la porte et fit signe à Kane.

— La voie est libre.

Elle se dirigea vers la chambre à coucher. Au moins, elle avait enfin quelques pistes à suivre. Certes, pas grand-chose, mais c'était un début et si l'Homme à la hache était quelque part dans sa ville, elle le trouverait et découvrirait ce qui était arrivé à Sky, Doug Paul et Olivia Palmer.

32

JEUDI SOIR

Il était tard lorsque Levi Holt traversa Black Rock Falls. Il allait passer les vacances chez ses parents à Blackwater. À la radio, le bulletin météo indiquait que l'autoroute était dégagée et, plutôt que de risquer de nouvelles chutes de neige, ce qui signifierait être bloqué à Black Rock Falls pendant des jours en attendant que les chasse-neige effectuent leur travail, il avait décidé de conduire toute la nuit si nécessaire pour atteindre sa destination.

Le ruban d'asphalte sombre se déroulait devant lui comme un serpent glacé à travers le paysage enneigé. Le monde était devenu gris et noir au moment où le soleil s'était couché. Les arbres et les bâtiments devenaient troubles et inquiétants. Sa mère l'avait mis en garde contre les dangers des voyages de nuit et il avait entendu parler de disparitions dans le coin. Aussi roulait-il assez lentement pour scruter tout changement soudain de l'état de la route. Le ciel était pommelé et, de temps à autre, la pleine lune apparaissait entre les gros nuages. Il alluma la radio et chanta sur les airs qu'il connaissait, en grignotant de la viande séchée dans le sachet placé sur le siège à côté de lui.

La perspective de revoir ses amis amena un sourire sur ses

lèvres. Les selfies qu'ils avaient postés sur Facebook, en bonnets de Père Noël pour l'inciter à venir directement après sa dernière journée de travail chez Tire and Mechanical, avaient achevé de le décider à prendre la route de nuit.

En ralentissant dans un virage serré parsemé de petites plaques de verglas, il remarqua devant lui un véhicule au capot relevé, feux de détresse clignotant dans l'obscurité. *Bon sang, je vais être obligé de m'arrêter.*

À la hauteur du pick-up, il baissa sa vitre.

— Salut. Besoin d'aide ?

Un homme descendit de derrière le volant.

— Oui, le moteur vient de s'arrêter. J'ai pourtant fait le plein. J'espérais qu'un routier passerait par là et m'appellerait une dépanneuse *via* sa radio. Je n'ai pas de réseau pour contacter qui que ce soit.

Levi fronça les sourcils.

— Je ne peux pas vous aider pour ce qui est du réseau, par contre je m'y connais en moteurs.

Il remonta sa vitre, trouva sa lampe de poche et sortit dans le froid glacial, laissant le moteur tourner.

L'homme se dirigea vers l'avant de son véhicule.

— Merci beaucoup. J'ai une clé à molette, si ça peut vous aider ?

Il brandit l'outil.

— J'ai ce qu'il faut dans ma voiture, répliqua Levi, qui alluma la lampe de poche et s'approcha de l'avant du pick-up en panne.

Par chance, à ce moment-là, la lune sortit de derrière un nuage, sinon il n'aurait pas vu l'ombre du bras de l'homme levé au-dessus de sa tête. Levi esquiva et la clé à molette s'abattit contre le radiateur dans un bruit métallique. La peur le prit à la gorge. Il pivota sur lui-même, frappa avec sa torche et atteignit l'homme de plein fouet au niveau du bras droit. Lorsque l'in-connu haleta de douleur et recula en titubant, Levi n'attendit pas d'explication, il regagna tant bien que mal la chaussée en dérapant dans la neige.

— Qu'est-ce que c'est que ce bordel ?

L'homme, qui s'élança sauvagement vers lui, le rattrapa rapidement mais le manqua de quelques centimètres. Levi n'avait que sa lampe de poche. Il la braqua dans les yeux de l'assaillant, espérant que le puissant faisceau halogène l'aveuglerait une seconde, puis il se précipita aussi vite que possible sur la route gelée. Il plongea dans son pick-up, verrouilla les portières d'une main tremblante. Il attrapa le levier de vitesse au moment où le cinglé s'élançait à nouveau sur lui. La clé à molette brisa la vitre latérale, l'aspergeant de verre. Il enfonça la pédale d'accélérateur, les roues se mirent à patiner sur la glace et il dérapa sur l'autoroute.

Le cœur battant si vite qu'il l'entendait cogner dans ses oreilles, il regarda par la vitre brisée l'homme qui courait après lui.

Ce doit être le gars dont ils parlent aux informations, celui qui a kidnappé des gens.

Terrifié, il mit les gaz. Le puissant moteur rugit, mais les roues arrière n'adhéraient à rien. Il batailla pour garder le contrôle, mais il glissait sur l'asphalte gelé et alla s'immobiliser dans l'épais talus de neige qui bordait la chaussée. Sans crier gare, le moteur crachota et s'éteignit. Les muscles tétanisés, il regarda dans le rétroviseur latéral, médusé : l'ombre noire de l'inconnu se précipitait vers lui. La panique s'empara de lui.

— Oh, mon Dieu !

Aspirant une bouffée d'air glacé, il tourna la clé. Le moteur toussota... puis rien. Il essaya encore.

— Allez, allez !

S'accrochant désespérément à ses connaissances en matière de moteurs, il appuya à fond sur l'accélérateur et tourna à nouveau la clé de ses doigts tremblants. Il laissa échapper un sanglot lorsque le moteur parfaitement réglé se remit enfin en marche, mais le fou, qui avait gagné du terrain, n'était plus qu'à une vingtaine de mètres. Levi appuya doucement sur l'accélérateur et son auto avança.

— C'est ça, doucement, tu peux le faire, ma belle. Sors-moi de là.

Enfin, les chaînes des pneus mordirent dans la glace, lui offrant l'adhérence dont il avait besoin, et il put diriger le pick-up sur le bitume. Alors qu'il s'éloignait, l'homme se fondit dans l'obscurité derrière lui, mais il garda un œil sur son rétroviseur, en se demandant ce qu'il ferait si ce cinglé le suivait. Le vent glacial le secouait à travers la vitre brisée, sans qu'il n'ose s'arrêter pour la couvrir. Une demi-heure plus tard, il entrait dans Blackwater. Cinq minutes de plus et il serait chez lui. Une fois en sécurité à la maison, il appellerait police secours.

33

VENDREDI MATIN

Le chauffage du bureau fonctionnait mal et Jenna dut glisser quelques mouchoirs en papier dans l'interstice au bas de la fenêtre branlante. La météo se comportait de manière étrange, ces derniers temps. Des blizzards recouvraient la ville de couches de neige si épaisses que les gens devaient les pelleter pour en extraire leurs véhicules, et l'instant d'après, un vent hurlait sur la ville comme s'il avait le diable en personne à ses trousses. Ce devait être l'hiver le plus froid qu'elle avait passé à Black Rock Falls. Quand Rowley frappa à sa porte, la mine sombre, elle se douta que les nouvelles concernant la chaudière n'étaient pas bonnes.

— Qu'a dit M. Jeffries ?

Rowley avait abandonné son Stetson réglementaire et opté pour le même genre de bonnet en laine épais que Kane, enfoncé sur les oreilles.

— Il nous faut une nouvelle chaudière, annonça-t-il. Il pense qu'ils ne fabriquent plus les pièces pour la nôtre. Le problème, si vous voulez en acheter une, c'est qu'il sera difficile de la faire livrer à cette époque de l'année, ajouta-t-il en lui tendant la facture du plombier. Il peut essayer de rafistoler la vieille, mais ça ne durera qu'un jour ou deux. Au bas de la facture, il a mis le devis pour son remplacement.

Jenna jeta un coup d'œil au document et acquiesça.

— Normalement, je devrais demander au maire d'approuver une dépense aussi importante, mais nous avons assez d'argent en caisse. Remerciez-le pour moi et dites-lui de procéder aux réparations. Je vais voir si je parviens à nous dégoter une autre chaudière. Wolfe semble avoir des contacts partout. Que Maggie paie au plombier ce qu'on lui doit pour aujourd'hui.

Elle inspira une odeur de cannelle et de chocolat chaud.

— Si c'est Kane qui revient avec le ravitaillement pour notre réunion, allez me chercher Walters et ramenez-vous tous les deux dès que possible.

— Oui, madame.

Quelques instants plus tard, Kane franchissait la porte, les joues rougies par le vent et portant des sacs de plats tout prêts de Chez Tante Betty.

— Ah, juste à temps, fit Jenna, qui lui prit un sachet et jeta un coup d'œil à l'intérieur. J'ai cru sentir des brioches à la cannelle.

Il lui sourit.

— Oui, et j'ai aussi fait remplir les thermos de chocolat chaud. Il y a assez de gâteaux et de biscuits pour nous permettre de tenir jusqu'au déjeuner. Je vais enlever mon manteau et je reviens avec des tasses.

Une fois ses adjoints installés, Jenna tira le tableau blanc sur lequel étaient inscrits les noms des personnes qui l'intéressaient.

— J'ai appelé notre contact au FBI, commença-t-elle. Sa réponse à la vague actuelle de disparitions a été que nous sommes pratiquement seuls sur cette affaire. Nous n'avons aucune preuve tangible suggérant qu'un homme ait kidnappé les personnes disparues, à part la déposition d'Ella Tate. Normalement, elle devrait être du premier intérêt pour nous, mais nous ne devons pas non plus tirer de conclusions hâtives. Bien que nous l'ayons trouvée sur les lieux de la disparition d'au moins deux personnes, nous pensons qu'elle n'est pas un témoin fiable, soit à cause des drogues qu'on lui a fait prendre, soit à cause de ses capacités mentales. Nous attendons toujours le rapport toxicologique de Wolfe sur son éventuelle ingestion de la drogue du viol. Si c'est le cas, elle va retrouver lentement la mémoire et nous l'interrogerons à nouveau à ce moment-là.

Elle désigna ensuite une liste de noms.

— En attendant, nous avons deux disparus et probablement un troisième. Nous n'avons réussi à contacter aucun membre de la famille de Ruby Palmer, toutefois nous savons qu'elle est arrivée à l'aéroport à 21 heures pour y récupérer Olivia Palmer. Rowley tente de pister les amis d'Olivia sur les réseaux sociaux dans l'espoir qu'ils puissent nous aider. Vous avez trouvé quelqu'un ? demanda-t-elle à l'intéressé.

Il compulsa son iPad.

— Oui. Je les ai ajoutés au dossier.

— Bien. Walters, je laisse cette partie de l'enquête entre vos mains habiles. Appelez-moi si vous trouvez des pistes.

— Pas de problème, madame, répondit ce dernier, visiblement heureux de rester à l'intérieur pour la journée. Et je vais aussi voir si je peux faire accélérer le rythme au plombier qui répare la chaudière.

— Ce serait bien, oui. Et vous, Kane, qu'avez-vous pour moi ?

— J'ai cherché dans la base de données des incidents similaires à ajouter à ce que Rowley a découvert hier et j'ai trouvé d'autres rapports, sans plus de preuves, sur des personnes disparues sans laisser de traces dans tout l'État. Toutes âgées de 18 à 25 ans, toutes sauf une, voyageant seules et dont les véhicules n'ont jamais été retrouvés.

Il se versa une tasse de chocolat chaud au thermos, puis s'adossa à sa chaise, boisson à la main, et poursuivit :

— Ce qui m'a mis la puce à l'oreille, c'est que ces disparus sont tous passés par Black Rock Falls. Je pense donc qu'ils sont liés.

Jenna fut parcourue d'un frisson. De toute évidence, un autre tueur rôdait en ville.

— Si le kidnappeur, appelons-le l'Homme à la hache, fait ça depuis un certain temps, comment pensez-vous qu'il se débarrasse des véhicules et des corps ? demanda-t-elle à la cantonade.

— Nous ne pouvons que supposer que l'Homme à la hache a tué ces gens. La traite d'êtres humains, comme nous l'avons évoqué, reste une option, précisa Kane dans un froncement de sourcils. Wolfe a-t-il donné la cause du décès de Mme Palmer ?

Penchée sur son bureau, les mains à plat, Jenna le considéra.

— Pas encore. Bien sûr, il se peut que nous découvrions des corps de personnes décédées de causes naturelles après la fonte de la neige, mais la déposition d'Ella Tate et la quantité de sang que nous avons trouvée me donnent des raisons de croire que Sky au moins a subi des blessures considérables de la part d'un homme armé d'une hache. Donc oui, fit-elle en se redressant, jusqu'à ce que l'une de ces personnes entre dans mon bureau, vivante et en bonne santé, ce sont des cadavres que nous cherchons.

Elle retourna à son tableau.

— Rowley, quel serait le meilleur endroit pour se débarrasser d'un véhicule dans la zone immédiate du kidnapping ?

L'intéressé remplit sa tasse et se concentra avant de répondre.

— La zone qu'il semble favoriser est très industrielle. Il y a beaucoup d'anciens puits de mines d'or qui pourraient servir de fosses pour les corps et les véhicules. Certains tunnels courent sur des kilomètres. On a déjà vérifié la casse locale. Elle était déserte, termina-t-il en se servant d'une brioche à la cannelle dans le sac.

— À propos de ce jour-là, précisa Kane, les yeux fixés sur ceux de Jenna, je suis convaincu que quelqu'un a ouvert le portail depuis la nuit où Sky a disparu. Nous ne pouvons pas exclure la possibilité que l'Homme à la hache ait eu un complice pour se débarrasser du véhicule.

Jenna prit des notes sur le tableau blanc.

— C'est une possibilité, mais il est assez facile de remorquer une voiture sans chauffeur. L'Homme à la hache n'aurait besoin que d'un accès à la casse et de savoir utiliser les machines nécessaires. Avez-vous vu un broyeur à la déchèterie ?

Kane choisit un cookie dans le sachet.

— Oui, et une déchiqueteuse, mais il lui faudrait plus que la clé du portail, on parle de machines lourdes, là. Il a besoin des clés et des compétences nécessaires pour placer le véhicule dans le compacteur à l'aide de la grue à électroaimant. Cacher un corps dans le coffre d'une voiture et l'écraser ensuite, ce n'est pas nouveau. À une époque, c'était même une méthode assez prisée pour faire disparaître des corps.

L'idée d'utiliser un broyeur pour se débarrasser d'un corps serra le ventre de Jenna.

— Quoi qu'il en soit, impossible qu'il ait remorqué le pick-up de Sky jusqu'à une mine d'or dans le blizzard sans laisser de traces. La couche de neige était d'un mètre cinquante par endroits. La déchèterie est une option logique, et il y en a une aux abords du lieu des enlèvements.

Après avoir parcouru le tableau des yeux, Jenna se rassit. Désormais convaincue qu'ils avaient un fou en liberté dans l'arrière-pays, elle devait accélérer l'enquête avant qu'il ne frappe à nouveau. Mais sans preuve, ils tournaient en rond. Il lui fallait un indice, un seul suffirait à les relancer.

— OK. J'ai une liste des usines de la région dans mes dossiers. Rowley, recherchez leurs propriétaires et obtenez-moi leurs numéros. Et trouvez-moi les noms de tous ceux qui pourraient travailler pendant les fêtes. Nous commencerons par la casse, poursuivit-elle en griffonnant au tableau. Je vais nous obtenir un mandat de perquisition, prévenir le propriétaire de nous retrouver sur place et nous irons avec Kane.

Elle tourna son attention sur lui.

— Appelez Wolfe. Je veux qu'il soit là pour nous aider à trouver des traces d'ADN, au cas où l'Homme à la hache aurait aussi écrasé les corps. On va y aller avec votre pick-up, Kane, il est plus sûr dans la neige. Pouvez-vous rassembler notre matériel ?

— Bien sûr.

Il se leva.

— Une minute, le rappela Jenna.

Mâchonnant son stylo, elle réfléchit quelques secondes.

— Si nous imaginons que l'Homme à la hache kidnappe et tue ces gens avant de les broyer dans leur propre véhicule, à quel type de fou avons-nous affaire ?

Kane haussa les épaules.

— Sans corps ni cause de la mort, je ne peux pas vous donner un profil précis. Il y a les tueurs opportunistes. Qui tuent parce qu'ils aiment la montée d'adrénaline, mais la majorité d'entre eux s'éloignent du lieu du crime. Un mort ne leur est pas plus utile qu'une canette de soda. La plupart ne se rendent pas entièrement compte qu'ils font quelque chose de mal. En fait, dans les quelques interrogatoires que j'ai écoutés, les meurtriers pensaient que tout le monde tuait... que c'était normal. Si cet homme cache ses victimes et leurs affaires, reprit-il après un regard à Jenna, c'est qu'il planifie les meurtres et choisit ses victimes pour une raison précise. C'est probablement un sociopathe, parfaitement conscient de ce qu'il fait et des conséquences encourues, mais qui se croit trop intelligent pour qu'on l'attrape.

34

Quand Doug rouvrit les yeux sur le plafond d'un blanc immaculé, il comprit immédiatement que sa situation n'était pas un horrible rêve. Il passa la langue sur ses lèvres desséchées et craquelées, remua les orteils. Malgré la sensation de brûlure d'un tisonnier chauffé à blanc qui lui poignardait le flanc, la lourdeur de ses membres s'était un peu atténuée. Il leva les bras, repoussa les couvertures sur le côté et tenta de se lever. Une douleur lui transperça le flanc droit, comme si une lance lui avait traversé le corps et ressortait dans son dos. Il regarda son torse nu et passa des doigts précautionneux sur l'épais pansement. *Que m'est-il arrivé ?*

Aussitôt, son esprit fut submergé par le souvenir de l'expression désespérée de la jeune femme dans le lit voisin. Le médecin avait dû lui administrer le même stupéfiant qu'à lui. Il n'oublierait jamais son air terrifié face à Jim. Dans un accès de colère, il donna un coup de poing sur le matelas. Pas étonnant que son visage lui ait été familier ! C'était la fille de la voiture accidentée. Il avait bercé sa tête sur ses genoux à l'arrière du pick-up de Jim. Ce dernier l'avait appelée « Olivia », sans toutefois mentionner qu'il la connaissait, sur le moment.

Évitant tout geste brusque, il roula sur le côté et tenta de s'asseoir au bord du lit. La souffrance s'enflamma de nouveau, mais il réussit à faire tomber ses deux jambes par-dessus le bord. Il arracha avec dégoût le cathéter qu'on lui avait apposé, persuadé que cette perfusion contenait des analgésiques. Quant aux médicaments, voire aux drogues, qu'on lui avait injectés, ils étaient allés bien au-delà du soulagement de la douleur : ils l'avaient transformé en zombie.

La pièce se brouilla momentanément. De longues minutes de nausée suivirent et il s'agrippa au bord du lit comme à une bouée de sauvetage, jusqu'à ce que le flux et le reflux de son équilibre s'apaisent. Il voulait parler à Olivia, mais en baissant les yeux sur son corps, il se rendit compte qu'il était nu. La dernière chose dont elle avait besoin était de voir un homme nu s'approcher de son lit. Serrant les dents pour lutter contre la douleur, il tira sur la couverture et se confectionna une toge, puis posa les pieds sur le sol froid. La sueur lui couvrait la peau, coulait même le long de son nez tant les efforts à déployer étaient grands pour mettre un pied devant l'autre. La douleur à son flanc semblait lui écraser les poumons et empêcher la moindre inspiration.

Il tendit la main vers les rideaux qui entouraient son lit et ceux-ci s'ouvrirent dans le cliquetis de leurs anneaux métalliques. La fille le dévisageait. Il posa un doigt sur sa bouche pour lui intimer de se taire, puis balaya la pièce du regard, à la recherche d'éventuelles caméras de vidéosurveillance. Après quoi, baissant le ton jusqu'à un murmure qui s'avéra rauque tant sa gorge était sèche, il lâcha :

— Je suis désolé de ne pas avoir pu vous aider. Ils m'ont injecté une drogue bizarre, je ne pouvais plus bouger.

— Je sais. Ils nous injectent cette merde en continu. Je n'ai rien pu faire non plus pour l'arrêter, ajouta-t-elle en clignant des yeux.

Sa lèvre inférieure frémit et des larmes perlèrent aux coins de ses yeux.

— C'était atroce. J'ai cru qu'il allait m'arracher l'œil avec son scalpel.

Faute de savoir quoi répondre, Doug acquiesça. Ravalant la boule dans sa gorge, il parvint à souffler :

— Je suis vraiment désolé. Il faut qu'on informe quelqu'un de ce qui s'est passé.

— Les médecins ne peuvent pas droguer les gens, les attacher et les effrayer comme ça, balbutia Olivia entre deux reniflements. J'espère qu'on ne nous a pas enfermés dans un service psychiatrique par erreur. J'ai entendu parler d'infirmiers qui faisaient toutes sortes de choses horribles dans ces endroits.

Doug la considéra avec circonspection.

— Je n'ai aucune raison d'être là-dedans. Et vous ?

Olivia chassa ses larmes d'un battement de cils.

— Non. Je rentrais chez moi pour les vacances avec ma mère et elle a eu un accident de voiture. Quand je me suis réveillée, j'ai cru que j'avais été blessée. Puis il est arrivé et... vous connaissez la suite.

Elle laissa échapper un petit sanglot. La pauvre était terrifiée.

— Rien n'a de sens, ici. Je ne me souviens pas qu'il me soit arrivé quoi que ce soit, pour ma part, et pourtant j'ai un pansement au flanc qui me fait un mal de chien, indiqua Doug, avant de désigner la porte. À quelle fréquence passent les médecins ?

— Je suis presque sûre qu'ils sont partis pour la journée. Éteignez votre machine, pour le cas où l'accélération de votre rythme cardiaque déclencherait une alarme, lui dit-elle en montrant la machine qui émettait des bips près du lit de Doug. Et retirez cette aiguille de votre bras. La machine nous administre des drogues toutes les quatre heures. Je le sais, parce que je les ai entendus en parler.

Elle posa sur lui ses yeux écarquillés.

— Ils me donnent un autre truc quand cet homme horrible vient me rendre visite, une drogue qui m'empêche de bouger. C'est un cinglé qui ordonne que je sois attachée au lit et droguée.

Des larmes lui coulaient sur les joues quand elle continua :

— Je ne sais jamais ce qu'il va me faire. C'est comme s'il prenait son pied à me terrifier.

— Il faut aller chercher de l'aide.

Horrifié par les paroles de la jeune femme, Doug se tourna vers les moniteurs et les désactiva tous, puis retira les fils attachés à sa poitrine. Il enleva ensuite sa perfusion et libéra Olivia de ses liens, non sans noter la façon dont elle se recroquevillait dès qu'il l'approchait.

— Ne t'inquiète pas... On peut se tutoyer ? Je ne vais pas te faire de mal, reprit-il quand elle fit « oui » de la tête. Je veux juste ficher le camp d'ici, voulut-il la rassurer. Ils ne nous laissent pas seuls toute la nuit, si ?

— Je pense qu'ils se fichent qu'on meure ou pas.

Elle se frotta les poignets, puis, comme si elle avait pris une décision, tendit un bras tremblant.

— Tu peux retirer mon aiguille ? demanda-t-elle.

Il lui ôta sa perfusion et lui fit exercer une légère pression sur la plaie.

— Tu as dit à quelqu'un ce que Jim te fait ? C'est son nom, Jim, pas vrai ? Je l'ai rencontré quand on t'a sortie de l'épave de ta voiture, en revanche je ne sais pas pourquoi je me suis retrouvé ici.

— Tu as assisté à l'accident ? Est-ce que ma mère va bien ? s'enquit-elle, l'air soudain encore plus terrifiée.

Doug déglutit péniblement. Que répondre ? Il n'avait que la parole de Jim pour affirmer que la femme était morte. Plutôt que d'aggraver la situation, il se contenta de hausser les épaules.

— Elle est passée à travers le pare-brise. Toi, on t'a tirée de la voiture, et puis je suis presque sûr que Jim m'a piqué avec une aiguille. Je n'ai pas de certitude, mais mon amie était là. Elle avait mon téléphone portable dans mon pick-up.

— D'accord, fit Olivia, qui tentait manifestement de se ressaisir. Donc ma mère pourrait être ici aussi ?

Il jeta un coup d'œil à la porte.

— Peut-être. Il faut qu'on aille voir. Combien de personnes travaillent dans ce service ?

— Seulement deux, mais ils parlent de quelqu'un d'autre. L'infirmier sait ce que me fait Jim. Il en plaisante. Je ne suis pas blessée, à part une bosse à la tête, alors pourquoi est-ce qu'ils me gardent ici, selon toi ?

Au vu de la quantité de drogues que l'infirmier leur avait injectée, Doug se disait que l'hôpital pouvait faire partie d'une sorte de filière d'esclaves sexuels. Une fois drogués et sous contrôle, ils seraient vendus à l'étranger pour se prostituer. Il regarda l'expression effrayée d'Olivia, son teint de cendre, et secoua la tête. Pour l'instant, elle n'avait pas besoin de le savoir.

— Je ne comprends pas bien ce qui se passe, mais on doit sortir d'ici. Je sais que Jim est étudiant en médecine et je suppose que l'autre est infirmier.

— Oui. C'est lui qui nous administre les médicaments et qui s'occupe de nous, acquiesça-t-elle en évitant son regard. Il obéit aux ordres de Jim. C'est lui le plus effrayant. Il a des yeux vides. Je suis terrorisée à l'idée qu'il me tue.

Olivia s'assit et se servit du drap pour sécher ses larmes.

— Je les ai entendus parler, mais je ne sais pas pourquoi tu es ici ni comment tu as reçu cette blessure.

Doug toucha le pansement à son flanc.

— Je ne me rappelle pas du tout avoir été blessé.

— Je ne sais pas non plus, mais ils ont dit que tu étais là à cause de quelqu'un qui s'appelle Sky.

35

VENDREDI APRÈS-MIDI

Jenna glissa le mandat de perquisition de la déchèterie dans la poche de son manteau, récupéra son téléphone satellite et rejoignit Kane au comptoir d'accueil. Devant le commissariat, Wolfe et Webber étaient adossés au nouveau SUV de Wolfe, en pleine conversation.

Dehors, la ville ressemblait à une toundra gelée, avec des stalactites aussi longues que des épées dangereusement suspendues aux gouttières, et des congères parfois jusqu'à la taille. Une rafale de vent glacial lui cingla les joues et elle entendit le gémissement mécontent de Kane. Le froid devait être atroce sur sa blessure à la tête, mais si elle lui suggérait de rester au bureau, il lui lançait un de ses regards grincheux et secouait la tête. Un coup d'œil dans sa direction la rassura toutefois : il avait pris toutes les précautions nécessaires pour se préserver des températures. Même le bout de son nez dépassait à peine de ses lunettes de soleil.

La neige tombait en un rideau constant et implacable, recouvrant tout en quelques minutes. Les arbres gelés craquaient, menaçant de se briser en deux et de déverser des mini avalanches sur les trottoirs et les personnes qui marchaient dessous sans se douter de rien. Les chasse-neige et les épandeurs de sel étaient passés pendant la journée, dans leur incessant labeur pour dégager les routes.

Jenna enroula son écharpe autour de son cou, mais le bonnet de laine et la veste à capuche ne suffisaient pas, hélas, à lui protéger le visage. Après avoir chaussé ses lunettes de soleil, elle avança avec prudence sur le trottoir glacé pour s'adresser à Wolfe.

— Nous avons rendez-vous sur place avec Bill Sawyer, le propriétaire. Selon lui, personne n'est venu depuis la fermeture il y a deux semaines.

— Comment avez-vous réussi à obtenir un mandat de perquisition ? Nous n'avons pas beaucoup de mobiles valables.

Tout en parlant, Wolfe s'était redressé et faisait signe à Webber de monter dans la voiture.

Jenna leva le menton pour le regarder.

— Mais si. Kane a visité les lieux mardi et remarqué que quelqu'un avait ouvert le portail après le début du blizzard. Le propriétaire affirme de son côté que personne ne s'y est rendu, alors je me suis appuyée sur ce que nous avions : un témoin affirmant qu'un homme avait attaqué Sky muni d'une hache. Sa voiture a disparu et nous avons des raisons de penser que le véhicule pourrait être à la casse. Nous devons trouver des preuves de la présence de Sky ou de sa voiture là-bas.

— L'un des avantages de l'hiver, c'est que le froid préserve l'ADN, commenta Wolfe, qui ouvrit la portière de son pick-up et y monta. Nous vous suivons.

Jenna grimpa dans le pick-up noir de Kane et remarqua son habituelle réserve de boissons chaudes et d'en-cas sur la console centrale. Son limier, en revanche, n'était pas là. Elle attendit qu'il se soit installé au volant.

— Où est Duke ?

Kane baissa son écharpe et lui sourit.

— Crois-le ou non, il est derrière le comptoir, dans son

panier, avec Maggie. Elle a un radiateur près de ses pieds et le gave de friandises toute la journée. Je pense qu'il a enfin dépassé le stade où il refusait de me quitter d'une semelle. Quand je lui ai proposé de m'accompagner, il a fait semblant de dormir.

Jenna gloussa et déroula son écharpe.

— Comme je le comprends, je préférerais moi aussi rester à l'intérieur par ce temps.

Ils prirent la direction du centre-ville en passant devant le parc, étonnamment rempli d'enfants au visage rosi qui jouaient autour du gigantesque sapin décoré tandis que d'autres créaient des anges en agitant les bras dans la neige fraîchement tombée. Ces enfants rieurs contrastaient comiquement avec les parents recroquevillés contre le froid, les mains enfoncées dans les poches. Lorsqu'un petit groupe se mit à se lancer des boules de neige, les rires et les cris de joie remémorèrent à Jenna d'agréables souvenirs de sa propre enfance. Les vacances de fin d'année étaient toujours spéciales, pleines d'étreintes chaleureuses. La gorge nouée, elle fut soudain frappée par l'idée qu'elle ne réaliserait sans doute jamais son rêve d'avoir un jour des enfants à elle. En cessant d'être l'agent Avril Parker pour devenir le shérif Jenna Alton, elle avait renoncé à tout. *En vérité, je n'existe pas.*

— C'est plus difficile pendant les vacances, commenta Kane, comme s'il venait de lire dans ses pensées. Les souvenirs, quelle saloperie ! Ils m'assaillent aux moments les plus étranges.

Elle pivota sur son siège.

— Moi aussi. Je pense qu'au fond de moi, je voulais avoir des enfants, mais après la mort de mes parents, j'ai étouffé mes émotions. Je n'ai pas vraiment réfléchi à l'avenir et à ce que ça signifiait d'être un agent double.

Kane ralentit pour prendre un virage, puis, une fois sur l'autoroute, accéléra.

— Moi, je connaissais les risques, mais je pensais qu'ils

étaient à l'étranger, pas ici. Le pire, c'était de ne pouvoir en parler à personne, ni faire quoi que ce soit.

Il se passa la main sur le visage, puis se tourna vers elle pour lui sourire.

— Wolfe a proposé qu'on fête Noël avec lui et les filles.

Soudain emplie d'une vague de chaleur, Jenna sourit.

— Vraiment ? J'adorerais.

— Moi aussi, gloussa Kane. Les filles lui ont dit que ce ne serait pas Noël sans toute la famille. Elles voulaient aussi inviter Rowley et Webber, mais Rowley va chez ses parents et j'ai entendu dire que Webber avait une petite amie.

Jenna le regarda, médusée.

— Ah bon ? Je pensais qu'il avait des vues sur Emily et que Wolfe s'inquiétait parce qu'il était trop vieux pour elle ?

Kane haussa les épaules.

— C'est une longue histoire. Je crois que Wolfe lui a dit de garder ses distances jusqu'à ce qu'Emily finisse l'université et, depuis qu'elle est rentrée, il semble que son béguin pour Webber relève du passé.

La radio grésilla et Wolfe donna son indicatif. Jenna décrocha.

— Passez sur notre canal de sécurité. Terminé.

Non pas qu'elle considère qu'aucun canal de la radio soit entièrement sûr, mais elle régla le canal 2 et attendit que Wolfe prenne la parole.

— *Comme vous attendez mes conclusions sur la cause du décès de Mme Palmer, j'ai vérifié son niveau de décongélation avant de partir et je devrais être en mesure de procéder à une autopsie dimanche matin. Le problème, c'est que notre gouvernante aime aller à l'église et prendre le thé avec ses amies, le dimanche. Vous pourriez garder mes filles pendant quelques heures ? Emily pourrait rester à la maison avec elles, mais j'aimerais qu'elle observe la procédure si possible. À vous.*

Souriante, Jenna jeta un coup d'œil au visage lui aussi

souriant de Kane. Wolfe ne lui avait jamais demandé de service et elle se réjouissait de pouvoir se rapprocher de sa famille.

— Nous en serions ravis. Nous viendrons les chercher à l'heure qui vous conviendra le mieux. Dites-nous. Terminé.

Wolfe se racla la gorge.

— *Vers 8 h 30 ? Julie adorerait voir les chevaux. Terminé.*

— Nous les emmènerons faire un tour, promit Jenna, les yeux fixés droit devant elle sur la couverture blanche, pour tâcher de reconnaître ce qui l'entourait. Ça nous fera une pause agréable dans la recherche d'autres victimes potentielles. Terminé.

— *Vous supposez que l'Homme à la hache s'est débarrassé des corps des victimes potentielles en utilisant le broyeur ? Terminé.*

Jenna échangea un regard avec Kane.

— Oui, ça pose un problème ? Terminé.

— *Ça revient à essayer de trouver une aiguille dans une botte de foin. Si le tueur est assez malin pour faire ça, il n'aura pas laissé les dépouilles écrasées à proximité, il les aura plutôt ajoutées à une pile d'autos. En général, il y a des tas de cubes de métaux compactés qui attendent d'être récupérés par les recycleurs. Je me dis qu'il vaut mieux regarder ceux qui sont le moins recouverts de neige. Je m'en occuperai d'abord, puis je passerai le bureau au peigne fin à la recherche de traces. Terminé.*

— D'accord. Terminé.

Elle raccrocha.

— Le pick-up devant nous a tourné en direction de la casse. Je suppose que c'est le propriétaire, M. Sawyer.

Ils suivirent le véhicule sur la route enneigée mais, étonnamment, elle n'était pas aussi mauvaise que Jenna l'avait redouté. En fait, les traces d'un certain nombre de véhicules apparaissaient dans la neige durcie.

— Cette route a manifestement été empruntée pendant la fermeture.

— Il faisait clair comme ça quand je suis passé mardi. J'ai pensé que les chasse-neige l'avaient gardée ouverte pour les usines.

Kane prit un virage serré, puis s'arrêta à côté d'un pick-up rouge.

— Je les appellerai quand on sera de retour au bureau pour connaître leur emploi du temps.

— Je vais parler au propriétaire pendant que Wolfe et Webber recherchent des véhicules écrasés et effectuent un balayage pour trouver d'éventuelles traces, répondit Jenna avec un coup d'œil sur les nombreuses rangées de voitures recouvertes de neige. Vérifie les voitures de devant, pour le cas où celle de Sky s'y trouverait.

Kane se frotta le menton.

— D'accord. Mon pick-up passera entre ces rangées. Si la voiture n'est pas dans les premières, je ferai un tour dans la cour.

Il la regarda longuement.

— J'ai vérifié les antécédents de Bill Sawyer et il n'en est rien ressorti, mais si tu l'observes bien, il correspond à la description qu'Ella nous a donnée de l'Homme à la hache.

Jenna porta son attention sur l'intéressé, en train de sortir de son véhicule.

— Je vois ça, oui.

36

Jenna sortit du pick-up et, son écharpe bien en place, avança dans la neige jusqu'à l'homme trapu qui se tenait à côté de la porte de la déchèterie.

— Bill Sawyer ?

Le visage rougeaud du bonhomme se fendit d'un sourire bon enfant.

— Le seul et l'unique. Qu'est-ce que c'est que cette histoire d'utilisation illégale de mon broyeur ?

Jenna sortit le mandat de perquisition de sa poche et le lui tendit.

— Nous avons un mandat pour fouiller vos locaux. Nous pensons qu'il pourrait y avoir ici des preuves en relation avec un cas de disparition sur lequel nous enquêtons.

Sawyer fourra le mandat dans sa poche sans y jeter un coup d'œil, sortit un trousseau de clés et déverrouilla le portail en leur faisant signe d'entrer.

— D'accord. Faites-vous plaisir.

Jenna attendit qu'il passe le premier et le suivit, Kane et les autres sur ses talons.

— J'aimerais que vous m'expliquiez le fonctionnement des lieux.

— Quand les véhicules arrivent, mon équipe les débarrasse de toutes les pièces en état de marche et prélève tout ce qui peut être revendu. Les matériaux dangereux sont retirés, la batterie et le système de climatisation conditionné vidés. Ce qui reste est broyé ou déchiqueté.

Jenna acquiesça.

— Combien de personnes ont les clés de cet endroit ?

— Mon cousin Wyatt et moi. Il possède un jeu de secours en cas d'urgence. J'ai aussi son jeu de rechange. Il est propriétaire de l'usine de transformation de viande, là-bas, ajouta-t-il avec un geste du menton, mais elle est également fermée en ce moment.

Notant mentalement de demander le nom complet du cousin, Jenna jeta un coup d'œil derrière elle. Wolfe et Webber étaient occupés à épousseter la neige des piles de métal broyé et Kane avait grimpé pour scruter l'intérieur de la gueule ouverte du concasseur. Elle se retourna vers Sawyer.

— Avez-vous beaucoup de véhicules qui attendent d'être broyés ?

— Cette rangée-là sera la prochaine, indiqua-t-il avec un signe de la main en direction des innombrables alignements de véhicules empilés à l'arrière du terrain. Celles qui se trouvent là-bas sont principalement utilisées pour les pièces détachées, et lorsqu'il ne reste plus que les carcasses, on les broie.

— Est-il fréquent qu'on vienne vous demander de broyer un véhicule sans rien y enlever ?

Jenna observa son visage, mais ne perçut aucun changement dans son expression. Il se contenta de hausser les épaules.

— De temps en temps. Une fois, une femme s'était disputée avec son mari et avait obtenu sa voiture dans le cadre du divorce, puis l'avait fait écraser par pur dépit. Bon, même s'ils insistent pour broyer le véhicule entier, on enlève toujours la batterie et tout ce qui peut constituer des déchets dangereux, et on facture un prix plus élevé. Nos bénéfices, on les tire du recyclage des pièces.

Jenna acquiesça.

— Je suppose que vous vérifiez la carte grise avant d'écraser les véhicules ?

— Dans la plupart des cas, oui.

— Vous pensez donc que ce n'est pas toujours nécessaire ? C'est certainement illégal, non ? demanda-t-elle en fixant sur lui un regard dur.

Mais l'homme ne se démonta pas.

— Non. Si elles sont abandonnées et ne valent pas plus de cinq cents dollars, je peux les écraser. J'en reçois des cargaisons entières *via* les compagnies d'assurances : des carcasses brûlées, des voitures abandonnées sans numéro d'identification ni plaque d'immatriculation... Elles sont enregistrées, puis broyées. Je vérifie l'intérieur et le coffre avant de broyer quoi que ce soit, précisa-t-il, puis il ajouta, au bout d'un long regard : Je ne veux pas empester ma déchèterie avec des cadavres.

Jenna se hérissa. Il venait d'exprimer ses soupçons au mot près.

— C'est étrange de dire ça.

— J'ai vu des films où des corps sont écrasés dans des voitures. Ça n'arrive pas chez moi, termina-t-il avec un soupir indigné.

Jenna se retourna en entendant le pick-up de Kane qui passait entre les rangées de véhicules empilés, manifestement en quête de la berline jaune de Sky.

— Qu'advient-il des déchets métalliques ? s'enquit-elle, reportant son attention sur Sawyer.

Il sourit.

— Je les vends. Un recycleur de ferraille les récupère et les expédie dans un endroit où tout ça est déchiqueté, fondu et réutilisé.

Jenna sortit son bloc-notes et son stylo.

— J'aurai besoin du nom et des coordonnées de toutes les personnes qui ont les clés de la déchèterie et j'aimerais inspecter le registre du broyeur sur les deux dernières semaines.

— Bien sûr. Tout est dans le bureau.

Sawyer ouvrit la voie vers un petit bâtiment de brique au toit ployant sous la neige et les stalactites. Il ouvrit la porte avec une clé de son trousseau.

— Laissez-moi aller allumer.

Jenna remarqua l'absence de neige devant l'entrée du bureau et le crissement sous ses bottes.

— C'est du sable et du sel ?

— Oui, on en épand quelques sacs ici avant la neige pour ne pas avoir à pelleter devant le bureau. On ne ferme que pendant trois semaines, c'est tout. Je passe de temps en temps pour ajouter du sel.

Sawyer tapa la neige de ses bottes et entra.

À l'intérieur, Jenna examina les registres et prit des copies avec son téléphone portable. Les pages correspondant à la période de la disparition de Sky et les suivantes étaient vierges. Elle tourna son attention vers une étagère où s'alignaient des rangées de clés, dont certaines étiquetées.

— À quoi servent ces clés, là ?

— Les machines, les boîtes à outils, la cantine et les W.-C.

Elle s'approcha pour mieux les observer.

— Autrement dit, celles de la grue et du broyeur sont là aussi ?

Sawyer lui lança un long regard condescendant.

— Eh oui. Je ne peux pas laisser les clés sur la machine. C'est contraire au règlement de sécurité.

— Je vois. Et je suppose qu'il serait difficile pour un homme seul de faire fonctionner la grue et le broyeur en même temps ? insista Jenna en soutenant le regard de l'homme. Et qu'il faut être très bien formé pour les utiliser aussi ?

— Par ici ? Je dirais qu'il y a au moins une vingtaine de bonshommes qualifiés NCCCO qui travaillent dans la région et qui savent manœuvrer une grue. Il suffit d'un seul homme, shérif, ajouta Sawyer, qui haussa les sourcils et soupira. Le broyeur est équipé d'une grue et d'un système automatique à bouton-poussoir, si bien qu'un homme seul peut le faire fonctionner. *Idem* pour la déchiqueteuse : juste un bouton rouge.

— NCCCO ? voulut préciser Jenna, qui prenait note. Qu'est-ce que ça veut dire ?

Sawyer s'appuya nonchalamment contre son bureau.

— Il s'agit de la Commission nationale pour la certification des grutiers. On est sur une zone industrielle, aucun patron sain d'esprit n'embaucherait quelqu'un qui n'a pas les bonnes qualifications. On fait tourner des machines un peu partout sur le site. Si vous pensez que quelqu'un s'est introduit ici et a utilisé mon broyeur, ça va vous faire un tas de gens à qui causer.

Jenna tapota son stylo contre sa lèvre inférieure en se repassant ces informations. Pas mal de « et si » encombraient son esprit, mais ils constituaient souvent les éléments déclencheurs de la résolution d'un crime. Et si l'Homme à la hache utilisait le broyeur pour se débarrasser des voitures et des corps, et ce depuis un certain temps ? Selon Kane, des personnes et leurs véhicules disparaissaient chaque jour. En supposant que l'Homme à la hache travaillait dans cet endroit, qu'il avait la clé de la déchèterie et possédait les compétences nécessaires pour faire fonctionner le broyeur, il restait la météo comme facteur clé. Dans le cas de Sky, l'Homme à la hache avait dû remorquer la voiture et le corps jusqu'ici pour les broyer, puis quitter les lieux à toute vitesse pour laisser à la neige le temps de couvrir ses traces. Il n'aurait pas pris le risque qu'Ella ait pu regagner l'autoroute et arrêter un camion qui passait par là pour partir chercher de l'aide.

Elle pensa alors à la disparition de Doug et d'Olivia. L'Homme à la hache avait pu utiliser l'une des épaves de la casse pour dissimuler les corps. Elle jeta un coup d'œil aux carcasses rouillées entassées à portée de la grue, puis à la pile de cubes métalliques, et un frisson d'effroi remonta le long de son dos. L'Homme à la hache tuait la nuit et aurait fort bien pu se débarrasser des corps dans cette casse déserte. S'il parvenait à y entrer et en sortir assez vite sans que personne ne le voie, c'était le crime parfait.

Le son de la voix de Sawyer la ramena à l'instant présent.

— Y a autre chose que je puisse faire pour vous aider, shérif ?

Il sortit une boîte de tabac à chiquer et s'en enfonça une boulette dans la bouche.

— Encore une question et le médecin légiste passera au pinceau votre bureau et les autres bâtiments. Combien de temps faut-il pour écraser une voiture ?

— Quarante-cinq secondes.

37

Les murs de la chambre d'hôpital vacillèrent et Doug s'agrippa au bord du lit, incapable de croire vraiment ce qu'Olivia venait de lui révéler. Une bouffée d'euphorie l'envahit à la possibilité de retrouver Sky en vie. Il déglutit avec peine, puis :

— Sky est ma sœur. Elle est ici ?

— Je ne sais pas, mais on pourra poser la question à quelqu'un quand on ira chercher ma mère, répondit Olivia, qui avait entrepris de retirer les électrodes de son moniteur de surveillance et de se débarrasser de tous les appareils encombrants, avant de glisser au bas du lit. D'abord, il nous faut de l'eau. Ils ne m'ont rien donné à manger ou à boire depuis que je suis arrivée. Apparemment, tout ce dont on a besoin pour survivre nous est administré par le goutte-à-goutte.

S'appuyant au mur, elle tituba jusqu'à l'évier, prit deux gobelets en carton à un distributeur et les remplit. Elle but goulûment, puis remplit l'autre gobelet et revint vers lui.

— Tiens. Vas-y doucement.

Une fois la tasse vidée, Doug regarda la couverture dont il

s'était enveloppé et la chemise de nuit en papier de sa compagne d'infortune.

— Il va falloir trouver quelque chose à nous mettre sur le dos.

Elle désigna deux sacs en plastique bombés appuyés contre le mur.

— Je pense que nos vêtements sont dans ces sacs près de la porte. Jim a demandé à l'autre gars de les incinérer et je suppose qu'il a dû oublier, vu qu'ensuite, ils se sont disputés et sont sortis en trombe. Ils ne sont pas revenus depuis.

Elle lui sourit.

— L'infirmier a aussi dû oublier de reprogrammer les machines à administrer les médicaments, c'est pour ça qu'on est réveillés maintenant.

Elle se dirigea vers les sacs et jeta un coup d'œil à l'intérieur.

— Oui, ce sont les miens et j'imagine que les autres sont les tiens, constata-t-elle.

— Comment se fait-il que tu aies été réveillée pendant leur dispute et pas moi ? s'étonna Doug.

Elle tira les sacs vers eux.

— Jim me rendait des visites. Même droguée, j'entendais et je sentais tout, comme je te l'ai expliqué. Il s'amusait à me faire peur et à me menacer de m'arracher les yeux. Ce doit être un sadique ou assimilé. D'habitude, les médicaments m'assomment juste après son départ, conclut-elle en lui tendant un sac.

Conscient du temps qui pressait et malgré les atroces vagues de douleur et de nausée qui menaçaient de le submerger, Doug passa derrière le rideau et s'habilla péniblement. Il fouilla les poches de son jean et les trouva vides.

— Zut, j'ai laissé mon portable dans mon pick-up avec Ella.

Il cligna plusieurs fois des yeux. *Oh, mon Dieu, Ella !*

La voix d'Olivia lui parvint de derrière le rideau :

— Qui est Ella ? C'est bon, tu es visible ?

— Oui.

Doug fit coulisser le rideau avec des doigts tremblants. La douleur avait augmenté avec l'effort de s'habiller. Il essuya la sueur à son front.

— Une amie de ma sœur, poursuivit-il. Je m'étais lancé avec elle à la recherche de Sky quand on est tombés sur votre accident, à ta mère et toi. Ella est maligne et elle avait un fusil de chasse : si elle avait vu Jim me faire quoi que ce soit, elle serait partie chercher de l'aide.

Olivia jeta un coup d'œil autour d'elle.

— J'espère. Bon, filons d'ici tant qu'on le peut.

Elle enfila son manteau et tourna les yeux vers l'entrée, grattant distraitement le sang séché sur sa manche.

— Tu sais que Jim pourrait être juste derrière cette porte...

— Il n'y a qu'une seule façon de le savoir, répondit Doug.

Il se débattait avec son manteau, la peau moite de sueur froide. Après quelques pas sur le sol, il chancela. Des flammes de douleur couraient sur sa peau, l'obligeant à s'appuyer lourdement contre le mur.

— Donne-moi juste quelques secondes pour reprendre mon souffle.

— Tu vas avoir besoin d'analgésiques.

— Non, merci.

Il enfonça les mains dans les poches de son manteau et ses doigts rencontrèrent le métal froid et familier du porte-clés. Or, il se rappelait distinctement avoir laissé le moteur de son pick-up tourner pour garder Ella au chaud.

— Merde.

Olivia posa sur lui ses yeux écarquillés.

— Qu'est-ce qui ne va pas ?

— J'ai mes clés de voiture dans ma poche : ça veut sûrement dire qu'Ella est ici, elle aussi.

Il progressa doucement le long du mur, puis poussa juste un peu les portes battantes. Il découvrit avec sidération ce qui se trouvait de l'autre côté : un couloir plongé dans la pénombre, à l'exception de quelques minuscules spots. Son cœur s'emballa devant ce qu'il fallait comprendre de la scène qui s'offrait à lui : la chambre d'hôpital faisait partie d'une sorte de décor de cinéma. Rien à l'extérieur ne ressemblait aux hôpitaux qu'il avait vus. En fait, l'endroit avait tout d'une prison. Des alarmes se déclenchèrent dans sa tête et une montée d'adrénaline accéléra les battements de son cœur. Il laissa la porte se refermer silencieusement et s'affaissa contre le mur.

— Je suis convaincu que Jim est impliqué dans un réseau de traite d'êtres humains. On n'est pas dans un véritable hôpital. Je pense qu'il nous garde ici en attendant de nous vendre au plus offrant.

Olivia lui saisit le bras.

— Qu'est-ce qu'on va faire ?

Il balaya la pièce du regard.

— Fouille les tiroirs et apporte-moi tout ce qui pourrait s'apparenter à une arme.

Olivia s'exécuta et revint avec deux scalpels. Doug lui en prit un, puis considéra son visage livide et inquiet.

— Si quelque chose se produit, vise le cou. On peut faire beaucoup de dégâts avec une de ces lames.

— Mon frère m'a appris à me défendre et il m'a dit que la seule façon de gagner, quand les chances sont contre moi, c'est de me battre salement.

Levant le scalpel, elle s'exerça à le projeter vers le haut.

Doug opina.

— Prête ?

Elle s'approcha de lui.

— Oui.

Sans bruit, ils sortirent dans le couloir et, gardant le dos au mur, progressèrent en scrutant les ombres. Doug ouvrait la voie. La température avait considérablement baissé et le froid s'insinuait à travers ses vêtements. L'absence de fenêtres l'inquiétait, d'autant qu'à chaque pas supplémentaire dans l'étroit passage sombre, ses sens lui disaient qu'ils étaient sous terre. À mesure de leur progression, il inspectait les pièces qu'ils dépassaient, n'y découvrant qu'un vestiaire et un petit bureau sans téléphone. Un nuage d'inquiétude s'installa : l'endroit semblait désert et sans la moindre trace d'autres services, encore moins de patients. Devant eux, le couloir se terminait par l'éclat métallique d'une autre paire de portes battantes. Il se tourna vers Olivia.

— C'est peut-être un autre service. Reste derrière moi.

Elle acquiesça, les yeux encore plus sombres sur son teint blême.

— D'accord.

Essoufflé et luttant contre des pics de douleur inouïs, Doug regarda à travers le panneau de verre de la porte, puis s'affala contre le mur, pris à la gorge par le désespoir.

— Ce n'est pas un service. On dirait bien qu'on est seuls ici.

Les doigts tremblants, Olivia se cramponna à son bras.

— Où est la sortie alors ? On a regardé partout, il doit bien y avoir une issue.

Étourdi, Doug indiqua la pièce.

— Sans doute de l'autre côté, mais je ne suis pas sûr d'avoir la force de pousser cette fichue porte.

— Allez, viens, l'encouragea Olivia, regarde là-bas. Je vois une ouverture.

Elle s'appuya contre leur battant, qui s'ouvrit avec un geignement. Ils avaient traversé la moitié de la pièce lorsqu'un grondement retentit, accompagné d'un sifflement. Le cœur de Doug s'emballa, si vite qu'il le crut au bord d'éclater dans sa poitrine. Des yeux, il chercha un endroit où se cacher, mais il était trop tard : horrifié, il vit la porte s'ouvrir lentement et un chariot s'y engouffrer, avec Jim à la barre. Le lent sourire qui marquait son visage fit reculer Doug d'un pas. C'était comme regarder le mal à l'état pur.

— Tiens, tiens, regardez ce que nous avons là.

Brusquement, Jim lui projeta le brancard dessus avec un sourire de maniaque.

Une douleur fulgurante traversa Doug, qui s'effondra à genoux. Il vit Olivia s'élancer, scalpel à la main, et l'instant d'après, elle volait à travers la pièce et heurtait le mur, avant d'atterrir au sol comme une poupée de chiffon. Doug essaya de se relever, en vain.

— Laisse-la tranquille, connard !

Il grimaça en voyant Jim prendre une clé à molette sur le brancard et s'avancer vers lui, en la balançant nonchalamment dans une main.

— Tu avais l'intention d'aller quelque part, Doug ?

38

SAMEDI, SEMAINE 2

La journée de Kane semblait aller de mal en pis. Après avoir terminé sa séance de sport avec Jenna, la première depuis qu'elle avait été malade, il s'était rendu dans son garage pour découvrir que son pick-up avait un pneu crevé. En y regardant de plus près, il avait trouvé un morceau de métal pointu profondément enfoncé dans le caoutchouc : sans doute un dommage collatéral de sa fouille de la casse auto. Enquête qui s'était d'ailleurs avérée une perte totale de temps, puisqu'ils n'avaient rien trouvé d'intéressant. Wolfe avait pourtant escaladé le compacteur et tous les véhicules écrasés suspects pour prélever des échantillons, sans détecter la moindre trace de sang.

Bref, il avait donc fallu changer le pneu et se rendre au garage de George pour le remplacer, ce qui lui avait pris du temps et, après avoir appelé Jenna pour lui expliquer la situation, il s'était dispensé d'aller au bureau pour se concentrer sur la traque de deux livreurs et du chauffeur du camion postal.

Après un service de nuit par des températures inférieures à zéro, autant dire que les hommes n'étaient pas très heureux de le trouver sur le pas de leur porte de bonne heure, un samedi matin. Et c'était la même chose dans chaque maison : les bons-hommes répondaient à ses questions par un « non » sec. À croire qu'ils étaient devenus les trois singes de la sagesse – je ne vois rien, je n'entends rien, je ne dis rien –, exprès pour l'ennuyer. Lorsqu'il avait quitté la maison du postier, il en était à se demander s'ils n'avaient pas tous quelque chose à cacher.

Il se glissa derrière le volant de son pick-up, heureux de retrouver la chaleur de son habitacle, et repassa ses notes en revue. Malgré sa tête qui lui faisait un mal de chien, il décida de suivre une dernière piste avant de retourner au bureau. Jenna avait prévu d'interroger Ella Tate après le déjeuner : un rapide coup d'œil à sa montre lui indiqua que le temps lui était compté. Il se retourna et frotta les oreilles de Duke sur la banquette arrière. Recroquevillé sur lui-même, enveloppé dans sa couverture, le chien ouvrit un œil marron foncé, avant de soupirer et d'enfouir sa tête dans la douce laine bleue.

— Je t'emmène au bureau dès que possible. Mais Maggie te gâte trop : si ça continue, le printemps venu, tu seras trop gros pour courir après les chevaux.

Son dernier arrêt concernait un appel reçu sur la ligne spéciale mise en place pour le recueil de témoignages, un appel du facteur local, John Wright. Kane entra son adresse dans le GPS et fit demi-tour. Des cristaux de glace s'étaient formés autour de ses vitres, malgré le souffle du chauffage, et la neige s'accumulait sur les balais des essuie-glaces à chaque passage sur le pare-brise. Le samedi, Black Rock Falls était assez animée, les gens aimaient venir s'y affairer, mais ce matin, la ville était anormalement calme. À part quelques emmitouflés promenant leur chien et la fumée qui s'échappait des cheminées, on aurait pu croire que toute la ville était partie s'installer au sud pour l'hiver. Sans doute le blizzard annoncé retenait-il tout le monde chez soi. Il roula dans des rues d'un blanc aveuglant et bifurqua dans une allée. Laissant tourner le moteur pour garder Duke au chaud, il se dirigea avec précaution vers la porte d'entrée par l'allée partiellement dégagée.

Ses bottes crissaient sur les petites plaques de glace lorsqu'il se baissa pour passer sous les stalactites du porche et regarder, à travers la neige qui tombait, la couronne de fête accrochée à la porte d'entrée, à la recherche d'une sonnette ou d'un heurtoir. Ne trouvant ni l'une ni l'autre, il frappa. Un air de musique filtrait à travers le battant et les lumières vertes et rouges clignotantes d'un arbre de Noël se reflétaient sur les rebords enneigés des fenêtres.

La porte s'entrouvrit sur une fillette, boucles blondes tombant sur les épaules, qui le considéra de ses grands yeux bleus. Elle se fendit d'un large sourire, que Kane lui rendit, ravi de ce rayon de soleil dans une journée morose.

— Je suis l'agent Kane, ton papa est à la maison ?

— Je vais le chercher, annonça-t-elle, avant de froncer les sourcils. Mais je dois fermer la porte. Vous, restez là.

La porte se referma, pour se rouvrir quelques instants plus tard sur un homme d'une trentaine d'années, grand et robuste, à l'épaisse chevelure brune.

— Bonjour, monsieur l'agent, que puis-je pour vous ?

Kane sortit son carnet de notes.

— John Wright ? C'est bien vous qui avez appelé notre *hotline* à propos de la femme disparue ?

— Oui, c'est moi.

Kane grimaça lorsqu'un flocon de neige fondu lui glissa dans le cou.

— J'aimerais avoir plus d'informations, si vous avez le temps ?

— Bien sûr.

Wright recula et ajouta, après un coup d'œil à son manteau recouvert de neige :

— Pourquoi ne pas laisser votre manteau dans le vestibule ?

On peut discuter dans la cuisine. Jilly vient de préparer une casserole de chocolat chaud.

En parlant, il lui désigna une petite pièce remplie de manteaux et de bottes près de la porte d'entrée.

— Merci.

Kane tapa la neige de ses chaussures et les essuya sur le paillasson avant d'entrer dans la maison. Il enleva ses gants, puis se débarrassa de son manteau et trouva une patère libre au mur du vestibule pour l'y accrocher.

La maison embaumait le chocolat chaud, la cannelle et le gâteau fraîchement sorti du four. Des enfants l'observaient, cachés derrière des coins de murs. Alors qu'il suivait Wright dans le couloir, Kane aperçut la pièce de vie où brûlait un feu de bois qui donnait à l'endroit une ambiance délicieusement chaleureuse. Une petite femme aux boucles blondes et aux mêmes grands yeux bleus que sa fille l'accueillit comme si elle le connaissait depuis des années.

— Entrez, entrez, vous m'avez l'air gelé. Asseyez-vous, fit-elle en désignant un siège. J'ai du chocolat chaud et des cookies tout juste sortis du four si vous avez faim.

Kane lui sourit.

— Merci, ce serait formidable.

Il s'assit à la place qui lui avait été attribuée et Wright s'installa en face de lui.

— Voici ma femme, Jilly, précisa Wright, les mains autour d'une tasse. C'est elle qui m'a convaincu d'appeler. Ça semble un peu bête, mais le présentateur a dit que si on avait vu ou entendu quelque chose d'inhabituel, fallait appeler, alors je l'ai fait.

Kane hocha la tête en guise de remerciement lorsque Mme Wright lui tendit une tasse de chocolat chaud et poussa une assiette de biscuits devant lui. Malgré une dévorante envie de se jeter dessus, il posa son bloc-notes sur la table et prit son stylo, puis regarda Wright.

— Qu'avez-vous d'intéressant pour moi, alors ?

— Deux choses. Dont une qui n'est peut-être rien, mais l'autre me semble importante. En tant que postier, j'ai un aperçu de la vie quotidienne des gens, plus que la majorité d'entre nous. Vous avez entendu parler d'un homme du nom de Jeff Knox ? ajouta-t-il en adoptant la voix basse du conspirateur. Il vit en dehors de Blackwater, conduit un pick-up plusieurs fois par semaine entre Blackwater et ici, de nuit, et... il a des antécédents. Le shérif l'a accusé d'avoir violé une auto-stoppeuse. Pourtant il est jamais passé au tribunal. J'ai entendu dire que le procureur de Blackwater avait pas trouvé assez de preuves ou quelque chose comme ça.

Kane commença à prendre des notes, puis céda à la tentation et se servit un biscuit.

— Qu'est-ce qui vous fait penser qu'il est impliqué ?

— J'ai entendu quelqu'un parler dans la file d'attente chez Tante Betty. Comme quoi quelqu'un aurait vu Knox porter une femme au Blackwater Motel, la nuit où cette jeune femme a disparu. Et son nom est ressorti, précisa Wright avec un sourire content de lui. Or, il se trouve que je sais qui est ce témoin : il s'appelle Ty Aitken, il a ouvert la boulangerie chic, vous savez, à Blackwater, l'automne dernier.

La piste était au mieux un ouï-dire, mais Kane nota l'information. Ça ne ferait pas de mal de secouer Aitken et de voir ce qui tomberait du cocotier. Il but une gorgée de chocolat chaud.

— Vous avez mentionné deux informations ?

Il croqua dans un biscuit. Pas aussi bon que ceux aux pépites de chocolat de Jenna, mais très savoureux.

— Oui, ce n'est probablement rien, mais je vois souvent la Doc Weaver sur la route de la zone industrielle. Je la croise le mardi quand je quitte la ville et elle l'emprunte aussi quand je suis sur le chemin du retour. Je suppose qu'elle a un patient dans le coin, mais hier, elle m'a doublé sur l'autoroute, elle roulait beaucoup trop vite et a pris la sortie vers la zone industrielle. Bref, ça m'a paru bizarre, vu que tout est fermé là-haut, termina-t-il dans un haussement d'épaules.

Il faut que je creuse un peu plus sur le docteur Weaver. Un frisson glissa dans la nuque de Kane et il leva le regard de ses notes.

— À quelle heure la voyez-vous normalement ?

Wright se gratta le menton.

— Le mardi, vers 16 heures, mais hier, j'ai été retenu par le chasse-neige, ce fichu engin va tellement lentement que je suis arrivé plus tard à mon dernier arrêt, peut-être à 16 h 30, voire plus. Je suis rentré au bureau de poste que bien après 17 heures et mon patron était pas bien content.

Kane termina son chocolat et referma son bloc-notes.

— Merci, vous nous avez été très utile. Si vous entendez ou voyez quoi que ce soit d'autre, appelez-moi.

Il sortit une carte de sa poche et la fit glisser sur la table, puis se leva.

— Merci pour la boisson et les biscuits.

— Emportez-en quelques-uns, lui proposa Mme Wright, qui en glissa deux ou trois dans un sac en papier qu'elle lui tendit. Il faut manger, par ce temps.

Bouleversé par la générosité des habitants de Black Rock Falls, Kane lui sourit.

— C'est très gentil de votre part, madame.

Pourtant, son esprit n'était pas aux cookies quand il regagna le vestibule pour récupérer son manteau. Une fois dans son pick-up, il offrit un biscuit à Duke. Puis il sortit son téléphone portable et appela Jenna.

— Je rentre au bureau, conclut-il à la fin de son compte rendu.

— *OK. Je pourrais envoyer Rowley parler de Knox à Ty Aitken cet après-midi. Son permis de conduire doit être enregistré dans nos dossiers. Il sera intéressant de voir s'il est de la même corpulence que l'Homme à la hache.*

Elle marqua une pause, comme si elle réfléchissait.

— *Je vais appeler Wolfe et voir si ses amis du FBI ont découvert quelque chose d'intéressant sur le docteur Weaver et s'il a les résultats des tests sanguins pratiqués sur Ella.*

Il l'entendait tapoter des doigts sur le bureau.

— *Je n'aime pas ça, Kane. La toubib est impliquée dans quelque chose, je le sens. Je le sais.*

39

En raison des fermetures de routes dans tout l'État, Jenna s'attendait à un long délai pour la livraison d'une nouvelle chaudière. Elle avait appelé le maire Petersham afin qu'il valide l'achat, même s'il n'était jamais judicieux de le déranger un samedi. Mais bon, elle avait un poste de police à gérer et du personnel à garder au chaud. Il avait néanmoins autorisé la dépense sans ronchonner et Rowley était aussitôt parti acheter ce que le magasin local avait en stock.

Désormais confortablement installée avec le radiateur qui lui réchauffait les jambes, Jenna était un peu somnolente. Elle se redressa néanmoins, pleinement attentive dès que Kane entra dans le bureau, enveloppé d'une odeur de café frais et portant des sachets de plats à emporter, suivi de près par Rowley.

— J'ai pensé que vous aimeriez travailler pendant le déjeuner avant d'aller parler à Ella Tate, lança Kane en posant les sacs sur le bureau. J'ai mis Rowley au courant de mon entretien avec le facteur ce matin. Wolfe a-t-il trouvé quelque chose d'intéressant ?

Jenna se pencha sur son siège pour scruter le contenu des sacs.

— Pas vraiment. Il attend toujours le résultat du test de dépistage d'éventuelles drogues qu'il a pratiqué sur Ella, mais même si elle avait reçu la fameuse drogue du viol, Wolfe pense qu'elle doit maintenant se rappeler la plupart des événements, donc on peut y aller. Le test ne fera que confirmer les soupçons et innocenter la jeune femme.

Elle choisit un bagel au fromage frais, son préféré.

— Ce qui me préoccupe, c'est le manque de preuves solides, poursuivit-elle. Ces affaires ne suivent pas le mode opératoire habituel du kidnapping.

— Oui, ni rançon ni autre demande, soupira Kane. Et nous avons trois personnes disparues sans laisser de traces. Notre seul témoin devrait être la principale suspecte à ce stade. Or nous savons tous les deux qu'elle n'est pas impliquée.

— Nous pourrions bien avoir un autre témoin. Juste avant que vous n'arriviez, je suis tombé sur un rapport intéressant de Blackwater concernant l'attaque d'un automobiliste, intervint Rowley, qui maintenait la porte ouverte avec son pied pour permettre à Duke d'entrer et de s'installer devant le chauffage. L'incident s'est produit jeudi soir. J'ai ajouté les détails au dossier.

L'adjoint posa un plateau de gobelets sur le bureau et s'assit à son tour. Jenna prit le café avec son nom écrit sur le côté et en but une gorgée.

— Faites-moi juste un résumé. En quoi est-ce pertinent pour l'affaire de l'Homme à la hache ?

— Je trouve que son histoire présente assez de points communs avec ce qui est arrivé à Ella Tate pour que l'attaque ait été perpétrée par la même personne, répondit Rowley, qui prit un paquet de sandwichs. Levi Holt traversait la ville pour aller passer les vacances chez ses parents à Blackwater. Il a croisé un pick-up, capot relevé, feux de détresse allumés. Lorsqu'il s'est arrêté pour l'aider, un homme est sorti de la voiture et l'a attaqué. Holt s'est échappé et a signalé l'incident, vendredi matin, au bureau du shérif de Blackwater. J'ai appelé Blackwater et parlé à l'adjoint qui a pris la plainte. Il m'a dit être allé faire un tour sur zone, où il a trouvé quelques morceaux de verre brisé, mais le chasse-neige était passé par là et avait tout nettoyé. Quand je lui ai demandé pourquoi il ne nous avait pas envoyé le dossier, vu que l'incident s'était produit dans notre comté, il s'est refermé. J'ai eu l'impression qu'il me mettait des bâtons dans les roues.

— Ah bon ? Je me demande pourquoi. D'habitude, ils coopèrent avec nous, s'étonna Jenna, qui accéda au dossier pour passer le rapport en revue. Je ne vois pas de description de l'agresseur ou de son véhicule, à part un « type dans un pick-up portant une écharpe ».

Elle échangea un regard avec Kane et reprit :

— Le nom qui figure sur le rapport est celui de leur nouvelle recrue, Bates. Il faut qu'on parle à Levi Holt directement, qu'il nous raconte par le menu toute l'histoire.

Kane se cala contre le dossier de son siège, sandwich en l'air.

— Sa déclaration pourrait confirmer la déposition d'Ella Tate sur la nuit où Sky Paul a disparu. Nous devons savoir si le type a attaqué Holt avec une hachette, pour commencer.

Jenna jeta un nouveau coup d'œil au dossier et soupira devant l'indigence du rapport de l'adjoint. Elle reporta son attention sur Rowley.

— OK, quand vous vous rendrez à Blackwater pour interroger Ty Aitken au sujet de Knox, je veux que vous passiez interroger Holt, puis que vous parliez au propriétaire du Blackwater Motel pour voir s'il se souvient d'avoir vu une femme dans la chambre avec Knox. Je vais envoyer Webber pour vous accompagner. Ne vous approchez pas de Knox. Son permis de conduire semble indiquer des correspondances avec le profil de l'Homme à la hache. Je veux vérifier ses antécédents avant de lui parler. Si les souvenirs de Holt sont similaires à ceux d'Ella, Knox pourrait être notre homme.

Elle réfléchit un instant, puis ajouta :

— Allez d'abord trouver Holt et voyez si son récit confirme celui d'Ella. Vu que je vais interroger des gens tout l'après-midi, envoyez-moi un message immédiatement si c'est le cas et prenez une nouvelle déposition de sa part.

— Oui, madame. Vous allez avertir le shérif de Blackwater avant notre départ ? Je ne veux pas marcher sur les plates-bandes de qui que ce soit.

— Bien sûr.

Jenna s'empara du téléphone.

— Maggie, pouvez-vous appeler Webber, s'il vous plaît ? Non, il n'est pas au bureau du médecin légiste, il est chez lui. Dites-lui que j'ai besoin de lui cet après-midi.

Elle raccrocha, puis contacta le bureau du shérif de Blackwater.

Le froid glacial obligea Jenna à remonter sa capuche et à grimper en vitesse dans le pick-up de Kane. Elle lui jeta un coup d'œil.

— Je n'en ai pas parlé devant Rowley, mais j'ai de bonnes nouvelles. Le FBI n'a pas trouvé de lien entre le docteur Weaver et le cartel, ni de raison qui aurait pu la pousser à demander un test ADN sur moi. Ils attendent toujours des informations sur les tests qu'elle a effectués sur les habitants de la ville.

— C'est un soulagement, répondit Kane, mais je pense quand même qu'elle est impliquée dans quelque chose d'illégal. On va où ?

Jenna boucla sa ceinture de sécurité.

— J'espère que Rowley m'aura envoyé la confirmation, pour l'attaque de Holt, avant que je ne reparle à Ella. Je suppose qu'elle sera plus loquace si elle sait que l'Homme à la hache a attaqué une autre personne. Je veux aussi rendre visite au docteur Weaver, histoire de comprendre pourquoi elle se rend dans la zone industrielle alors que tout y est fermé pour les vacances.

— Elle habite au-dessus de son cabinet, donc à moins qu'elle ne soit en déplacement, c'est là que nous devrions la trouver.

Kane engagea le SUV sur la bande d'asphalte noir et traversa la ville, puis tourna à gauche et s'arrêta devant un cabinet portant l'enseigne du docteur Weaver.

— Les lumières sont allumées, elle doit travailler aujourd'hui.

Jenna reboutonna son manteau et remit son écharpe avant de descendre du pick-up. Sous ses pieds, le trottoir était glissant, un accident en puissance. Tout en avançant prudemment vers la porte, elle avait le ventre noué au souvenir de la frayeur que Weaver lui avait faite au ranch. Elle gagna enfin l'entrée, heureuse de sentir le sol ferme sous ses pieds. Le carillon retentit lorsqu'ils pénétrèrent à l'intérieur. Jenna balaya du regard la petite salle d'attente, vide, sans aucune secrétaire assise derrière le comptoir. Contrairement au blanc stérile habituel des cabinets médicaux, elle fut accueillie par des murs marron foncé qui donnaient l'impression que les chaises en bois à dossier droit se fondaient dedans. Une vieille bande de papier tue-mouches était suspendue à l'ampoule au plafond. Le shérif s'approcha du comptoir et appuya sur la sonnette portant l'inscription « En cas d'absence, veuillez sonner ».

Quelques instants s'écoulèrent avant que des pas se fassent entendre et que le docteur Weaver apparaisse dans l'embrasure de la porte. Elle considéra Jenna par-dessus ses lunettes, puis porta son attention sur Kane.

— Shérif, agent Kane, désolée de vous avoir fait attendre, ma secrétaire ne travaille pas aujourd'hui. Qu'est-ce qui vous amène par ce temps ?

Sans trop savoir pourquoi cette femme la déstabilisait autant, Jenna lui offrit un sourire.

— Nous cherchons des personnes qui sont passées sur l'autoroute à proximité de la zone industrielle vendredi en fin d'après-midi, expliqua Jenna, non sans noter l'expression surprise de la doctoresse. J'ai cru comprendre que vous faites souvent le trajet entre Blackwater et ici le mardi aussi. Comme nous avons eu quelques incidents dans cette zone au cours de la semaine dernière, nous recueillons des informations.

Weaver fronça les sourcils.

— Je fais des visites à domicile chez les patients qui habitent en dehors de la ville le mardi. Je ne peux pas vous donner de noms en raison du secret médical, comme vous le savez évidemment. Vendredi, j'ai soigné quelqu'un qui avait été victime d'un accident à l'usine de transformation de la viande.

— Pourquoi n'ont-ils pas appelé le 911 ? s'étonna Kane. Tout accident industriel doit faire l'objet d'un rapport.

— Pas s'il s'agit du propriétaire lui-même, argua le docteur Weaver avec un air supérieur. La blessure était mineure et il ne voulait pas faire d'histoires.

Jenna sortit son carnet de notes.

— J'ai besoin de son nom.

— Désolée, je ne peux pas le divulguer, j'en ai déjà trop dit. Y a-t-il autre chose ? termina Weaver avec un sourire malsain.

Jenna se jeta à l'eau.

— Oui, pourquoi avez-vous pratiqué un test ADN sur moi ?

Prise au dépourvu, le docteur Weaver recula d'un pas.

— Je n'ai rien fait de tel. Voyons, j'ai fait un dépistage normal et un typage HLA.

— Qui est un test ADN visant à l'identification des tissus, intervint Kane en se rapprochant d'un pas, la mine sombre. En quoi était-ce nécessaire ?

— Oh, je vois que vous êtes en colère, commenta le docteur Weaver en les regardant tour à tour. J'établis une base de données locale de typage tissulaire. Je teste depuis un bon moment tous les patients viables. Beaucoup d'enfants meurent parce qu'ils ont besoin d'un rein, alors que tant de personnes en bonne santé vivent à Black Rock Falls. Je voulais leur offrir la possibilité de sauver une vie, c'est tout.

Jenna expira bruyamment : elle ne croyait pas un mot de ce que disait cette femme.

— Sans consentement ? Primo, c'est illégal et secundo, il existe déjà une base de données mondiale.

Weaver regarda Jenna par-dessus ses lunettes.

— Eh bien, je suis désolée. Vous n'avez qu'à m'arrêter alors. Mais je ne pensais pas à mal.

Jenna baissa les yeux. Ce médecin avait pour habitude de traiter des personnes non assurées, l'empêcher d'exercer en mettrait certains dans de graves difficultés. Son animosité contre cette femme fondit comme la neige sous ses bottes.

— Je ne vous arrêterai pas cette fois-ci, mais je vais vous confisquer votre base de données et toutes les analyses de sang passeront désormais par le bureau du médecin légiste pour vérification. Je pourrais vous faire interdire d'exercer pour ça, vous savez, termina-t-elle, les yeux plissés.

— Très bien, souffla le docteur Weaver, l'air accablé.

Kane désigna l'ordinateur de l'accueil.

— Montrez-moi le dossier. Il est là ?

— Non, dans mon bureau. J'ai un ordinateur séparé pour la base de données.

Weaver ouvrit la marche. Jenna prit une feuille de papier sur le bureau et rédigea un procès-verbal indiquant que le médecin avait autorisé la confiscation de l'ordinateur.

— Signez ça.

Le médecin s'exécuta. Quelques secondes plus tard, Jenna suivit Kane jusqu'à son pick-up. Alors qu'il déposait l'ordinateur portable sur la banquette arrière, elle perçut chez lui quelque chose qui la troubla.

— Qu'est-ce qu'il y a ?

— Ce n'est pas à moi de le dire, madame.

Kane se glissa derrière le volant et démarra le moteur.

« *Madame ?* » Jenna s'installa sur le siège passager et se tourna vers lui.

— Crache le morceau.

Il haussa les épaules.

— Vu qu'elle a enfreint la loi, moi, je l'aurais coffrée. Mais c'est toi qui décides.

— J'ai deux raisons de la laisser tranquille pour l'instant. Elle aide les gens et ne se fait pratiquement pas payer. Tu le vois aussi, non ?

— Non. Moi, je vois une femme très dangereuse, une intrigante, un puits sans fond de contradictions. Elle utilise la façade du gentil docteur pour tromper les gens. J'en suis persuadé. Mais bref, quelle est ta seconde raison ?

Jenna remarqua sa mâchoire serrée.

— J'ai toujours un mauvais pressentiment à son sujet et je veux garder un œil sur elle. Je veux savoir pourquoi elle se rend à Blackwater tous les mardis et vérifier si elle est vraiment allée à l'usine de transformation de la viande. Je me dis que si je lui laisse assez de mou, elle se pendra toute seule avec sa corde.

Kane enfonça son bonnet sur ses oreilles.

— Hum, peut-être. Bon, et maintenant, où va-t-on ?

Jenna fit défiler les fichiers sur son téléphone portable.

— Je pense que nous allons rendre une petite visite au propriétaire de l'usine de transformation de la viande. J'ai ses coordonnées ici. Wyatt Sawyer. Il habite sur Maple Drive et on devrait passer par Stanton Road. Si l'usine est à l'arrêt, il pourrait bien être chez lui.

Elle saisit l'adresse dans le GPS.

— Wyatt Sawyer ? Le gars de la casse n'avait pas le même nom de famille ?

Kane opéra un demi-tour et reprit la direction du centre-ville.

— Si, d'ailleurs il a signalé que son cousin Wyatt détenait un jeu de clés. Ce serait un peu tiré par les cheveux d'imaginer que ce type est impliqué ?

Kane haussa les épaules.

— Vu qu'on n'a rien trouvé à la casse, on n'a aucune preuve tangible contre Bill Sawyer ni aucune raison de soupçonner son cousin. Si on commence à soupçonner tout le monde, on va tourner en rond. Non, il faut continuer à creuser.

— J'essaie de sortir des pistes toutes tracées et d'envisager tous les angles d'attaque. Wyatt Sawyer travaille dans la zone et doit être présent à l'usine pendant la fermeture pour les fêtes, justement le jour où on traite la viande pour Noël. Je lui demanderai à quelle fréquence il se rend sur son lieu de travail. Il a peut-être vu quelque chose.

Jenna sortit son carnet et parcourut ses notes.

— Nous n'avons pas de corps et la voiture de Sky a disparu. Je pense que l'Homme à la hache a accès à un endroit proche de la ville où il emmène ses victimes. Ce serait risqué de les déplacer trop loin.

Elle referma le carnet.

— Nous interrogerons Knox demain sur l'endroit où il se trouvait les nuits des crimes. Je sais que c'est comme essayer de saisir une volute de fumée pour le moment, mais l'Homme à la hache commettra bientôt une erreur, ils finissent toujours par en faire une. En attendant, nous sommes obligés de nous cantonner à des tâches de vérification fastidieuses.

Kane émit un son qui aurait pu être de l'amusement.

— Un endroit isolé près de la ville, tu dis ? Il nous faudrait des années pour les visiter tous. Il pourrait avoir un abri de survie enterré sous sa maison ou dans sa cour.

Il quitta la route des yeux une seconde pour considérer sa partenaire, et fronça les sourcils.

— Nous ignorons si nous avons affaire à un homme qui garde ses victimes en vie et les vend comme esclaves, ou à quelqu'un qui aime s'entourer de cadavres comme on s'entoure d'amis.

Jenna se passa les mains sur le visage, exaspérée. Jamais une affaire ne l'avait autant frustrée. Rien ne semblait faire sens.

— Cette absence totale de preuves formelles me rend folle.

— On finira par trouver quelque chose. J'envisage les crimes comme les pages déchirées d'un livre : nous devons trouver tous les morceaux et les recoller pour découvrir ce qui s'est passé.

Kane ralentit pour permettre à deux enfants de traverser la route vers le parc avec leurs parents.

— Le plus difficile, c'est de trouver les morceaux.

Jenna s'esclaffa.

— Ah oui, tu viens juste de t'en rendre compte ? Et si je te dis, à l'instar de Confucius : « La vie est une énigme et nous y jouons tous un rôle. » Tu es d'accord avec ça ?

— Oui, et apparemment, notre rôle à nous, c'est d'attraper les tueurs.

Kane grimaça, puis s'engagea sur Stanton Road.

40

Les bips émis par les machines d'hôpital tirèrent Olivia d'un profond sommeil. Elle haleta et se réveilla en sursaut. Avait-elle fait un rêve pour échapper à la terrible réalité de sa situation ? Elle déglutit difficilement, refusant de croire qu'elle s'était imaginée marcher dans les couloirs sombres et ne rien trouver de plus que quelques pièces quasi vides. *Réfléchis. Ça semblait si réel que c'est forcément arrivé.*

La dernière chose dont elle se souvenait, c'était d'être dans une pièce avec Doug, puis de voir Jim franchir une porte en poussant un brancard, qu'il avait aussitôt projeté contre Doug. Après, sa mémoire lui faisait défaut. Un mur de peur l'encercla et elle tenta de se débattre avec les liens qui maintenaient ses poignets contre les barreaux de chaque côté de son lit. Malgré la douleur, elle batailla au point de se déchirer la peau et de faire couler le sang qui tacha les draps blancs.

— Je veux sortir d'ici !

Son cri se répercuta contre les murs. Les larmes dégoulinaient sur ses joues, un goût salé dans sa bouche. Dans un sanglot, elle hurla de nouveau.

— S'il vous plaît, laissez-moi sortir d'ici ! Je n'en peux plus !

Hormis les bips et les sifflements des machines, tout était horriblement silencieux. Se pouvait-il qu'elle soit seule dans le bâtiment ? Elle se retourna vers les rideaux qui entouraient son lit.

— Doug, tu es là ? Doug, réponds-moi, s'il te plaît.

Silence.

Un bruit de pas lui répondit bientôt, pas un claquement mais le couinement étouffé de semelles de caoutchouc sur le carrelage. Dans le couloir. Elle tourna la tête, s'attendant à voir Jim franchir la porte. Une haine féroce l'envahit pour l'homme qui la traitait comme si elle était moins qu'un être humain. Le cœur tambourinant, elle serra les dents et se prépara au pire. La porte de la chambre s'ouvrit dans un battement et les rideaux s'écartèrent. Ce n'était pas Jim, mais l'infirmier. Il la regarda en secouant la tête et elle ne put que lui renvoyer un regard noir.

— Pourquoi me gardez-vous ici ? Je ne suis pas blessée.

— Ce n'est pas moi qui vous garde ici, répliqua l'homme en soutenant son regard. Je ne fais que travailler dans cet endroit, moi.

Olivia donna un coup de pied, rabattant les couvertures du lit.

— Alors, laissez-moi partir.

Il haussa les épaules.

— Je ne peux pas, désolé. Le patron n'est pas content que vous ayez essayé de partir. Il ne vous a pas fait de mal, si ? ajouta-t-il en la recouvrant. Vous devriez lui en être reconnaissante.

Un frisson de dégoût la parcourut.

— Reconnaissante ? Vous êtes dingue ou quoi ? Il m'a menacée avec un scalpel. J'ai cru qu'il allait m'arracher l'œil.

— C'est ce qu'il fait à tout le monde. Il a un sens de l'humour assez morbide.

L'infirmier examina les poignets d'Olivia et fronça les sourcils.

— Il ne sera pas content de voir que vous avez encore essayé de partir et il ne manquera pas de me le reprocher.

— Je m'en fous qu'il vous le reproche. Vous restez là et vous le laissez effrayer les gens à mort. Où est Doug ?

L'infirmier fit le tour du lit et écarta les rideaux.

— Il est juste là. Sous sédatifs et ça n'est pas près de changer.

Elle se redressa dans le lit et contempla le visage blême de Doug.

— Seigneur, que lui est-il arrivé ?

— Il a quelques points de suture, c'est tout.

Sur quoi, l'infirmier se retourna pour ouvrir des tiroirs et poser des bandages sur un plateau.

— Je dois nettoyer vos poignets. Le patron va venir vous voir tout à l'heure, il faut que vous soyez le plus présentable possible.

Tremblante de colère et de dégoût, Olivia continuait de considérer Doug.

— C'est Jim qui lui a fait ça. Il l'a percuté avec une civière.

L'infirmier enfonça l'aiguille d'une seringue dans la perfusion d'Olivia et haussa les sourcils.

— Ce n'est pas mon problème. Je sais juste que le patron se fâche quand les gens essaient de partir avant d'être prêts.

Olivia fut submergée par un vertige. Sa bouche devint sèche. Il l'avait encore droguée. Ses membres se firent lourds et elle tenta en vain de faire remonter de la salive dans sa bouche. Elle avait besoin de réponses.

— Combien de temps je vais devoir supporter ça ?

L'infirmier lui détacha les poignets et se mit au travail.

— Ce n'est pas à moi d'en décider.

— S'il vous plaît, répéta-t-elle, luttant contre la drogue, aidez-moi à m'échapper, ma mère vous donnera de l'argent.

Les yeux sombres de l'infirmier se posèrent sur son visage.

— Il n'y a pas d'échappatoire.

41

Kane gara son pick-up dans l'allée de la jolie maison en briques de Wyatt Sawyer. L'homme vivait dans le quartier le plus prospère de la ville. Le chemin menant à la maison était déneigé et les cristaux de sel crissaient sous ses pieds alors qu'il suivait Jenna jusqu'au porche. Une pile de glaçons trônait à côté des marches, comme si on les avait récemment enlevés des gouttières. Kane avait fait de même devant le chalet pour éviter de se les prendre dans la figure en entrant et en sortant : Wyatt Sawyer devait donc être un homme grand, comme son cousin.

D'un coup d'œil à travers la fenêtre givrée sur la pièce de vie, il aperçut une large cheminée qui abritait un grand feu de bois dont les flammes orange dansaient et refoulaient leur fumée par le conduit. Un panier de pommes de pin et de bûches était posé à côté de l'âtre. Un grand canapé confortable et deux fauteuils assortis faisaient cercle devant le feu et une table d'appoint en bois poli accueillait la statue en bronze d'un cerf certainement assez coûteuse. L'ensemble semblait impeccable, scène parfaite d'une maison parfaite. Kane se tint sur le côté tandis que Jenna appuyait sur la sonnette et entendit le carillon résonner à l'intérieur. La porte s'ouvrit sur un homme d'une quarantaine d'années, grand en effet, vêtu d'un jean, d'un pull bleu foncé et de pantoufles. Il leur lança un regard étonné.

— Que puis-je faire pour vous, shérif ? Pas d'entrée par effraction dans mon usine, j'espère ?

Jenna sortit son bloc-notes.

— Non. Vous êtes bien Wyatt Sawyer ?

— Absolument, fit l'homme en croisant les bras.

— Je suis le shérif Alton et voici l'agent Kane, commença Jenna, d'une voix qui ne laissait rien transparaître. Je crois qu'il y a eu un accident dans votre usine vendredi dernier et que le docteur Weaver est intervenue. Est-ce exact ?

Kane observa l'attitude et l'expression de l'homme, mais il ne trahit rien.

— Oui, c'est vrai. Ça pose un problème ?

Jenna leva le menton.

— Comme il s'agit d'un accident industriel, oui. Qu'est-ce qui s'est passé ?

— Rien dont vous ayez à vous tracasser, shérif, répondit Wyatt, qui s'écarta d'un pas. Vous feriez mieux de rentrer. Il fait trop froid pour parler sur le pas de la porte.

Il pivota et ouvrit la voie vers un vestibule.

— Alors, dites-moi, pourquoi ma blessure est-elle une affaire pour le service du shérif ?

— Si les faits se sont déroulés à l'usine, ils doivent être signalés, répliqua Jenna, avant de s'éclaircir la gorge. Qui était impliqué ?

Sawyer fronça les sourcils.

— Un instant. Ces règles s'appliquent si l'usine est opérationnelle et que l'un de mes employés est blessé. Sauf que là, nous sommes à l'arrêt. Je faisais de la maintenance et je me suis coupé. Ce n'était pas assez grave pour obliger les secours à se déplacer, alors j'ai appelé le docteur Weaver.

Jenna retira sa capuche et le considéra.

— S'il n'y avait pas de quoi s'inquiéter, pourquoi ne pas être allé en ville vous-même voir le médecin, ou bien aux urgences ? Et maintenant, tout va bien ?

— Oui, oui, répondit-il avec un sourire engageant, merci de vous en soucier. Mais sur le coup, je saignais et je craignais que la coupure ne soit plus profonde qu'il n'y paraissait.

Il s'approcha un peu d'elle et tira sur le col de son pull pour lui montrer un petit pansement.

— Vous voulez voir ?

Kane se racla la gorge. Sawyer se montrait beaucoup trop familier avec Jenna à son goût.

— Vous pourriez peut-être nous expliquer comment la blessure s'est produite ?

Sawyer se redressa et laissa retomber ses mains.

— Oh, bien sûr. Je ne sais pas si vous connaissez le fonctionnement d'une usine de transformation de la viande... Je serais ravi de vous faire une visite guidée quand vous voulez, continua-t-il à l'attention de Jenna, haussant les deux sourcils comme s'il l'invitait au cinéma. Les bœufs arrivent dans l'atelier d'abattage, sont traités, puis la carcasse est suspendue à un crochet qui se déplace le long d'une ligne de production et passe entre de nombreuses mains avant que la viande ne finisse dans l'emballage. Je remplaçais l'un des blocs sur un équipement de la chaîne. Le crochet s'est balancé et m'a atteint juste ici.

Il pointait du doigt la zone de sa clavicule.

— Cette saleté a traversé mes vêtements et m'a perforé la peau. Je saignais comme un diable, alors je suis allé à mon bureau, j'ai mis un bandage et j'ai appelé le médecin. Elle m'a examiné, quelques points de suture et hop, j'ai pu repartir.

Jenna s'éloigna de Sawyer en fronçant le nez.

— Vous avez nettoyé le sang et stérilisé la zone ? Je suis sûre que vous êtes informé sur les problèmes de contamination croisée ?

— Oui. Je travaille dans ce secteur depuis des années et

nous avons des inspecteurs qui passent nous surveiller en permanence. Ils seront là le jour de l'ouverture avant Noël.

Sawyer écarta les bras et haussa les épaules.

— Je n'ai jamais eu la moindre plainte. Mon usine est impeccable. Je respecte les règles. Vous perdez votre temps ici.

Kane plissa le regard, observant son apparence soignée, ses ongles courts manucurés et sa barbe digne d'un professionnel. Il offrait l'image d'un homme d'affaires prospère, de quoi se demander pourquoi il se donnait la peine de mettre la main à la pâte.

— Vous n'avez pas laissé l'équipe de maintenance régler le problème à la réouverture ? J'ai cru comprendre que l'usine était à l'arrêt pour toutes les vacances.

— Oui, nous fermons pendant quatre semaines, parfois plus si le temps empêche les bétaillères de nous livrer, mais j'ai une petite équipe qui vient traiter dix bœufs de Black Rock Falls la semaine avant Noël pour que les boucheries du coin soient approvisionnées jusqu'à la fin des congés.

Sawyer enfonça ses deux mains dans ses poches arrière et s'appuya nonchalamment contre le mur.

— Mon équipe de maintenance veille à ce que tout fonctionne bien et j'ai quelques gars de garde en cas de besoin, mais je n'ai pas voulu les déranger et les payer pour quelque chose que je pouvais régler moi-même.

Kane se frotta le menton. *Pourquoi ne pas avoir fait les réparations avant de fermer l'usine ?*

— Vous avez donc remarqué par hasard que la chaîne était défectueuse ?

Un éclair de contrariété passa sur le visage de Sawyer.

— Non. Lorsque l'équipe de maintenance se trouve dans une zone de production, les ouvriers ne sont pas sur la chaîne. Pour des raisons de sécurité. J'avais négligé le rapport de l'un des superviseurs de l'atelier d'abattage indiquant qu'une poulie et un palan étaient défectueux. J'ai décidé de les réparer avant les quelques jours de réouverture de la semaine prochaine.

Jenna jeta un regard entendu à Kane et ferma son carnet.

— D'accord, c'est tout ce dont j'ai besoin pour l'instant. Merci du temps que vous nous avez accordé.

Sawyer alla ouvrir la porte d'entrée.

— Avec plaisir. J'ai été ravi de vous rencontrer, shérif, ajouta-t-il avec un sourire à Jenna.

Kane la suivit jusqu'à son pick-up et attendit qu'elle boucle sa ceinture.

— Qu'est-ce que tu penses de lui ?

Jenna rabattit sa capuche avec un frisson.

— Je n'ai pas pu trouver la moindre faille dans son histoire. Comme il correspond à la description de l'Homme à la hache, je me suis dit que j'allais le pousser un peu pour voir s'il devenait agressif, mais tout ce qu'il a fait, c'est me draguer, conclut-elle avec une grimace de dégoût. Comme si j'avais besoin de connaître le processus d'abattage du bétail.

Kane démarra et attendit que la neige sur le pare-brise ait un peu fondu avant de mettre en marche les essuie-glaces.

— Il pensait probablement que ça t'intéresserait. On est dans une ville de chasseurs et la plupart des gens ne sont pas dégoûtés par l'idée de découper un animal pour la table.

Il recula dans l'allée, puis prit la direction de la résidence des Paul.

— Moi, ajouta-t-il alors, j'ai perçu un éclair de contrariété lorsque je suis intervenu, mais vu qu'il emploie des centaines de personnes, il n'est sans doute pas habitué à ce qu'on remette en question la façon dont il gère son entreprise.

Jenna poussa un long soupir et attrapa le thermos de café.

— Hum, en tout cas, il a donné au docteur Weaver une raison de traîner dans la zone industrielle pendant la fermeture. Je ne crois pas une seule seconde qu'elle soit de mèche avec l'Homme à la hache, mais depuis qu'elle s'est présentée à l'improviste sur le pas de ma porte, je suis convaincue qu'elle manigance quelque chose.

Elle remplit deux tasses.

— Un peu de café avant de parler à Ella. Je veux que tu prennes l'initiative de l'interrogatoire. Quand tu lui as parlé, la dernière fois, elle n'était plus sous influence de la drogue, tu pourras lire en elle mieux que moi.

Kane lui jeta un coup d'œil, puis reporta son attention sur la route.

— Oui, elle n'était pas ce que je qualifierais de lucide quand nous l'avons trouvée sur l'autoroute. Les drogues du viol, c'est un bon choix si l'Homme à la hache voulait qu'elle oublie ce qui s'était passé. Ce qui ne colle pas dans ce scénario, ajouta-t-il avec un soupir, c'est pourquoi laisser un témoin alors qu'il avait une seconde chance de l'enlever ? Ce n'est pas logique.

— On dirait qu'il est au courant de notre enquête, ce qui est impossible, commenta Jenna, café en main. Peut-être pense-t-il qu'on va accuser Ella des meurtres et croire que l'Homme à la hache n'est que le fruit de son imagination ?

Kane réfléchit et acquiesça.

— Si on suivait cette hypothèse, il nous resterait à découvrir où elle a caché la voiture et le corps de Sky. Nous n'avons que sa parole : elle est restée dehors dans le froid glacial d'un blizzard toute la nuit, elle aurait pu se faire raccompagner jusqu'à l'autoroute et faire signe à un véhicule. Effectivement, ça pourrait avoir du sens si elle était impliquée, mais l'Homme à la hache a réduit cette théorie à néant en laissant Levi Holt s'échapper. Si Rowley revient de Blackwater et que Holt lui a raconté une histoire identique à celle d'Ella, nous saurons que nous avons raison de la penser innocente.

Jenna haussa un sourcil.

— Sauf si Holt est lui aussi impliqué et qu'il a inventé l'agression pour la couvrir. Ce serait logique. Si Holt est dans le coup, il aurait pu être dans la voiture avec eux. Je vais appeler

Rowley et m'assurer qu'il détermine où se trouvait Holt au moment de la disparition de Sky.

Elle ouvrit son téléphone portable et passa l'appel.

La neige heurtait désormais le pare-brise et le vent s'était levé, soulevant de gros nuages blancs sur l'autoroute. Kane ralentit pour éviter une berline qui roulait lentement devant eux. Il se tourna vers Jenna.

— Le blizzard se rapproche. J'espère que Rowley et Webber réussiront à rentrer de Blackwater sans trop de problèmes.

Jenna partit d'un petit rire sec.

— Moi aussi. Je n'ai pas très envie non plus de dormir au motel ce soir. Or, si la situation empire, on ne pourra pas rentrer à la maison.

Kane prit son café et sourit.

— Ne t'inquiète pas, je te ramènerai à la maison.

42

La vie s'améliorait pour Rowley, ces derniers temps. Le shérif lui confiait de plus en plus de responsabilités. Depuis la blessure de Kane et pendant sa maladie, Jenna avait compté sur lui pour garder le bureau ouvert avec l'adjoint Walters, en semi-retraite. Il s'était dit qu'une fois les choses revenues à la normale, on le remettrait sur les querelles locales et les contraventions, mais son travail avait dû convenir à la patronne. Même si prendre la route jusqu'à Blackwater en plein hiver par un blizzard pareil n'était pas ce qu'il qualifierait de plaisant, le Yukon flambant neuf lui rendait la vie plus facile. Il mit la musique à fond et sourit à Webber.

— Ça fait du bien de sortir du bureau pour l'après-midi.

Webber renversa son Stetson et posa une botte sur le tableau de bord.

— Tu ne voudrais pas baisser ce bruit un moment et me mettre plutôt au courant des derniers développements ? Et non, moi je préfère être au bureau du légiste plutôt que dehors, dans le froid, à me les geler.

Rowley fronça les sourcils devant le mépris que témoignait son collègue pour sa nouvelle voiture de patrouille.

— Je baisserai le son dès que vous arrêterez d'endommager mon pick-up.

— Ah oui, c'est le tien ? railla Webber, mais il reposa son pied. Belle voiture, tu as de la chance. J'aurais pensé que le vieux Walters aurait été le prochain à en avoir une neuve. Bref, fais-moi le topo.

Rowley lui raconta en détail la tentative d'agression contre Holt, en incorporant les informations que Kane avait obtenues du facteur.

— Levi Holt est chez lui et nous devons d'abord l'interroger, puis envoyer un message au shérif. Elle veut voir si les deux histoires concordent et si c'est le cas, il nous faudra éliminer la possibilité que les deux soient de mèche.

— Ce serait plus logique que les deux soient de mèche, et faire croire que Holt a été attaqué sur la même ligne droite, ce serait du pur génie.

Webber ouvrit son téléphone portable pour accéder au dossier en ligne.

— Sa déposition est pratiquement inutilisable, commenta-t-il au bout d'un moment. L'adjoint qui s'est occupé de ça devait avoir une cervelle de singe.

Rowley prit la bretelle de sortie vers Blackwater et éteignit la musique pour écouter le GPS qui les guidait vers le domicile de Holt. Il s'arrêta derrière un SUV couvert de neige dans l'allée d'une maison de style ranch et descendit de l'auto. Une rafale glacée le fouetta en plein visage. L'hiver avait une odeur et un goût, qui lui évoquaient la sensation que l'on avait en fouillant dans le congélateur pour trouver le dernier bac de crème glacée. Il monta en premier les marches jusqu'au seuil et appuya sur la sonnette. La porte s'ouvrit sur un homme d'une vingtaine d'années, aux cheveux bruns ébouriffés et à l'expression endormie, qui s'écarta aussitôt et leur fit signe d'entrer, comme s'il les attendait. Rowley retira son chapeau.

— Levi Holt ?

— Oui, c'est moi-même.

L'intéressé les précéda dans un couloir étroit jusqu'à une cuisine surchauffée, qui embaumait le bacon et le café.

— Vous devez être les agents Rowley et Webber. Le shérif Alton a appelé tout à l'heure pour s'assurer que je serais chez moi. Vous êtes ici pour que je vous parle de l'homme qui m'a agressé.

Il se dirigea vers le plan de travail.

— Asseyez-vous. Un café ?

Rowley tira une chaise.

— Oui, merci, je suis Rowley.

— Et vous, agent Webber ?

— Ah, oui volontiers.

Holt déposa trois grandes tasses sur la table, ainsi que tous les ingrédients nécessaires, avant de revenir avec une pleine cafetière.

Webber enleva son chapeau et s'installa sur une chaise à son tour.

— J'ai lu votre déposition à l'agent local : elle est plus trouée qu'un seau qui fuit, commença-t-il en s'appuyant sur la table pour fixer Holt droit dans les yeux. Qu'est-ce qui s'est vraiment passé sur cette route ?

Non sans se demander pourquoi son collègue était aussi direct plutôt que de mettre d'abord le témoin à l'aise, Rowley sortit son carnet et son stylo.

— Et si nous commencions par l'heure à laquelle l'incident s'est produit ? intervint-il.

Holt s'assit en face d'eux, versa le café et poussa les tasses vers eux.

— Tard... peu avant minuit, je pense. Tout s'est passé très vite. J'étais complètement paniqué, je croyais que le type allait me tuer.

Rowley prit des notes pendant que Holt leur détaillait les événements.

— Pouvez-vous décrire l'homme ? Quelle était sa taille ?

Holt se frotta le menton et regarda dans le vide, concentré.

— Grand, dans les un mètre quatre-vingt-dix, je dirais. Il était blanc, des sourcils bruns, de petits yeux. Très intenses, genre Dracula ou quelque chose comme ça. Punaise, je peux vous dire que quand il s'est jeté sur moi avec sa clé à molette, je me suis tiré vite fait.

— Vous avez bien vu son visage ? demanda Webber en versant un peu de lait dans sa tasse.

— Non, il portait un sweat-shirt à capuche, un chapeau de cow-boy et une écharpe autour du visage. On aurait dit un vieux cow-boy tout droit sorti d'un film, vous savez, quand ils vont braquer une banque.

L'attitude insouciante de Holt intriguait Rowley. Les personnes ayant subi un traumatisme en plaisantaient rarement. On aurait dit qu'il cherchait trop à se montrer serviable.

— Pouvez-vous décrire son véhicule : marque, couleur... ?

— Il avait ses phares et ses feux de détresse allumés, donc tout avait une teinte orangée, mais je pense que c'était un pick-up blanc de modèle récent. Je ne suis pas sûr de la marque, peut-être un GMC ? J'étais en train de courir pour sauver ma vie, je n'ai pas étudié la marque de la voiture de cet enfoiré.

Rowley acquiesça.

— Êtes-vous sûr que c'est avec une clé à molette qu'il vous a menacé ?

— Oui, ça, je l'ai vue de très près. Mais j'ai réussi à le frapper, ajouta Holt, les yeux plissés. Je l'ai touché, assez fort avec ma lampe de poche. Je l'ai blessé aussi.

— À quel endroit ?

— Sur l'avant-bras ou le poignet droit. Puis, il s'en est pris à moi à nouveau, reprit-il avec un frisson. Il a brisé ma vitre et cabossé le côté de ma porte. Elle est dehors si vous voulez voir. L'agent a rédigé un rapport pour mon assurance, mais je ne pourrai pas la faire réparer tant que tout est fermé.

Webber se cala contre le dossier de sa chaise.

— Oui, nous irons y jeter un coup d'œil et prendre quelques photos avant de partir, si ça ne vous dérange pas. Vous veniez d'où ?

— De Louan. Je travaille chez Tire and Mechanical, le garagiste, et je loue une maison là-bas. Je rentrais passer les vacances avec mes parents. J'ai quitté le travail, je suis repassé chez moi, je me suis douché et changé. J'avais déjà préparé mes valises. Je me suis arrêté en chemin pour manger, puis j'ai roulé tout droit.

Rowley leva les yeux de ses notes.

— Aviez-vous quitté Louan au cours des deux dernières semaines ?

Holt le regarda avec un éclair de suspicion dans les yeux.

— Non. Pourquoi ?

— Vous ne sortez donc jamais le soir, pour boire un verre ou draguer un peu ? enchaîna Webber avec un sourire complice. Moi si.

Holt planta son regard dans celui de l'agent.

— Moi aussi, mais pas au cours des deux dernières semaines. Tire and Mechanical ferme pendant quatre semaines et on a dû rester les quinze derniers jours pour rattraper le retard. Les gens voulaient que leurs véhicules soient prêts pour la neige, on était débordés. Pour tout boucler, je ne rentrais pas chez moi avant 21 heures, alors la plupart du temps, je me couchais direct.

— Quelqu'un peut-il le confirmer ? insista Webber, les deux avant-bras appuyés sur la table. Nous vérifions l'identité de tous les gens qui sont passés par Black Rock Falls au cours des deux dernières semaines.

— Oh oui, pas de souci.

Holt prit le carnet de Rowley et y nota trois numéros.

— Le premier, c'est mon patron et les deux autres, mes colocataires à la maison.

Rowley lui indiqua le bloc-notes. Il avait préparé une déposition à partir du dossier de Blackwater et y avait ajouté les détails pertinents.

— D'accord. Lisez mes notes et si c'est un compte rendu fidèle et exact de ce qui s'est passé la nuit de l'incident, signez et datez.

Il attendit que Holt lise les feuillets.

— Oui, c'est tout ce dont je me souviens.

Il signa. Rowley reprit son carnet et se leva.

— D'accord, merci. Dans ce cas, nous allons prendre des photos de votre pick-up et repartir.

Il se tourna vers Webber.

— Occupez-vous de l'inspection du véhicule. Je vais contacter ces gens et le shérif, indiqua-t-il en se dirigeant vers la porte d'entrée.

Le ciel était de plus en plus bas lorsqu'ils arrivèrent au Blackwater Motel. Rowley poussa la porte pour découvrir un hall d'entrée étonnamment propre et, au comptoir d'accueil dans un nuage de parfum, une femme plantureuse d'une trentaine d'années. Elle le toisa et fit claquer ses lèvres rubis comme si elle avait l'intention de le manger pour le dîner.

— Bonjour, madame. Je me demandais si je pourrais parler au propriétaire.

— Eh bien, c'est moi. Dites donc, vous êtes bien grands à Black Rock Falls, commenta-t-elle avec un regard vers Webber. Est-ce que vous cherchez une chambre ? ajouta-t-elle en tapotant sa chevelure brune.

Rowley se retint de sourire.

— Ah non. Je me demandais juste si par hasard vous vous souveniez que Jeff Knox a reçu une femme dans sa chambre vendredi soir ?

Elle parut soudain méfiante.

— M'enfin, je ne sais pas. Je n'espionne pas mes résidents.

— Vos « résidents » ? répéta Webber sans la quitter des yeux. Vous avez des gens qui vivent ici en permanence ?

— Certains, oui, répondit-elle avec un sourire. Des hommes surtout. Ils aiment avoir une chambre propre et un repas chaud, et je leur fournis les deux. Je m'occupe également de leur linge.

Rowley lui sourit à son tour, espérant qu'entre sa gentillesse et une histoire qui tenait la route, il obtiendrait un numéro de chambre.

— Je dois lui parler. Au cours d'une enquête, nous avons arrêté une femme qui affirme avoir passé son vendredi soir avec lui. Elle avait son portefeuille et une liasse de billets. Nous avons pensé qu'il aimerait les récupérer.

La femme fronça les sourcils.

— Vous avez fait tout ce chemin pour lui rendre son portefeuille ? Comment se fait-il que j'aie du mal à vous croire ?

— Knox est son alibi, renchérit nonchalamment Webber. Mais nous comprenons que vous préféiez ne pas nous donner son numéro de chambre.

— Eh bien, il aura besoin de son portefeuille pour me payer. Il est au numéro 26, répondit-elle, avant de leur adresser un signe de la main lorsqu'ils se dirigèrent vers la porte.

— Revenez vite.

43

Il éteignit la télévision, dégoûté, jeta la télécommande sur la table basse et sortit de la pièce en trombe. La colère lui chauffait les joues lorsqu'il poussa la porte de derrière et se planta sur la terrasse. La neige qui tambourinait sur sa chair nue faisait couler des larmes froides sur son visage. Un air glacial traversait ses vêtements, hérissant sa peau de chair de poule. Pourtant il restait immobile, les yeux rivés sur les arbres squelettiques noircis par le gel le long du périmètre de son terrain. Il devait absolument réfléchir. L'hiver semblait étouffer les sons, comme si tout se cachait sous la couche de neige, trop effrayé pour faire du bruit. La faune habituelle se terrait, aujourd'hui. En fait, tout paraissait froid et mort. Pour l'heure, il avait besoin de ce calme et de cette solitude, de s'éloigner des bavardages incessants à la radio ou à la télévision sur les disparus de Black Rock Falls. Pourquoi le shérif Alton ne pouvait pas laisser tomber l'affaire ?

Il abattit le poing sur la rampe, brisant les stalactites qui allèrent se planter dans le jardin enneigé en contrebas. Qu'ils aillent tous au diable. Après des années à parcourir les comtés de la région, à prendre des auto-stoppeurs pour les ramener dans sa cachette souterraine, il avait abdiqué son bon sens naturel par paresse. Kidnapper des gens près de chez lui avait été une erreur et il aurait dû se douter qu'une femme comme Jenna Alton mettrait son nez là où il ne fallait pas. La plupart des shérifs n'accordaient aux disparitions d'adultes qu'une attention superficielle, surtout quand on ne trouvait aucun indice derrière eux, mais laisser Ella Tate en vie avait été une grave erreur et Jenna Alton était comme un chien qui a trouvé un os. Avec l'appui des médias, elle mettait tout le monde aux aguets et ses adjoints parcouraient la ville à la recherche d'indices inexistants. Maintenant, il allait devoir reporter ses projets jusqu'au printemps, puis se choisir une nouvelle zone de chasse.

Bien sûr, personne ne pouvait le soupçonner, lui, d'avoir kidnappé ou assassiné qui que ce soit et l'idée de garder Olivia jusqu'à la fonte de la neige lui avait traversé l'esprit. Ce serait une option. Doug ne poserait pas de problème, il pourrait le faire disparaître assez facilement.

Son gloussement, au souvenir du regard terrifié d'Olivia, emplit l'air d'un nuage de vapeur. Il n'arrivait toujours pas à croire que les choses aient si bien fonctionné. Qui aurait deviné qu'il tomberait sur une épave de voiture avec à l'intérieur une jeune femme d'un âge et d'un type correspondant à ses besoins ? Et puis le shérif avait ouvert une enquête... et tout gâché.

Heureusement qu'il était plus malin qu'Alton et qu'il avait planifié chacun de ses mouvements. Il avait fait exprès de ne pas toucher à Ella et la drogue qu'il lui avait administrée donnait l'impression qu'elle avait perdu la tête. Elle était la dernière personne à avoir vu trois personnes disparues vivantes et devrait donc devenir la suspecte numéro un du shérif, mais non, Alton s'entêtait à chercher un Homme à la hache imaginaire. D'où Ella avait-elle sorti cette idée de hache ? Il n'en savait rien, vu qu'il avait frappé Sky avec une clé à molette.

En tout cas, l'ingérence de Jenna Alton dans ses affaires le faisait bouillir de rage et il mourait d'envie de trouver la possibilité de l'éliminer de l'équation. Au cours des deux derniers jours, l'idée de la voir droguée, sans défense et à sa merci était devenue un fantasme. À la pensée d'introduire Alton dans la machine et d'entendre le craquement satisfaisant de ses os réduits en bouillie, il sourit. Il l'y enverrait vivante, peut-être ligotée et bâillonnée. La voir avancer lentement dans la gueule béante de la machine emplissait son esprit d'images vivaces. Depuis qu'il avait créé l'illusion d'une chambre d'hôpital, il avait pris plaisir à regarder l'engin opérer sa magie à de nombreuses reprises. Cette fausse clinique, c'était du pur génie. C'était risible de voir à quel point les gens se calmaient, dès l'instant où ils se croyaient en sécurité dans un hôpital... jusqu'au moment où il les plaçait sur le tapis roulant.

44

La neige s'abattait sur le pare-brise en un voile aveuglant lorsque Kane s'arrêta devant la résidence des Paul. Il se précipita vers la porte d'entrée, Jenna sur ses talons. La mère de Sky ouvrit la porte avec une expression pleine d'espoir, mais il secoua la tête.

— Je suis désolé, nous n'avons aucune nouvelle de votre fille ou de Doug, mais tout le personnel disponible est sur le pied de guerre pour les retrouver.

— Nous sommes venus parler à Ella si elle est ici, intervint Jenna avec un sourire compatissant à l'attention de la pauvre femme. Nous espérions qu'elle se sentirait un peu mieux aujourd'hui.

— Elle est encore dans une sorte de sidération, très déprimée. Nous avons eu l'idée de contacter l'armée pour que son frère ait une permission pendant la période de Noël, afin de la réconforter, les informa Mme Paul, avant de s'écarter. Vous pouvez essayer de lui parler, mais je lui ai déjà demandé ce qui s'était passé et ses réponses restent très vagues.

Kane suivit Jenna au chaud à l'intérieur. Sur l'insistance de Mme Paul, ils enlevèrent leurs manteaux et la suivirent dans une cuisine moderne avec des plans de travail en granit et des appareils électroménagers en aluminium. Kane inhala les odeurs de fumée de bois, de cannelle et de café fraîchement passé et prit place à l'îlot central à côté de Jenna.

— Je vais la chercher, annonça leur hôtesse en retournant dans le couloir.

Un peu plus tard, Ella apparut sur le seuil de la porte, pâle, des cernes sous les yeux. Elle posa sur Kane un regard inquiet, puis se dirigea avec une réticence évidente vers le siège d'en face. Il se racla la gorge et sortit son carnet et son stylo.

— J'espère que vous vous sentez mieux ?

La jeune femme lui adressa un regard maussade.

— Pas vraiment. J'ai l'impression que quelqu'un joue avec ma tête.

Kane s'accouda sur le plan de travail.

— Ah ? Comment ça ?

— Je continue à faire des cauchemars, éveillée comme endormie, admit Ella en passant les deux mains dans ses cheveux en bataille. Je revois des versions sans cesse différentes de la nuit où l'homme a attaqué Sky et de celle où on est tombés sur la voiture accidentée.

Kane prit quelques notes. Souvent, faire croire à un suspect que l'on notait chacun de ses propos le calmait et l'encourageait à parler. Il releva les yeux.

— De quoi vous souvenez-vous, avant la découverte de l'épave ?

Ella leur relata sa discussion avec Doug, comment elle l'avait convaincu de partir à la recherche de Sky, puis leur départ vers Blackwater. Kane leva une main pour l'arrêter.

— Essayez de vous rappeler : vous rouliez, d'abord en ville, puis vous avez pris l'autoroute. Avez-vous remarqué des panneaux ?

Ella fronça les sourcils.

— Des panneaux, quel genre de panneaux ? Vous voulez

dire des panneaux indicateurs de rues ou des panneaux de stop, par exemple ?

Kane secoua la tête.

— Non, par exemple un panneau annonçant la fermeture de la chaussée avec des feux clignotants, peu avant d'arriver à l'autoroute ?

Il l'observa attentivement tandis qu'elle réfléchissait à sa question. Le ministère des Transports avait installé le panneau en question vers minuit.

— À quelle heure êtes-vous partis, Doug et vous, pour rechercher Sky ?

Ella s'enveloppa de ses bras et se balança d'avant en arrière.

— Vers 23 heures. Je me souviens que j'avais rendez-vous avec un certain Jim. Je l'avais rencontré sur Facebook, il avait dit qu'il était étudiant en médecine, mais quand j'ai voulu le retrouver après coup, sa page avait disparu. Ainsi que tous nos messages, comme s'il n'avait jamais existé.

Kane échangea un regard appuyé avec Jenna.

— S'il a kidnappé Doug et Olivia, c'est elle, la disparue de la voiture accidentée. Il est probable qu'il ait supprimé son compte.

Il reporta son attention sur Ella.

— Prenez votre temps et tentez de vous remémorer ce qui s'est passé. Avez-vous rencontré Jim sur l'autoroute ?

Elle ferma les yeux.

— Je me rappelle avoir vu son pick-up blanc sur le bord de la chaussée et ses phares étaient tout troubles, comme s'il y avait de la fumée autour de lui ou à proximité. Je me rappelle aussi que Doug m'a demandé à quoi ressemblait Jim, mais quand Jim est sorti de son pick-up, il s'était enroulé une écharpe autour du visage.

Elle rouvrit brusquement les yeux.

— Il portait un chapeau de cow-boy et un sweat-shirt à capuche !

Kane nota sa description, puis lui sourit.

— C'est bien. Quelle taille ? Aurait-il pu être l'homme qui vous avait poursuivie ?

Elle frissonna et s'agrippa au bord en granit.

— Peut-être, mais c'est difficile à dire avec le chapeau et tout ça. Quand Doug a approché notre voiture, les phares ont éclairé l'épave et cette pauvre femme à travers le pare-brise.

— La portière de la voiture accidentée était-elle ouverte ? intervint Jenna. Avez-vous vu la passagère ?

— Oui, adossée au siège, avec des couvertures autour d'elle. Je l'ai vue bouger la tête ! ajouta la jeune femme, les yeux soudain brillants. Doug est sorti et a aidé Jim à la porter à l'arrière de son pick-up.

Kane fronça les sourcils.

— Dans la benne ou sur la banquette arrière ? Quatre portes ou deux ? Dites-moi exactement ce que vous avez vu, étape par étape.

— Ils ont porté la femme jusqu'au pick-up de Jim. Un gros véhicule, quatre portes, il ressemblait à celui de mon frère avec une grosse calandre à l'avant, donc peut-être un GMC. Doug s'est glissé sur le siège arrière en portant les épaules de la femme et Jim lui tenait les jambes. Jim a claqué la portière, puis il est passé de l'autre côté, il a ouvert la porte et s'est penché pour dire quelque chose à Doug, et ensuite il est venu me parler.

— Vous n'êtes pas allée les aider ?

Ella déglutit difficilement, puis secoua la tête.

— Non, Doug m'avait dit de rester dans son pick-up avec le fusil au cas où quelque chose tournerait mal. Je revois Jim ouvrir la portière pour me parler, et la chose suivante dont je me souviens, c'est de m'être réveillée enveloppée dans les couvertures thermiques de Doug et de voir l'épave. J'étais gelée. Je ne sais pas comment j'ai survécu.

Elle lâcha un sanglot.

— Puis vous êtes arrivés, termina-t-elle. C'est tout.

Lorsque le portable de Jenna tinta à la réception d'un message, Kane attendit qu'elle y jette un coup d'œil, car ils espéraient des nouvelles de Rowley. Elle lui adressa un léger signe de tête et il reporta son attention sur la jeune femme.

— Connaissez-vous un homme du nom de Levi Holt ?

— Non, finit-elle par répondre après un long regard confus. Je ne suis pas d'ici, vous savez. Comment pourrais-je connaître quelqu'un du coin ?

Surpris, Kane s'adossa à sa chaise.

— Je n'ai pas dit qu'il était d'ici. Il ne vit pas à Black Rock Falls

— Bon, mais non, je ne le connais pas. Je fais de mon mieux pour me rappeler, ajouta-t-elle avec un regard désespéré vers Jenna.

— Vous vous en sortez très bien, la rassura le shérif. Le sang que nous avons prélevé sur vous est en cours d'analyse. Nous pensons que Jim a pu vous injecter une drogue qui provoque une amnésie temporaire. Le fait que vous vous rappeliez ce qui s'est passé maintenant m'incite à considérer cette supposition comme la bonne. Ce que je ne comprends pas, ajouta-t-elle avec un soupir, c'est pourquoi il a enlevé les autres et pas vous. Vous avez une idée de la raison ?

— Non, mais figurez-vous que j'aurais préféré qu'il m'enlève aussi, répondit Ella, les joues baignées de larmes. Je vois la façon dont les gens me regardent, comme si j'avais fait quelque chose de mal. D'accord, je me suis disputée avec Sky au relais routier, mais on s'est réconciliées dans la voiture avant que ce connard ne la frappe avec la hache...

Elle regarda Kane.

— Ou la hachette, je ne sais pas quoi, mais bref, je ne lui aurais jamais fait de mal, ni à elle, ni à Doug d'ailleurs. J'apprécie beaucoup Doug. Et Sky et moi, on est comme des sœurs.

Kane griffonnait dans son carnet.

— Pourtant, c'est la première fois que vous venez passer des vacances ici ?

— Oui, mais je partage ma chambre avec elle à l'université, expliqua Ella en s'essuyant les yeux avec un mouchoir en papier. C'est tout ?

Sur un signe de Jenna, Kane referma son carnet.

— OK, je pense que ça suffit pour aujourd'hui.

— Merci pour votre coopération, enchaîna Jenna, qui se leva et sourit à la jeune femme. Nous vous communiquerons les résultats du test sanguin et je peux vous assurer que nous faisons tout notre possible pour retrouver Sky et Doug.

Dehors, dans son pick-up, Kane lut le message de Rowley sur le portable de Jenna.

L'histoire de Holt est à peu près la même que celle d'Ella Tate. Vérifié où il était au moment des disparitions et il a des alibis solides. Récupéré déposition et adresse e-mail. Jeff Knox vit chambre 26 Blackwater Motel.

Kane lui rendit le téléphone, démarra et se tourna vers Jenna.

— Ça exclut Holt de toute implication dans les enlèvements et j'ai une théorie sur la raison pour laquelle l'Homme à la hache n'a pas kidnappé Ella. Il est persuadé d'être insoupçonnable, mais notre enquête l'inquiète quand même. À mon avis, il croit que si nous lui mettons la main dessus, la déposition d'une jeune femme instable avec une perte de mémoire bien commode créera un doute raisonnable lors de son procès.

— Il est aussi insaisissable qu'une anguille et il se croit plus malin que nous, soupira Jenna. Et pour l'instant, il a raison.

45

Après avoir posé quelques questions à droite, à gauche, Rowley se rendit à la nouvelle boulangerie de Ty Aitken et, à son grand soulagement, la trouva ouverte. Il se tourna vers Webber.

— On ne voit plus beaucoup de magasins comme celui-ci. C'est comme chez Tante Betty, le café. Ils cuisinent tout sur place, ça ne sort pas d'une usine comme dans la plupart des magasins du coin. Cette odeur de pain frais, ça me rappelle ma grand-mère.

— À moi aussi. La mienne faisait son propre pain et le tartinait d'une bonne couche de beurre, commenta Webber en claquant la langue. Il n'y a rien de meilleur. Bon, reprit-il, les yeux sur ses notes, ce type est donc censé avoir vu Knox transporter une femme dans sa chambre d'hôtel. Ça ne suffit pas à faire de lui l'Homme à la hache.

Rowley haussa les épaules.

— Si le shérif veut qu'il soit interrogé, c'est qu'elle a un angle d'attaque. Knox a des antécédents et au cas où la femme correspondrait à la description de Sky Paul, il pourrait être suspecté. Pour l'instant, on piétine. On n'a pas la moindre preuve et aucun suspect.

— D'accord, allons voir ce qu'Aitken a à dire.

Webber enfonça son chapeau sur sa tête et descendit de la voiture de patrouille. Rowley enjamba un monticule de neige grisâtre jonché d'emballages de bonbons et le suivit dans le magasin. Le carillon de la cloche le surprit. Il eut l'impression de pénétrer dans les années 1950. La jeune femme au comptoir leur sourit.

— Je crains que nous n'ayons plus grand-chose à vous offrir, messieurs les agents. On a eu un monde fou toute la journée.

Rowley jeta un coup d'œil aux gâteaux, aux biscuits et au pain qui restaient dans une vitrine et lui rendit son sourire.

— Nous cherchons Ty Aitken. Il est là ?

— Je suis là, lança un homme d'une quarantaine d'années qui sortait de l'arrière-boutique en s'essuyant les mains sur un tablier couvert de farine. Que puis-je faire pour vous ?

Rowley se présenta, lui, puis Webber.

— Nous avons appris par un informateur que vous avez vu Jeff Knox porter une femme dans sa chambre de motel vendredi dernier. C'est vrai ? demanda-t-il, sortant son carnet et un stylo.

— Venez, sortez par-derrière, répondit Aitken, qui leur fit signe de le suivre. Je vais vous raconter ce que je sais.

Ils le suivirent dans une pièce sur un côté de laquelle s'alignaient d'immenses fours et des zones de préparation. Une table et des chaises en occupaient le centre. Quelques casiers contre un mur et un plan de travail avec un évier complétaient l'ameublement. Des tasses étaient suspendues à des crochets à côté d'une machine à café et un réfrigérateur ronronnait dans un coin. Rowley s'assit, mais Webber resta debout près de la porte, une épaule appuyée contre le mur. Rowley ouvrit son carnet de notes.

— Alors, qu'avez-vous vu ?

— D'habitude, je suis ici la nuit, entre 22 heures et 5 heures du matin. Si je suis là maintenant, c'est seulement parce qu'on a reçu une commande spéciale, commença Aitken en faisant rouler ses épaules avec lassitude. Cette nuit-là, j'ai mélangé la pâte et l'ai mise à lever, puis je suis allé chercher le carnet de commandes. Je m'étais rappelé que j'avais une commande pour un gâteau d'anniversaire, mais j'avais oublié les détails à la maison. C'est ma femme qui s'occupe de cet aspect-là de l'entreprise et il était trop tard pour l'appeler, alors je suis rentré chez moi. Sur le chemin...

Rowley leva la main.

— Quelle heure était-il ?

Aitken se frotta le menton.

— Près de 3 heures. Je l'ai vu comme je vous vois. Jeff Knox, qui transportait une jeune femme aux cheveux blonds sur une épaule depuis le siège arrière de son véhicule jusqu'à la chambre du motel. Elle bougeait, comme si elle se tortillait, quoi, mais elle ne criait pas.

Il fronça les sourcils.

— Je sais que Knox est un voyou, alors j'ai éteint mes phares et j'ai roulé jusqu'au trottoir. Je voyais clairement l'intérieur de la chambre. Il l'a jetée sur le lit. Comme elle n'a pas protesté, j'ai pensé qu'elle était d'accord pour être là, et j'ai redémarré.

— Vous avez entendu parler de personnes disparues entre ici et Black Rock Falls ? intervint Webber en se redressant. C'est partout dans les journaux.

— Avec mes horaires de travail, je ne suis pas les nouvelles, répondit Aitken, l'air surpris. Qui a disparu ?

Rowley leva les yeux de ses notes.

— Une jeune femme du nom de Sky Paul, blonde, petite et menue, début de la vingtaine, décrivit-il, non sans remarquer l'expression étonnée d'Aitken. Nous pensons qu'un homme l'a enlevée ce vendredi-là, vers minuit.

— Vous souvenez-vous du véhicule que conduisait Knox ?

enchaîna Webber, les deux mains sur la table, les yeux dans ceux d'Aitken. Vous avez peut-être été témoin d'un crime.

— Putain de merde ! Je ne me souviens pas de la marque, et avec les néons clignotants de l'enseigne au-dessus du motel, je ne suis même pas sûr de la couleur. Une camionnette gris métallisé, peut-être, ou blanche. Vous pensez qu'il l'a tuée ? demanda-t-il à Rowley.

Ce dernier s'adossa à sa chaise.

— Il va nous falloir plus de preuves avant d'arriver à une quelconque conclusion. Le shérif demandera probablement un mandat pour fouiller sa chambre d'hôtel. Je vais avoir besoin que vous nous rédigiez une déposition sur ce dont vous avez été témoin. Vous pouvez me faire ça, monsieur Aitken ?

Visiblement ébranlé, le boulanger se leva.

— Bien sûr. Mais il me faudrait d'abord un café. Je suis mort.

Il s'approcha du plan de travail et sortit trois tasses.

Webber jeta un coup d'œil à Rowley.

— D'accord, nous pouvons attendre. Je vais chercher un cahier de dépositions dans le véhicule.

Un peu plus tard, la déposition terminée, Rowley ressortit le premier vers sa voiture de patrouille, un sac en papier rempli de gâteaux et de cookies sous le bras. Il jeta un coup d'œil à sa montre. Il était près de 17 heures et la tempête approchait. Il prit le volant.

— J'espère qu'on va réussir à arriver à Black Rock Falls. Tu ferais mieux d'appeler le shérif pour lui donner des nouvelles.

— Au moins, fit Webber en regardant dans le sac chargé de gourmandises, on ne mourra pas de faim.

Il sortit son téléphone portable et composa le numéro du poste.

—Madame, il semble que nous ayons un suspect.

46

DIMANCHE, SEMAINE 2

Le dimanche matin arriva, et Jenna avait l'impression de se taper la tête contre un mur de briques. Chaque fois qu'elle croyait progresser dans l'affaire, quelque chose se produisait pour ralentir l'enquête. Knox étant considéré comme un résident du Blackwater Motel, elle aurait besoin de plus que de l'autorisation du propriétaire pour fouiller sa chambre. Afin d'éviter tout problème s'il s'avérait que Knox était impliqué et que l'affaire était portée devant les tribunaux, il lui fallait un mandat de perquisition délivré par le juge de Blackwater. Même si elle était hors de sa juridiction à Blackwater, elle ne voyait aucun problème à demander l'aide du bureau du shérif de la ville.

Hélas, malgré l'envoi par e-mail des documents au juge de Blackwater, celui-ci avait refusé de délivrer un mandat de perquisition sur la base de ce qu'il qualifiait de « ouï-dire » et avait demandé davantage d'informations au sujet de Knox. Comme il ne servait à rien de discuter, Jenna s'était donc mise à chercher dans les bases de données de la ville. Et bien qu'elle n'ait pas demandé son aide à Kane, il avait travaillé à ses côtés jusque tard dans la nuit, à rechercher des informations sur l'affaire du viol de l'auto-stoppeuse et sur deux cas de violences faites à des femmes. Enfin, ils avaient présenté le tout dans un dossier concis au juge Eaton. S'ils avaient maintenant un motif probable, elle n'était toutefois pas sûre que ça suffise. Le juge Eaton se montrait difficile et, pour ne rien arranger, ils devaient attendre qu'il rentre de l'église pour pouvoir lui parler à nouveau.

Ils étaient donc en route pour le domicile de Wolfe, où ils récupéreraient ses filles afin de les ramener au ranch. Le temps que le légiste termine l'autopsie de Mme Palmer, ils pourraient raccompagner les filles chez elles, puis recontacter le juge avec les nouvelles preuves. Mais le dimanche serait fichu. Et même si le juge acceptait de délivrer le mandat sur-le-champ, ils devraient ensuite convaincre le shérif de Blackwater d'envoyer l'un de ses adjoints pour participer aux recherches, puis s'aventurer sur les routes après les fortes chutes de neige de la nuit afin d'atteindre Blackwater. Épuisée, Jenna gémit doucement, mais le son suffit à attirer l'attention de Kane.

— Ça va ? lui demanda-t-il, sans quitter des yeux la route glacée, mais en lui exerçant une légère pression sur le bras. Ou est-ce que tu souffres encore de mon silence ?

Il lui jeta un coup d'œil, puis reporta son attention sur l'autoroute. Jenna pivota sur son siège. La lumière froide de l'hiver faisait ressortir les lignes acérées du visage de son adjoint. Il avait minci, plus un gramme de graisse superflue, et ses yeux étaient habités par une expression hantée qui serrait le cœur de Jenna.

— Tu n'y es pour rien, c'est le retard d'obtention du mandat de perquisition. Même si je préférerais que tu me parles plutôt que de garder ce qui te ronge à l'intérieur, en effet. Nous étions devenus des amis proches avant ta blessure à la tête et ça me manque.

Kane poussa un long soupir.

— Je m'en souviens. Je veux que ça revienne, Jenna, mais je suis tellement en colère en ce moment...

Inquiète, Jenna fronça les sourcils.

— En colère contre moi ?

— Non ! lâcha-t-il avec un rire sec. Tu es incroyable de me supporter. Je sais que j'ai été une plaie ces deux derniers mois. Non, ajouta-t-il, la gorge serrée, c'est de ne pas pouvoir participer à une mission visant à éliminer l'homme qui a tué Annie qui me ronge de l'intérieur.

Jenna se mordit la lèvre inférieure. Il mentionnait rarement le nom de sa femme. Annie était morte dans un attentat à la voiture piégée perpétré par un groupe terroriste dans son autre vie d'agent spécial. De toute évidence, c'était lui la cible et Annie avait été un dommage collatéral.

— Il n'y aura pas de mission. Tu ne te rappelles pas ? Wolfe t'a expliqué que le Président avait donné la priorité absolue à l'enquête, mais que les terroristes étaient comme des fantômes. S'ils trouvent la moindre piste, quoi que ce soit, ils s'en occuperont et toi, tu en seras informé.

Les mains de Kane se crispèrent sur le volant et Jenna entendit le crissement de ses gants de cuir.

— Ce n'est pas ça, le problème. Parce que maintenant que mes souvenirs des jours qui ont précédé l'attentat sont très clairs, je suis convaincu qu'il ne s'agissait pas du tout d'un groupe terroriste.

Stupéfaite, Jenna prit une brusque inspiration.

— Qui aurait voulu ta mort alors ?

— Quelqu'un de l'intérieur, un proche, répondit Kane, la mine sombre. Quelqu'un en qui j'avais confiance.

Il la regarda et elle vit face à elle l'assassin froid et calculateur du gouvernement.

— Je suppose que le Président avait aussi ses soupçons, c'est pourquoi je suis ici avec toi. S'il y a un agent double, il doit me croire mort.

Soudain, les raisons de l'arrivée de Kane et Wolfe à Black Rock Falls pour intégrer le bureau du shérif devinrent plus claires. Jenna avait laissé derrière elle Avril Parker, agent de la brigade des stupéfiants, pour devenir Jenna Alton. Sous programme de protection des témoins, avec un nouveau visage, elle avait cru que Kane et Wolfe étaient arrivés pour la protéger, mais elle s'était trompée. Le président des États-Unis voulait savoir Kane entouré de personnes de confiance, car il soupçonnait un agent double de projeter de le tuer. Perturbée par les implications de cette découverte, elle s'adossa à son siège et se perdit dans la contemplation des kilomètres de paysage gelé en réfléchissant aux options possibles. Après plusieurs minutes de réflexion, elle se tourna vers Kane.

— Qu'est-ce que je peux faire pour t'aider ?

— Rien. Tout est là, fit-il en se tapotant la tête avec un doigt. Sous forme de fragments. J'ai juste besoin de temps pour tout assembler. Je me repasse les conversations dans ma tête et je tâche de comprendre ce qui ne colle pas.

Il ricana.

— Ce n'est pas pour tout de suite, Jenna, ça pourrait prendre des mois et j'aurai besoin que Wolfe me confirme certaines informations au fur et à mesure, mais un de ces jours, je trouverai le traître et je le ferai payer.

Jenna lui toucha l'épaule.

— Nous lui ferons payer, Kane. Tu n'es plus seul maintenant.

Il s'arrêta sur le bord de la route et se tourna pour la regarder.

— Je sais. Tu es une amie incroyable... en fait, tu es la femme la plus tolérante et la plus patiente que je connaisse. J'ai beaucoup réfléchi et j'aimerais vraiment qu'on recommence nos soirées cinéma et nos dîners, si tu es d'accord.

— Tu me proposes des rencards, Dave ? ironisa Jenna, qui lui donna un petit coup dans le bras pour voir si l'homme de glace avait enfin dégelé. C'est ça ? Parce que tu m'as clairement fait comprendre que tu étais toujours amoureux de ta femme.

Kane lui adressa un lent sourire.

— Oui, c'est vraiment ce que je veux. Je me souviens de ce qui se passait entre nous avant que le traumatisme crânien ne me brouille le cerveau et je pense que nous sommes faits l'un pour l'autre.

Les yeux plongés dans les siens, Jenna avait l'impression d'avoir à nouveau 16 ans. Elle acquiesça.

— À petits pas alors ?

Il lui effleura le visage.

— Oui. À petits pas.

Dès qu'ils arrivèrent chez les Wolfe, Julie et Anna se précipitèrent pour les accueillir, en jacassant si vite que Jenna éclata de rire. Elle se retourna pour apercevoir Kane qui chargeait Anna sur son dos et traversait le jardin à grandes enjambées pour aller voir le bonhomme de neige que les filles avaient fabriqué plus tôt dans la semaine. Elle se retourna pour répondre au flot de questions de Julie.

— Oui, tu pourras monter Lady, mais seulement dans l'allée, et oui, elle porte bien son nom. Ton père nous a donné des instructions très strictes et tu ne dois pas quitter mes terres.

— Anna ne pourra pas monter le cheval de Dave, il est beaucoup trop grand, commenta Julie, l'air songeuse. Peut-être qu'elle pourra monter avec moi ?

— Anna montera avec moi, intervint Kane, qui surgit derrière elles, un immense sourire aux lèvres. Et après la balade, vous pourrez manger les cookies de Jenna.

Wolfe apparut dans l'encadrement de la porte.

— Pas trop de sucre, nuança-t-il, souriant. Moi qui vis avec elles au quotidien, je vous avertis que ce comportement, juste là, c'est mon quotidien.

Jenna suivit tout ce petit monde à l'intérieur pendant que Kane retournait à son pick-up pour récupérer l'ordinateur du docteur Weaver afin que Wolfe l'examine. Profitant de ce que les filles étaient parties chercher leurs affaires, elle se tourna vers Wolfe et baissa la voix.

— Essayez de prendre le temps de parler à Dave dans les deux prochains jours, chuchota-t-elle. Je ne peux pas vous donner de détails, mais il a besoin de s'ouvrir à quelqu'un en toute confiance.

Wolfe fronça les sourcils, l'air inquiet.

— D'accord. Vous êtes soucieuse pour sa santé ?

— Non, ce ne sont pas ses blessures, c'est autre chose.

La porte d'entrée s'ouvrit et l'intéressé s'avança, chargé de l'ordinateur.

— Où voulez-vous le mettre ? demanda-t-il à Wolfe.

— Dans ma salle de travail.

Wolfe le précéda dans le couloir jusqu'à la pièce en question.

— Bonjour, Jenna. Comment vous vous sentez ?

Emily venait d'entrer et vint serrer le shérif dans ses bras.

— Très bien, répondit-elle, avant de rire. Enfin, j'irais mieux si je parvenais à résoudre cette affaire, elle m'empêche de dormir la nuit.

Emily passa ses longs cheveux blonds sur une épaule.

— Papa aura des réponses pour vous d'ici quelques heures et il a mentionné le test sanguin d'Ella Tate, qui devrait être disponible. Pour ma part, je n'ai pas eu l'impression qu'Ella était impliquée dans la disparition de Sky. Elle m'a semblé sincère. Enfin, vous voyez ce que je veux dire, sidérée et un peu déso- rientée, mais j'ai étudié différents types de comportements et elle agit comme une victime de traumatisme.

Au cours des deux derniers mois, Jenna avait appris à apprécier l'amitié d'Emily et leurs discussions sur la criminalité.

— Oui, acquiesça-t-elle. Néanmoins, un tueur peut agir

exactement de la même façon, surtout après un crime passionnel. Je ne parle pas des psychopathes, qui sont capables de tromper les meilleurs d'entre nous. Mais la plupart des gens normaux, lorsqu'ils tuent pour une raison lambda, sont en état de choc et traumatisés, dans une certaine mesure.

— Autrement dit, ne jamais sauter sur la première conclusion ? soupira Emily. C'est plus difficile que je ne l'imaginais.

— Pas vraiment.

Kane s'était approché, aussi discret qu'une souris.

— Souvent, il faut se fier à son instinct, poursuit-il, et à mesure qu'on progresse, l'intuition et la capacité à déchiffrer les gens se renforcent. Vous vous en sortez très bien. Apprenez à envisager les choses sous tous les angles et tout se mettra en place.

Jenna se tourna lorsque les filles déboulèrent en trombe du couloir, emmitouflées dans des manteaux, bonnets et gants.

— Je vois que vous êtes prêtes à partir. Appelez-moi quand vous aurez fini et nous les ramènerons à la maison, ajouta-t-elle à l'attention de leur père. Si nous obtenons un mandat de perquisition, nous irons interroger Knox à Blackwater.

— Quand vous effectuerez le balayage de la pièce, essayez d'obtenir également un échantillon d'ADN de Knox. Je vais préparer un kit médico-légal complet et vous pourrez le récupérer quand vous me ramènerez les filles, lui indiqua Wolfe en se frottant le menton. Cherchez à savoir quand la chambre a été nettoyée pour la dernière fois : s'il est résident permanent, ça peut remonter à un certain temps et nous tomberons peut-être sur une piste payante.

— L'idée est excellente, convint Jenna. Allez, les filles, les chevaux vous attendent.

47

Malgré la sédation, Olivia se battait pour rester éveillée. Prisonnière de la peur, elle secouait la tête en espérant garder ouvertes ses paupières qui ne demandaient qu'à tomber. Un frisson de terreur la parcourut et l'adrénaline qui coulait dans ses veines la maintint éveillée. Elle prit plusieurs longues goulées d'air et tourna la tête pour regarder Doug dans le lit voisin. Son visage blême reposait paisiblement sur l'oreiller d'un blanc immaculé. Une large ecchymose s'étendait de sa tempe à sa joue. Il avait des tubes attachés de partout, dont un qui lui sortait de la bouche. La machine, à côté de son lit, émettait un son de respiration qui obligea Olivia à ravaler un sanglot. Si les fous qui les retenaient ici l'avaient mis sous respirateur, ça ne signifiait qu'une seule chose : il n'était plus en mesure de respirer seul. Le souvenir de leur tentative d'évasion lui revenait en mémoire par bribes. Elle se rappelait avoir découvert la sortie de cet enfer, puis avoir vu Doug lever les mains pour se battre. Oh Seigneur, Jim lui avait projeté le brancard dessus, puis l'avait frappé avec quelque chose de lourd. Et Doug s'était effondré au sol comme une masse.

La panique l'enserra dans un étau quand elle entendit des

voix dans le couloir. Elle battit des jambes, voulant s'enfuir, mais les liens la maintenaient fermement en place. Alors elle prit quelques inspirations, puis ferma les yeux, ne laissant qu'une fente entre ses paupières pour tout observer à travers ses cils. La seule façon pour elle de découvrir les plans de Jim était de faire semblant de dormir et d'écouter. Entendant que la machine avait capté l'accélération de son rythme cardiaque, elle força son corps à s'apaiser. Les portes battantes s'ouvrirent à la volée sur Jim et l'infirmier, qui entrèrent tranquillement.

— Pourquoi son cœur bat-il si vite ? s'enquit Jim, qui s'approcha du lit.

Elle sentait son odeur.

– Qu'est-ce que ça veut dire ? reprit-il.

L'infirmier vint lui placer un masque à oxygène sur le visage.

— Vous la maintenez en permanence sous camisole chimique, sa tension artérielle est trop basse et elle est en train de mourir de faim. Combien de temps comptez-vous la garder ?

Jim se racla la gorge.

— Pas longtemps. Cependant, j'aimerais la conserver encore un peu.

— Elle va bientôt mourir, affirma l'infirmier, qui rajustait les perfusions. Je vais cesser les médicaments un moment. Sinon, ses organes vont commencer à se détériorer et elle ne sera plus utile à personne.

Il se dirigea ensuite vers le chevet de Doug, où Jim le suivit.

— Vous êtes vraiment prêt à risquer de perdre toutes ces commandes ?

— Ses organes feront parfaitement l'affaire, répliqua Jim en ricanant. Tant que son cœur fonctionne, elle reste un donneur viable.

Il se pencha sur Doug.

— Celui-là, il va me faire gagner une fortune.

Qu'est-ce qu'il a dit ? Je ne suis pas donneuse d'organes !

Horrifiée, Olivia serra la mâchoire pour ne pas hurler. Tremblante, elle tâcha de respirer lentement et régulièrement. *Oh, mon Dieu, ils vont prélever mes organes !*

— L'opération de Doug est programmée mardi et nous ferons Olivia dès que j'aurai pu confirmer les commandes, annonça Jim, avant d'ajouter d'une voix devenue maussade : Ces foutus flics sont partout et je ne peux pas prendre le risque d'amener de nouveaux sujets ici pendant un moment. Avec leur battage médiatique, tout le monde en ville est soupçonné, donc on va devoir faire profil bas jusqu'à ce que la neige fonde.

Il se dirigea vers la porte.

— Quand Olivia partira, je veux que cet endroit soit vidé et passé à l'eau de Javel de fond en comble. Ils n'ont rien sur nous et je ne compte pas qu'ils trouvent quoi que ce soit s'ils se mettent en tête de fouiller mes locaux.

Alors que les bruits de pas s'estompaient, Olivia tira sur ses liens jusqu'à en faire saigner ses poignets bandés. Elle enfonça la tête contre l'oreiller et cria jusqu'à en perdre la voix. La porte de la chambre se rouvrit et Jim entra en la dévisageant. Elle ravala sa peur et soutint son regard noir.

— Qu'est-ce qui ne va pas, Olivia ? demanda-t-il en s'approchant, tout sourire. Tu viens d'apprendre qu'on va t'enlever les reins sans anesthésie ?

La colère l'envahit. Elle tourna brusquement la tête, soulevant ses épaules du lit.

— Espèce de fils de pute de meurtrier.

Elle lui cracha dessus et regarda la salive couler sur le devant de sa blouse d'hôpital. Les yeux de Jim se transformèrent en deux fentes sombres.

— Il n'y a rien que tu puisses faire, Olivia. Je prendrai plaisir à regarder mon adjoint te démonter pièce par pièce, puis je m'amuserai à mon tour, gloussa-t-il. Crache-moi dessus autant que tu veux. Je n'ai pas l'intention de te tuer tout de suite. Tu as encore au moins un jour pour profiter de ma compagnie, mais ça viendra bientôt, sache-le. J'ai un acheteur pour à peu près tous tes organes. Tu vaux ton pesant d'or.

Tremblante de terreur et de dégoût, Olivia lui lança un regard furibond.

— J'espère que vous pourrirez en enfer.

Jim regagna la porte de sa démarche tranquille.

— Chérie... J'y suis déjà.

48

Jenna remit Anna à Kane, qui la blottit contre son torse et lui sourit.

— Fais attention. Tu es bien sûr que c'est prudent de monter à cru avec elle ?

Kane claqua la langue, une main passée autour de la taille d'Anna.

— Oui. À tout à l'heure.

Son cheval s'engagea sur le chemin de terre, Julie chevauchant Lady à ses côtés.

Le téléphone portable de Jenna sonna dans sa poche et elle se hâta de monter les marches pour regagner la chaleur de la maison. Les cookies en train de cuire au four emplissaient l'espace d'un arôme réconfortant. Elle accepta l'appel en se dirigeant vers la cuisine.

— Shérif Alton.

— *Oh, c'est Daisy Lars du Ranch des Deux Arbres. Mon mari Stan m'a appelée tout à l'heure et il m'a dit qu'il avait vu Chuck Burns, le conducteur de la dépanneuse du coin, traverser la ville vendredi à 1 heure du matin avec une voiture jaune attelée à son pick-up. Comme l'homme à la télévision a insisté sur le fait que toute information transmise serait gardée confidentielle, j'ai décidé de vous appeler, car Stan ne sera pas de retour en ville avant quelques jours, vu qu'il est retenu par la météo à Helena.*

Jenna prit un stylo et un bloc-notes à côté du téléphone fixe et griffonna quelques notes.

— Comment se fait-il qu'il n'ait pas appelé avant ?

Daisy se racla la gorge.

— *Il n'était pas au courant, pour les disparitions, jusqu'à ce que je lui en parle. Il est sur la route depuis une semaine maintenant. Il conduit un camion pour Mackenzie. C'est quand je me suis plainte que plus personne n'était en sécurité par ici qu'il s'est rappelé avoir vu la voiture.*

— Je comprends. Avez-vous un numéro où je puisse joindre votre mari, madame Lars ? Et je vais aussi prendre vos coordonnées.

La femme lui donna les informations requises et Jenna prit note.

— Connaissez-vous Chuck Burns ?

— *Ce n'est pas le genre de personne que l'on fréquente, shérif. Je sais qu'il possède la casse de la ville.*

Mme Lars prit une longue inspiration et hésita, comme si elle n'était pas sûre de devoir continuer, puis se lança :

— *Je ne sais pas si je dois vous en dire plus, je ne veux pas qu'il se pointe sur le pas de ma porte, tout énervé.*

Jenna aurait donné un mois de salaire pour connaître les ragots qui couraient sur Chuck Burns. Il n'était pas question de laisser passer l'occasion.

— Ce que disent les médias est exact. Je vous promets que votre nom ne sera divulgué à aucun moment. Dans tous les rapports, je vous appellerai « ma source ». C'est ainsi que nous nommons un informateur confidentiel.

— *D'accord,* acquiesça Mme Lars, dont la voix basse se fit conspiratrice. *J'ai entendu dire qu'il était chasseur d'ambu-*

lances, vous savez, qu'il courait les rues en quête d'un accident. Dans son magasin, il vend des pièces recyclées comme la casse de Sawyer sur l'autoroute, mais je ne pense pas qu'il se soucie trop de leur provenance, si vous voyez ce que je veux dire.

Jenna s'appuya au comptoir de la cuisine. Kane et Rowley, qui s'étaient rendus dans les deux casses automobiles, n'avaient pourtant rien trouvé.

— Oui, je comprends. Vous êtes en train de me dire qu'il a un garage clandestin ? Parce que mes adjoints ont fouillé sa casse la semaine dernière et tout semblait en ordre.

— *Sa casse se trouve à côté d'un vieux garage, celui qui a encore les pompes à essence des années 1950 à l'avant,* reprit Mme Lars, dont l'excitation s'entendait au bout du fil. *Burns est propriétaire de tout le pâté d'immeubles. Stan m'a dit qu'il le voyait souvent guider des véhicules pour franchir les portes rouillées du vieux garage, tard dans la nuit. C'est étrange, vu que l'endroit est fermé depuis au moins cinquante ans.*

Jenna lança le poing en l'air, stylo à la main, puis sourit.

— Merci, madame Lars, vous nous avez été d'une grande aide. Nous vous contacterons si nous avons besoin de plus d'informations.

— *Aucun problème.*

Sitôt raccroché, Jenna poussa un cri d'excitation, puis elle courut dans le couloir et jeta un coup d'œil rapide par la fenêtre de devant pour voir où étaient Kane et les filles. Son adjoint, qui avait tout sous contrôle, avançait lentement sur le chemin de terre, tenant fermement Anna et discutant avec Julie.

Jenna fit demi-tour et gagna son bureau, où elle disposait d'une liste des propriétaires de biens immobiliers dans tout son comté. Depuis son arrivée à Black Rock Falls, elle avait découvert que les ragots locaux pouvaient être une mine d'informations. S'installant à son bureau, elle cliqua sur le fichier à l'écran de son ordinateur et en parcourut les pages. Chuck Burns était propriétaire de la casse, du terrain adjacent – une station-service désaffectée – et d'un autre bâtiment actuellement utilisé comme entrepôt. Si Chuck Burns avait monté un atelier de découpe, comme l'avait laissé entendre Mme Lars, il pourrait avoir un casier judiciaire.

Elle consulta les banques de données locales et ne tarda pas à découvrir qu'il avait bel et bien des antécédents : un séjour en prison pour enlèvement dans le Wyoming et une amende pour trafic de biens volés. Elle constitua un dossier qu'elle présenterait au juge à la première heure le lendemain matin afin d'obtenir un mandat de perquisition de ses propriétés. Bien que la casse ne soit pas ouverte le dimanche, une urgence la poussait à se rendre immédiatement sur place, pour le cas où le vieux garage aurait des fenêtres par lesquelles ils pourraient jeter un coup d'œil à l'intérieur et voir si le véhicule de Sky ne s'y trouvait pas. Elle prit une profonde inspiration afin de se calmer. Pour l'instant, les preuves dont elle disposait contre Burns n'étaient que des ouï-dire et elle devait se concentrer sur l'obtention de preuves contre Knox.

Jeff Knox étant leur principal suspect, elle avait besoin de tout ce qu'elle pourrait trouver afin de persuader le juge de Blackwater de délivrer un mandat de perquisition pour sa chambre d'hôtel. Hélas, elle n'était pas convaincue que les accusations d'agression sur lesquelles ils étaient tombés suffiraient à influencer le magistrat d'un autre comté, d'autant qu'il avait refusé sa première demande.

Après avoir entré le nom de Knox dans la base de données de l'État, Jenna resta néanmoins bouche bée quand les résultats s'affichèrent à l'écran. Le procureur du comté de Deep Valley l'avait également mis en cause pour le viol d'une auto-stoppeuse. Tout comme l'affaire de Blackwater, cependant, celle-ci ne s'était jamais soldée par un procès. Deux sur deux. Elle se mordit la lèvre inférieure : comment se faisait-il que deux femmes l'aient accusé de viol, puis aient abandonné les poursuites ? Les avait-il menacées ? Elle devait s'entretenir avec les victimes pour comprendre pourquoi elles avaient refusé de témoigner.

Elle entra les noms des deux femmes dans le moteur de recherche et déglutit, la gorge serrée. Les deux femmes avaient toutes les deux été déclarées disparues. Comme si elles s'étaient perdues dans le triangle des Bermudes et volatilisées, à l'instar des trois disparus de Jenna. Elle ajouta toutes les informations au dossier et l'envoya par e-mail au juge Eaton à Blackwater. Assurément, elle avait désormais de quoi le convaincre de délivrer un mandat pour perquisitionner la chambre de motel de Knox.

Entendant quelqu'un frapper à la porte et les gloussements de deux fillettes qui appelaient son nom, Jenna ferma les dossiers et se dirigea vers l'entrée. Les jeunes Wolfe, joues rosies et bavardages surexcités, entrèrent sitôt qu'elle eut ouvert.

— Venez vous mettre au chaud.

Elle les aida à ôter leurs manteaux et les accrocha aux patères à côté de la porte d'entrée.

— Des cookies vous attendent à la cuisine et Dave dit que je fais le meilleur chocolat chaud de la ville.

— Il s'occupe des chevaux, l'informa Anna, rayonnante, en chemin vers la cuisine. Il a dit que normalement, on devrait l'aider parce que c'est comme ça qu'on remercie un cheval de l'avoir monté, mais il a dit qu'il les remercierait pour nous parce qu'on grelottait.

Jenna jeta un coup d'œil à la pendule et fronça les sourcils. Le temps avait filé.

— Pas étonnant que vous ayez froid, ça fait une heure que vous êtes dehors.

Elle les avait installées devant le feu à regarder la télévision lorsque Kane revint. Dès qu'il eut enlevé son manteau et ses bottes couvertes de neige, elle l'emmena dans la cuisine et le mit au courant de ses dernières découvertes.

— J'ai envoyé le dossier au juge Eaton par e-mail, conclut-elle. Maintenant, je me dis qu'on peut attendre d'avoir déjeuné, et puis on l'appelle.

— Oui, mieux vaut lui laisser amplement le temps de lire le dossier, convint Kane en grignotant un biscuit. Wolfe ne devrait pas tarder à nous joindre. On pourrait aller faire un tour à la casse de Chuck Burns après lui avoir déposé les filles. Je doute que ce soit ouvert aujourd'hui, mais si c'était le cas, nous pourrions trouver une excuse pour jeter un coup d'œil et voir s'il n'y a pas une voiture jaune dans les parages.

Jenna prit un cookie.

— Ou plutôt passer lentement devant, sans s'y arrêter. Je ne veux pas l'effrayer. S'il pense qu'on a des doutes sur lui, il détruira toutes les preuves.

Elle soupira.

— Je préfère attendre d'avoir un mandat de perquisition.

— Bonne idée. Pourquoi ne pas passer chez Tante Betty pour le déjeuner, alors ? Ça me donnera le temps de lire les informations que tu as sur Knox.

Jenna lui sourit.

— Ton réservoir est toujours vide. Est-ce que ça t'arrive de ne pas avoir faim ?

Kane prit un autre biscuit.

— C'est dû à mes longues heures de travail. J'ai besoin de beaucoup de carburant pour te suivre.

Jenna s'esclaffa.

— D'accord, on va attendre chez Tante Betty. Il y fera plus chaud qu'au bureau, et j'ai besoin de manger aussi. Je suis épuisée et le froid n'aide pas. La perspective de prendre la route jusqu'à Blackwater cet après-midi pour exécuter un mandat de perquisition contre un kidnappeur potentiel n'est pas l'idée que je me fais d'un dimanche parfait, soupira-t-elle.

— Je me suis bien amusé avec Julie et Anna, fit Kane en jouant avec sa tasse. Je voulais avoir des enfants. Ils sont épuisants, n'empêche que je suis un peu jaloux de Wolfe. Je sais qu'il a perdu sa femme aussi, mais elle lui a laissé trois filles magnifiques.

— Je dirais qu'on a de la chance, nuança Jenna, qui dut forcer les mots à sortir malgré la boule qu'elle avait dans la gorge. Il nous a adoptés, comme une famille, du coup on peut profiter de ses enfants quelques heures par-ci, par-là, avant de les lui rendre.

Elle haussa les épaules.

— Avec les heures que tu passes au travail, tu n'aurais pas de temps pour des enfants.

— Sans doute pas, non, soupira Kane.

Le téléphone portable de Jenna sonna. C'était Wolfe.

— *L'autopsie a montré que Mme Palmer est morte dans l'accident, rien de suspect, et le test sanguin d'Ella Tate est revenu positif. Il semble donc qu'elle vous ait dit la vérité. La quantité qu'elle avait encore dans son organisme l'a effectivement assommée et lui a embrouillé l'esprit.*

Une vague de soulagement ôta un poids des épaules de Jenna.

— C'est une bonne nouvelle. Vous avez terminé pour aujourd'hui ?

— *Oui, je suis rentré à la maison. Autre chose,* ajouta-t-il après s'être raclé la gorge. *L'ordinateur du docteur Weaver confirme qu'elle créait bien sa propre base de données de typage HLA. Je pense qu'il faut l'interroger sur ses motivations. Mon instinct me souffle qu'elle magouille quelque chose.*

Jenna fronça les sourcils.

— J'ai le même sentiment, mais le kidnapping est prioritaire pour l'instant.

— *Bien sûr. Mes filles ont été sages ?*

— Parfaites comme toujours et elles dormiront bien ce soir, répondit Jenna avec un sourire à Kane. Elles ont monté à peu près une heure.

— *Super. Vous allez pouvoir me les déposer à la maison*

maintenant ? Emily prépare le déjeuner. Je vous aurais bien proposé de rester, ajouta-t-il dans un murmure, *mais franchement je vous le déconseille.*

Jenna pouffa.

— Pas de problème, nous serons là dans une demi-heure.

Elle raccrocha et se tourna vers Kane.

— On peut y aller. La mort de Mme Palmer était bien accidentelle et le test sanguin d'Ella s'est révélé positif à la drogue du viol, comme je le soupçonnais.

Kane se leva.

— Ça nous fait un meurtre de moins à élucider. Je vais aller enfiler mon uniforme : si on nous accorde le mandat de perquisition, j'imagine que nous irons à Blackwater.

Il jeta un coup d'œil à Duke, roulé en boule sur le tapis.

— Ça te dérange si je le laisse ici ? Il est épuisé.

Jenna attrapa son téléphone portable.

— Bien sûr que non. Je vais prévenir le shérif de Blackwater que nous pourrions avoir besoin d'un de ses adjoints cet après-midi. Si on trouve des indices dans la chambre d'hôtel de Knox, sa présence nous sera nécessaire pour les questions de juridiction.

49

À sa grande surprise, Jenna reçut un appel du juge Eaton alors qu'elle finissait de déjeuner chez Tante Betty, pour l'informer qu'il avait signé le mandat et qu'un adjoint de Blackwater la rejoindrait au Blackwater Motel d'ici une heure. Elle avait parlé longuement avec Wolfe et il leur avait conseillé de mettre la chambre sous scellés s'ils trouvaient quelque chose d'important et de lui laisser le soin de s'occuper des analyses médico-légales. Jenna était d'accord : il serait assez facile de demander à l'agent de Blackwater de placer Knox en garde à vue pour l'interroger.

Le passage devant la casse de Chuck Burns n'avait rien donné. L'endroit était bien fermé et la porte rouillée du garage semblait ne pas avoir été ouverte depuis des années. Les fenêtres de la façade étant recouvertes d'une épaisse couche de crasse, Jenna n'avait plus d'autre choix que d'attendre le lendemain matin pour lui rendre une visite avec un mandat en bonne et due forme.

Le soleil était déjà bas dans le ciel lorsqu'ils s'engagèrent sur l'autoroute menant à Blackwater, Kane au volant. L'aversion de Jenna pour la conduite sur des routes enneigées augmentait à mesure qu'ils descendaient la première colline. La neige projetée par le chasse-neige créait d'énormes congères de chaque côté de l'autoroute et le ruban noir se déroulait devant eux, telle une piste de luge creusée à travers la campagne. Elle détourna son attention de la pente raide et jeta un coup d'œil par la vitre latérale. La glace scintillait par endroits et les derniers rayons du soleil d'hiver coloraient d'orange la vaste couverture blanche des prairies.

Laissant derrière eux les étendues de forêts, ils roulèrent sur des kilomètres de plaines, passèrent devant quelques ranchs aux toits couverts d'épaisses couches de neige et entourés de clôtures pareillement enterrées jusqu'au fil supérieur. Au loin, un élan grattait dans une allée dégagée, à la recherche d'un repas, avant de bondir à travers de hautes congères en direction d'une petite zone boisée.

— Je suis surprise que les animaux survivent par ce temps.

— Leurs capacités d'adaptation sont meilleures qu'on ne le pense, répondit Kane avec un coup d'œil vers l'élan. Cela dit, c'est inhabituel de les voir loin de leur troupeau par ce temps. Ils préfèrent rester ensemble pour se tenir chaud.

Il s'interrompit pour allumer la radio.

— Tu as l'air bien tendue. Est-ce que je roule trop vite ?

Jenna lui répondit par un rire, mais qui sonnait faux.

— Non, ça va, je sais que je suis en sécurité avec toi. C'est juste une crainte bizarre dont je ne peux me départir depuis que j'ai fait un tête-à-queue et que j'ai atterri sur le toit de mon Cruiser l'année dernière. Rouler sur de longues distances dans ces conditions n'est pas quelque chose que j'apprécie, surtout au coucher du soleil. Je dois cependant admettre que les plaines enneigées sont magnifiques, ajouta-t-elle en montrant la vue spectaculaire. Mortelles mais très jolies.

— Pour ma part, en général, j'apprécie la neige le premier jour, je trouve ça pittoresque, et puis très vite, je me languis du printemps. Bon, parle-moi de Jeff Knox. Que penses-tu de lui ?

Comprenant qu'il essayait de détourner son attention de la route, Jenna sortit ses notes et les feuilleta.

— En dehors de ses antécédents, nous n'avons que ce dont Aitken prétend avoir été témoin. Le passé de Knox et le fait qu'il ait été vu porter une femme dans sa chambre font de lui une personne d'intérêt. La description sur son permis de conduire indique une taille compatible avec celle de l'Homme à la hache.

— Nous pourrions reparler à Levi Holt et lui proposer six photos d'hommes de la même taille pour voir s'il le désigne comme suspect possible, suggéra Kane, qui ralentit pour s'engager sur la sortie vers Blackwater. On a confirmation du type de véhicule qu'il conduit ?

Jenna lâcha un gros soupir de soulagement lorsque la ville se dessina.

— Oui, un pick-up blanc et une camionnette. Je n'arrive pas à comprendre pourquoi les gens conduisent des véhicules blancs dans la neige, fit-elle avec un frisson. Ils deviennent invisibles en quelques secondes.

Kane ralentit pour traverser la ville.

— C'est peut-être le but. La nuit, il éteint ses phares et devient invisible, alors que lui voit très bien l'asphalte, puisqu'il se détache sur la neige, même dans l'obscurité.

Ils entrèrent sur le parking du Blackwater Motel et s'arrêtèrent à côté d'un véhicule de patrouille. Jenna balaya la zone du regard. Seules quelques voitures étaient garées devant les chambres. Le motel à l'air fatigué aurait eu bien besoin d'une rénovation. La vieille peinture avait commencé à s'écailler des murs et des nids-de-poule creusaient l'allée dégagée.

— On dirait que pas grand monde ne séjourne ici en hiver, commenta-t-elle.

Kane descendit de voiture, enfonça son bonnet sur ses oreilles roses et se tourna vers elle en soufflant un grand nuage de condensation.

— Je crois que je n'aimerais guère passer la nuit ici. Les murs m'ont l'air minces comme du papier à cigarette et le toit n'est qu'à quelques chutes de neige de s'effondrer. Il doit faire un froid de canard à l'intérieur.

Une vague de parfum bon marché envahit les narines de Jenna lorsqu'elle ouvrit la porte de la réception et salua d'un signe de tête l'agent de Blackwater accoudé au comptoir, en train de discuter avec la réceptionniste. Jenna reconnut l'adjoint Blake.

— Merci d'être venu un dimanche.

— Le shérif m'a appelé après avoir reçu un coup de fil du juge Eaton et je suis passé chez lui pour récupérer le mandat. Je vous le transmets, ensuite vous pourrez faire ce que vous voulez, répondit Blake, avant de froncer les sourcils. Vous pensez que Jeff Knox est impliqué dans les enlèvements le long de l'autoroute ?

— En tout cas, nous nous intéressons à lui.

Jenna se tourna vers la réceptionniste.

— Quand avez-vous nettoyé sa chambre pour la dernière fois ?

La femme plissa le nez.

— Il y a deux semaines, je crois. C'est un résident. Je fais le ménage quand il me le demande, c'est-à-dire pas souvent.

Jenna acquiesça.

— Très bien. M. Knox est-il dans sa chambre ?

— Pour autant que je sache.

La réceptionniste passa une main dans ses cheveux blonds et sourit à Kane, avant d'ajouter :

— Voulez-vous que je vous montre le chemin ?

Jenna leva les yeux au ciel.

— Ça va aller, merci, madame.

Elle se dirigea vers la porte et lança à Kane par-dessus son épaule :

— Chambre 26.

Chuck Burns faisait les cent pas, indécis sur la conduite à tenir. Les gars du shérif lui avaient rendu une nouvelle visite, la deuxième en moins d'une semaine. Son cœur avait battu si fort qu'il avait cru faire une crise cardiaque en voyant le gros pick-up noir de l'adjoint s'arrêter à nouveau devant sa casse auto. Il s'était figé dans le vieux garage et avait éteint la lumière. Aux yeux de quiconque passait, l'endroit semblait désert. Il sortit son téléphone portable et coupa la sonnerie au cas où le shérif aurait l'intention de l'appeler. Qu'est-ce qu'ils voulaient encore ? Il avait fermé la porte de la réserve pour cacher les étagères remplies de pièces détachées, récupérées sur les voitures que son bienfaiteur lui avait données, puis s'était approché de la porte et les avait écoutés parler de quelqu'un qu'ils devaient voir à Blackwater.

Il appréciait l'accord qu'il avait conclu avec son partenaire anonyme : « Pas de questions. » Tout ce qu'il avait à faire, c'était prendre un véhicule, le dépouiller et le broyer. L'homme ne demandait rien en retour que son silence et le marché était devenu lucratif, mais depuis que la police commençait à renifler autour de sa casse, il soupçonnait quelque chose de louche.

Il poussa un soupir de soulagement en voyant le pick-up noir s'éloigner, et trouva le numéro de son partenaire mystère dans son téléphone. Les seules occasions où il le contactait, c'était pour confirmer un enlèvement. L'homme avait d'ailleurs été très clair sur les règles. Il appuya sur le bouton d'appel et attendit.

— *Oui.*

La voix à l'autre bout du fil était aussi calme que d'habitude.

— Le shérif est venu fouiner dans ma casse deux fois cette semaine. Je pense qu'ils cherchent la voiture jaune.

— *Vous devriez l'avoir écrasée depuis le temps,* lui fit remarquer son interlocuteur, d'un ton où perçait l'agacement. *Notre accord était de dépouiller les véhicules et de les broyer dès que possible.*

Burns se racla la gorge.

— Oui, ben, je l'aurais fait si les flics n'étaient pas arrivés pour fouiner dans ma casse. Je l'ai démontée, mais je n'ai pas encore pu l'écraser en étant sûr que personne ne me voie. Les nouvelles en parlent en boucle, vous n'avez pas entendu ?

— *Quand est-ce que le shérif est passé ?*

Burns se frotta la nuque.

— Y a environ cinq minutes. Je les ai entendus parler de Blackwater et ils ont pris l'autoroute vers le sud.

— *Débarrassez-vous de cette foutue voiture et laissez-moi m'occuper du shérif.*

La communication fut coupée.

51

Un nuage de condensation se forma autour de Jenna, Kane et Blake alors qu'ils traversaient le parking du Blackwater Motel, pas crissant sur l'asphalte salé, pour atteindre la chambre 26. Elle se posta sur un côté, une main sur son arme, tandis que Kane frappait à la porte. Le juron d'un homme traversa les fines cloisons et la porte s'ouvrit. Une odeur d'homme à l'hygiène douteuse et de nourriture avariée l'enveloppait d'une aura nauséabonde. L'individu qui se tenait devant eux avait des cheveux bruns ébouriffés et des cercles bleu foncé sous des yeux boursoufflés. Il se redressa de tout son mètre quatre-vingts et quelques et leur jeta un regard noir. Une camionnette passa bruyamment dans la rue principale, obligeant Jenna à élever la voix.

— Monsieur Knox ?

— Vous savez très bien qui je suis. En tout cas, lui, il le sait, répliqua Knox, un doigt pointé vers Blake. Qu'est-ce qui vous prend de réveiller un homme à c't'heure-ci ? Je travaille de nuit et vous perturbez mon repos. Le dimanche est mon seul jour de libre.

Sur quoi, il tenta de refermer la porte et resta bouche bée lorsque la grande main de Kane ouvrit largement le battant.

— Eh, qu'est-ce que vous faites ?

— Nous avons un mandat pour fouiller votre chambre, annonça Blake, qui fourra le papier contre la poitrine de Knox et le poussa pour entrer dans la pièce. Contre le mur. Avez-vous des armes dont vous voudriez nous parler ?

Knox blêmit.

— Oui, mon fusil et un Ruger LCP. J'ai rien fait. C'est pas illégal de posséder une arme dans c't'État.

Pendant que Kane posait le kit médico-légal sur la table juste après la porte, Jenna troqua ses épais gants de cuir contre une paire en latex et s'avança dans la pièce. Elle se couvrit le visage d'un masque chirurgical, pour éviter de respirer l'air fétide.

— Des couteaux ?

Knox éclata d'un rire gras.

— Oui, bien sûr. Vous vous moquez de moi, shérif ? On est à Blackwater. Vous avez peut-être confondu le motel avec un appartement sur la Cinquième Avenue.

Elle se dirigea vers le milieu de la chambre et Kane la rejoignit. Elle baissa la voix.

— Commence ici, je vais voir si je peux l'amadouer pour qu'il me donne un échantillon d'ADN et des réponses à quelques questions.

— Bien reçu.

Kane enfila des gants et se mit au travail.

Après avoir sorti son carnet et son stylo, Jenna s'approcha de Knox. Il lui jeta un long regard salace qui lui donna la chair de poule. Même si elle savait que Knox possédait une camionnette blanche et un pick-up, elle voulait en avoir la confirmation.

— Monsieur Knox, je suis le shérif Alton de Black Rock Falls. J'aimerais vous poser quelques questions, l'agent Blake va donc vous lire vos droits.

Jenna attendit un moment, puis leva le menton pour ajouter :

— Souhaitez-vous qu'un avocat soit présent pour l'interrogatoire ?

— Non, répondit Knox, grand sourire aux lèvres. À moins qu'être un étalon soit un crime.

— Monsieur Knox, nous cherchons à déterminer si vous êtes impliqué dans un enlèvement, asséna Jenna, la mine sévère. Ça constitue un délit grave.

— Je vois pas du tout de quoi vous parlez. J'ai pas besoin de kidnapper les femmes pour les mettre dans mon lit, ricana le bonhomme.

Jenna jeta un coup d'œil aux draps sales et refoula un frisson. Elle ne pouvait imaginer une femme entrant dans cette chambre de son plein gré.

— Vous avez dit travailler la nuit. Avez-vous un employeur ?

— Oui, je travaille pour Brightways en tant que chauffeur-livreur. C'est un distributeur en gros. Surtout des produits d'épicerie. Je les livre tard le soir. Ma tournée va d'ici à Deep Valley et revient par Black Rock Falls.

Jenna prit des notes, surprise qu'il donne volontairement autant d'informations.

— Quel type de véhicule conduisez-vous ?

Knox indiqua le parking avec son pouce.

— Les deux qui sont là, devant. Je prends la camionnette, sauf si les routes sont mauvaises ou s'il s'agit d'une petite livraison, dans ce cas je prends mon pick-up.

Jenna releva les yeux.

— Pourquoi de nuit et pouvez-vous me donner une idée des horaires où vous êtes sur l'autoroute ?

Knox la toisa longuement, comme si elle était idiote.

— Ben, parce que c'est à ce moment-là que les magasins veulent réapprovisionner leurs rayons en produits frais pour le lendemain matin. Je quitte Brightways vers 22 h 30 et je reviens ici parfois vers les 6 heures. Ça dépend du nombre d'arrêts que je dois faire. Si c'est juste quelques livraisons à Black Rock Falls, je peux faire le tour en une heure environ par beau temps.

— J'en déduis que vous étiez sur l'autoroute vers minuit, vendredi de la semaine dernière ?

Jenna tenta d'évaluer sa réaction, mais il se contenta de la regarder avec la même expression méprisante.

— Oui, ça se pourrait, convint-il, puis il se frotta le menton, les sourcils froncés. C'était une tournée rapide. J'ai dû rentrer ici vers 2 heures, peut-être 3, je me rappelle plus très bien.

Jenna voulait qu'il admette avoir emmené une femme dans sa chambre. S'il n'était pas impliqué dans l'enlèvement de Sky, la femme qu'Aitken l'avait vu porter jusque dans sa chambre de motel lui servirait d'alibi.

— Quelqu'un peut-il confirmer que vous êtes arrivé ici entre 2 et 3 heures samedi matin ?

— Non, j'ai vu personne. Il était tard et la plupart des gens sont au lit, par ici, répondit Knox, sans quitter de son regard intense le visage de Jenna. Autre chose ?

Passant outre son hostilité, elle reporta son attention sur ses notes.

— Oui. J'aimerais voir votre avant-bras droit.

— Comment vous savez..., commença-t-il, avant de secouer la tête. Peu importe.

Il retroussa sa manche, dévoilant un pansement.

— Oui, j'me suis blessé en ouvrant une caisse mardi dernier quand j'ai chargé mon pick-up.

Le jour où quelqu'un a attaqué Levi Holt. Intéressant.

— Donc, si vous vous êtes blessé mardi, avez-vous terminé votre tournée ce soir-là comme d'habitude ?

— Oui.

Je le tiens.

Jenna se racla la gorge.

— La fermeture de l'autoroute n'a donc pas été un

problème pour vous ? Je crois qu'un camion s'est renversé et a déversé son chargement, accident qui a empêché toute circulation sur ce tronçon pendant au moins huit heures. Comment avez-vous fait pour aller et revenir, monsieur Knox ?

— Par une route secondaire, fit-il avec un sourire triomphant. Celle qui passe par le ranch de Strong. Elle contourne la partie qui était bloquée. C'est un chemin de terre mais ils viennent de déneiger. Je suis pas le seul chauffeur à connaître le truc.

La confirmation de sa présence dans la zone pouvait aller dans les deux sens. Soit il était sûr que les victimes ne l'avaient pas reconnu, soit il était innocent. Jenna considéra son attitude assurée et la façon dont il la reluquait, de haut en bas et de bas en haut, et opta pour la première option.

— Et jeudi soir, à quelle heure êtes-vous allé à Black Rock Falls ?

— J'avais qu'une livraison à faire en ville, donc ça a été rapide. Je suis revenu ici avant 1 heure du matin, je crois.

Knox lança un regard mauvais à Kane et secoua la tête.

— J'aime pas qu'on fouine dans mes affaires. J'ai rien fait de mal. C'est du harcèlement policier.

Jenna suivit son regard. Kane était en train de retirer les draps du lit avec soin et de les glisser dans des sacs en plastique. Ils échangèrent un coup d'œil entendu. Apparemment, Kane avait trouvé une preuve, mais il n'en dit rien et ajouta le sac à la pile sur la table. Elle reporta son attention sur Knox, sans réagir à son coup de gueule.

— Vous avez eu des problèmes de voiture jeudi soir ?

— Non, répondit Knox en bougeant les pieds. Ça fait vraiment bizarre de vous parler derrière ce masque. Qu'est-ce qui va pas, vous avez peur d'attraper quelque chose ?

Il se rapprocha d'un pas, sourire mauvais aux lèvres.

— Vous feriez bien de prêter attention à vos manières, intervint Blake, qui vint s'interposer entre Knox et Jenna. Vous parlez à une dame, pas à votre petite amie strip-teaseuse.

Jenna lança à Blake un regard qui, elle l'espérait, traduisait son agacement, puis elle repassa devant lui, le menton haut.

— Restez en retrait, adjoint. Je suis tout à fait capable de m'occuper de M. Knox. Aviez-vous une femme dans votre chambre, vendredi de la semaine d'avant ? reprit-elle d'un ton égal.

— Si c'était le cas, répondit Knox, sourire sournois bien en place, je vous donnerais pas son nom. Je suis un gentleman.

— Madame, je pourrais vous dire un mot ?

Kane s'était porté à ses côtés. Jenna le suivit à l'extérieur et ferma la porte.

— Tu as trouvé quoi ?

Kane haussa les épaules.

— Ce qui pourrait être du sang sur les draps, quelques cheveux blonds sur le tapis, des roux aussi. Cette chambre est un cocktail d'ADN.

Il enleva ses gants.

— Les cheveux blonds pourraient appartenir à la réceptionniste, nous aurons donc besoin d'un échantillon de ses cheveux pour que Wolfe puisse faire la comparaison. J'ai mis les draps dans un sac. Ils puent comme s'ils étaient restés sur le lit pendant des mois. Bon, continua-t-il en agitant un trousseau de clés, je vais vérifier le pick-up, c'est le véhicule qu'Aitken a mentionné dans sa déposition. S'il y a du sang à l'intérieur et qu'il correspond à celui de Sky Paul, nous tenons peut-être notre Homme à la hache.

Jenna enleva ses gants et son masque, puis en fit une boule.

— À condition que tu en trouves et qu'il corresponde, nuança-t-elle. Je l'ai dans la zone des trois accidents à l'heure idoine. Il conduit un pick-up blanc, mais pas régulièrement, et il a une blessure au bras droit. C'est sûr que tout pointe vers lui, mais beaucoup de gens conduisent des pick-up blancs et utilisent régulièrement la même route la nuit pour des livraisons. À moins que Wolfe ne trouve des traces qui nous servent de preuves, nous n'avons pas la moindre chance de convaincre le juge Eaton de signer un mandat d'arrêt. Il dira qu'il s'agit au mieux de preuves indirectes, soupira-t-elle. Il semble tellement indifférent que c'en est déconcertant.

Kane appuya une épaule contre le mur et souffla un nuage de vapeur.

— Oui, mais nous ne devons pas encore l'écarter. Il a des tendances narcissiques et il est tellement sûr de ne pas avoir laissé d'ADN derrière lui que c'est en soi un signal d'alarme. Nous avons déjà eu affaire à ce genre de personnalités. Ils se croient plus malins que nous et sans la moindre trace des disparus, sans corps, nous n'avons rien pour l'instant. Si Knox est l'Homme à la hache, il a l'avantage et il le sait. Je pense que nous devrions creuser un peu plus sur lui.

Jenna jeta ses gants dans une poubelle.

— Il ne m'a pas convaincue de son innocence.

— Manifestement, Blake connaît la femme qu'il fréquente. Peut-être devrions-nous obtenir un nom et voir ce qu'elle a à nous dire, suggéra Kane en retirant lui aussi ses gants et son masque. Si c'est la femme qu'il a portée dans sa chambre, il sera au moins blanchi pour l'enlèvement de Sky.

Jenna se redressa. Elle devait encore convaincre Knox de donner un échantillon d'ADN.

— D'accord, tu t'occupes du pick-up et de la camionnette, puis tu vas causer à la réceptionniste, voir si elle est volontaire pour te donner un échantillon de cheveux. Je suppose que c'est elle qui nettoie sa chambre et si ce n'est pas le cas, il nous faut le nom de la femme de ménage. Je vais terminer avec Knox.

Elle poussa la porte et fit quelques pas dans la petite pièce pour s'adresser à l'intéressé.

— Monsieur Knox, êtes-vous d'accord pour procéder à un

test ADN afin de vous exclure de notre liste de suspects ? Ensuite, nous vous laisserons tranquille.

Il s'humecta les lèvres.

— Bien sûr. Croyez-moi, je ne laisse jamais mon ADN là où on ne veut pas de lui.

Ignorant ses remarques lourdingues, Jenna retourna à la table et ouvrit le kit médico-légal. L'idée de s'approcher de Knox lui donnait envie de vomir. Elle jeta une paire de gants à Blake, puis lui passa un kit de test.

— Je vous laisse procéder, Blake.

Elle se tourna vers Knox.

— Merci pour votre coopération.

Elle le vit ouvrir la bouche pour répondre, mais lui tourna le dos et ramassa les sacs de preuves, puis retourna à la porte, ravie de sentir l'air frais et froid sur son visage.

Elle attendit à l'extérieur que Blake la rejoigne, puis ajouta le kit ADN au grand sac de preuves et le regarda.

— Vous connaissez le nom de la femme que vous avez mentionnée ? Ce pourrait être celle qu'il transportait dans sa chambre du motel.

— Non, celle-là est rousse, pouffa Blake. C'est l'une des danseuses qui travaillent au bar à nichons.

Il rougit jusqu'aux oreilles.

— Désolé, madame. Je voulais dire au club de strip-tease du coin.

— D'accord, j'aurai besoin de toutes les informations que vous pourrez me trouver sur Knox. Je transmets à votre shérif.

Jenna se tapota la lèvre inférieure, avant d'ajouter :

— Quelqu'un connaît forcément ses amis, ceux avec qui il traîne, les bars qu'il fréquente, etc. Voyez ce que vous pouvez dénicher sur lui. Il est beaucoup trop sûr de lui. La plupart des gens paniquent quand les flics débarquent pour fouiller chez eux. Je m'inquiète : si la femme qu'Aitken l'a vu porter jusque dans sa chambre était bien Sky Paul, où est-elle maintenant ?

52

Découragée par l'absence de progrès dans leurs affaires de disparitions, Jenna pataugeait dans la neige fraîche jusqu'au pick-up de Kane. Pendant qu'ils étaient avec Knox, le soleil s'était éclipsé et les lumières colorées de l'enseigne du motel clignotaient désormais sur le parking glacé. En quelques minutes, le monde était passé d'une carte postale hivernale à toutes les nuances de gris, à l'image de son humeur. Les faits entourant les disparitions la rongeaient. D'ordinaire, lorsque des personnes disparaissaient dans ce genre de circonstances, il se passait deux choses : soit les ravisseurs envoyaient une demande de rançon, soit on retrouvait des cadavres. Mais certaines affaires n'étaient jamais résolues.

Jenna lâcha un soupir, emplissant l'air autour d'elle d'un nuage blanc. *Qu'est-ce que je fais maintenant, bon sang ?*

Elle rejoignit Kane au pick-up et entendit Blake arriver en trottinant derrière eux. Ils se retournèrent pour l'accueillir.

— Un problème ?

— Non, répondit Blake en souriant. Juste que vous devriez peut-être attendre une demi-heure avant de partir. Les chasse-neige viennent de passer. Ils doivent être en train de déblayer l'autoroute et de répandre du sel, il vaut mieux leur donner une longueur d'avance.

Jenna rangea les sacs de preuves à l'arrière du pick-up de Kane et acquiesça.

— Merci. Je prendrais volontiers un café bien fort avant de rentrer à la maison.

Kane adressa à l'adjoint un regard plein d'optimisme.

— Vous pourriez me conseiller un endroit où manger un bon steak ? Autant que nous dînions avant de partir. Je n'aurai pas très envie de cuisiner, vu l'heure à laquelle on va arriver à la maison.

— Le Turf and Surf Grill, en face du parc, lui indiqua Blake en désignant la ville. On y mange bien, c'est un endroit propre et agréable.

À la mention du steak, l'estomac de Jenna se mit à gargouiller. Elle jeta un coup d'œil à Kane.

— Ce sera très bien, merci.

Elle ouvrit la portière du pick-up, puis s'arrêta pour sortir une carte de visite de sa poche et la tendre à Blake.

— Appelez-moi si vous apprenez quelque chose sur Knox.

— Je n'y manquerai pas, madame.

Blake prit la carte et s'éloigna vers son propre véhicule.

Une heure ou plus s'était écoulée lorsqu'ils gagnèrent l'autoroute pour retourner à Black Rock Falls. La neige tombait en confettis sur le pare-brise, ralentissant les essuie-glaces et transformant l'autoroute en une scène tirée d'une boule de Noël. Sans la moindre circulation, l'asphalte noir de l'autoroute se profilait devant eux dans le tunnel des phares du pick-up. Bien contente de ne pas être seule, Jenna se cala dans son siège pour se détendre et écouter les conversations à la radio. Il était inhabituel que Kane soit aussi silencieux, mais il avait besoin de toute sa concentration pour conduire, aussi décida-t-elle de ne pas discuter de l'affaire. Au lieu de quoi, elle lui jeta un coup d'œil, désireuse d'en savoir plus sur son passé secret.

— Tu t'es déjà demandé pourquoi nous nous sommes retrouvés tous les trois à Black Rock Falls, Wolfe, toi et moi ?

— Au début, je me suis dit que c'était la fin du parcours, comme une mise au rancart, ce poste. Vu que ma perte de mémoire couvrait la période précédant l'attentat à la voiture piégée, j'ai naturellement supposé que c'était la conséquence de ma blessure, répondit-il en haussant les épaules. Jusqu'à ce que je travaille à tes côtés. Je connais des agents et on parlait tellement de toi que je n'ai plus imaginé qu'une chose : on m'avait envoyé ici pour te protéger.

Il partit d'un rire sec.

— Une erreur flagrante.

Jenna sourit à son tour, puis elle prit sa tasse de café à emporter.

— Et Wolfe ? Je sais que nous avons besoin de son expertise en tant que médecin légiste et que ses compétences en informatique sont incroyables, mais pourquoi l'avoir envoyé ici ? Il n'est pas sous protection des témoins, si ?

Kane lui jeta un coup d'œil.

— Non, pas besoin. Pour autant qu'on sache, il a quitté le service, travaillé dans l'informatique pendant un certain temps, puis il est resté à la maison pour soigner sa femme. Si tout ça est vrai, il a aussi construit une pièce sécurisée pour les communications. J'imagine qu'il a dû s'occuper de quelques agents avant moi. Quand j'ai compris que tu en étais une aussi, je me suis renseigné. Ce qui a causé assez de vagues pour que le président des États-Unis envoie Wolfe ici. C'est lui qui me permet de communiquer avec le QG en cas de besoin, car contrairement à toi, je ne bénéficie pas de la protection des témoins, je suis officiellement hors réseau.

Jenna réfléchit à ses paroles.

— Autrement dit, tu penses qu'ils ont envoyé Shane ici pour garder un œil sur nous ?

Kane regarda dans son rétroviseur et fronça les sourcils.

— Non. Je pense plutôt qu'ils voulaient quelqu'un sur qui je puisse compter ici. Si je reçois par son intermédiaire un message m'informant que je suis de nouveau en service actif, je saurai que c'est vrai. Bon, après les blessures que j'ai subies l'automne dernier, je ne pense pas que ce sera de sitôt, voire jamais.

Il jeta un nouveau coup d'œil dans le rétroviseur.

— Je suis sûr d'avoir aperçu un véhicule qui nous suivait. Et maintenant, il a disparu.

— Peut-être un pick-up fantôme qui hante l'autoroute tard dans la nuit, gloussa Jenna, mais elle regarda à son tour dans le rétroviseur. Je ne vois rien.

Elle remarqua cependant la crispation de la mâchoire de Kane et le tressautement d'un muscle dans sa joue. Il lâcha le rétroviseur des yeux afin de les reposer sur la route. Jenna se tourna sur son siège pour scruter derrière eux. Son cuir chevelu la picotait et son ventre frémissait, signe dérangeant d'une impression d'être observée. Pourtant, la route semblait déserte et elle ne voyait que le ruban noir qui sinuait de virage en virage.

— Retourne-toi et regarde plutôt dans le rétroviseur de droite, lui suggéra Kane d'une voix basse et calme. J'ai aperçu quelque chose de scintillant quand la lune est sortie de derrière les nuages, juste avant le dernier virage.

Instinctivement, Jenna sortit son arme et la posa sur ses genoux. Elle se tourna vers Kane.

— Tu penses que c'est l'Homme à la hache ? On serait trop proches et il voudrait nous éliminer ?

— Peut-être, mais mon pick-up est banalisé, alors comment pourrait-il savoir que c'est nous ? À moins qu'il ne s'agisse de Knox, qui a peut-être vu notre véhicule, mais je ne l'ai pas vu regarder par la fenêtre du motel.

Kane fronça les sourcils en regardant son Glock.

— Tu auras besoin de tes deux mains pour t'accrocher s'il entreprend quoi que ce soit, l'avertit-il.

Elle rangea son arme et reporta son attention sur le rétroviseur.

— D'accord, mais je ne vois personne.

Alors qu'ils prenaient le virage suivant, un moteur rugit derrière eux et, comme sortie de nulle part, la calandre menaçante d'un véhicule couvert de barres de collision apparut dans le rétroviseur latéral. Le monstre roulait à vive allure. Jenna serra la mâchoire et s'accrocha.

— Oh, mon Dieu, attention !

— Merde !

Kane accéléra, puis il freina brusquement et leur pick-up fit un dérapage latéral de cinquante mètres sur la couche de neige fraîche avant de s'arrêter.

Le véhicule blanc passa à toute vitesse, les manquant de quelques centimètres, et fit un tête-à-queue sur la route avant de ralentir pour s'arrêter quatre cents mètres plus loin, dans le virage en épingle, comme pour les attendre. Le cœur de Jenna cognait dans sa poitrine tandis que Kane remettait la voiture sur la voie de droite, puis s'arrêtait au milieu de la route.

— Tu as pu relever sa plaque ? demanda-t-il, sans quitter des yeux le pick-up blanc.

— Non, elle était couverte de boue. Je pense qu'il avait tout planifié et qu'il nous a probablement suivis depuis la ville.

Jenna déglutit péniblement. Elle avait l'impression d'être coincée dans un film d'horreur. Les phares du pick-up blanc s'allumèrent dans un éclair aveuglant. Il pivota et leur fit face, de la vapeur s'échappant du capot et le moteur grognant comme un taureau enragé. Les vitres sombres donnaient au véhicule une apparence étrangement robotique, l'avant presque soulevé et tremblant de puissance. Décontenancée, Jenna s'agrippa au siège.

— Qu'est-ce qu'il fabrique ?

— Il joue à qui se dégonflera le premier. Et il n'a pas choisi le bon adversaire.

Un mauvais pressentiment s'empara de Jenna. Que Dieu leur vienne en aide. Un coup d'œil à Kane et elle sut, devant son expression déterminée et la veine gonflée qui palpitait dans son cou, qu'il était passé en mode combat.

— Tu risquerais nos vies pour un jeu stupide sur une route verglacée ? Tu as perdu la tête ?

— Tu dois me faire confiance, Jenna. Personne ne veut mourir. Il va se dégonfler, puis perdre le contrôle dans le virage et finir dans le fossé.

Il lui jeta un coup d'œil.

— Il ne ferait pas ça sans porter sa ceinture, donc on va jouer à son jeu stupide, puis on va le rattraper et l'arrêter.

Furieuse de son excès de confiance, elle rétorqua :

— Je préférerais que tu arrêtes d'agir comme un adolescent et que tu tires dans ses pneus. Tu ne rates jamais !

— Et si ce n'est qu'un gamin dans un pick-up surpuissant qui joue à qui va capituler le premier ? Je tire dans ses pneus, il démarre, dévale le ravin et meurt dans l'épave. Tu es prête à prendre ce risque, Jenna ? asséna Dave, sans quitter des yeux le pick-up blanc.

Il fit rugir le moteur comme pour répondre au défi.

— Non ? Alors, accroche-toi bien.

Il mit les gaz. Les pneus du pick-up tournèrent d'abord sur place, puis agrippèrent la chaussée, et le véhicule s'élança à toute vitesse. Jenna enfonça ses doigts tremblants dans le siège, le regard fixé sur le monstre blanc qui fonçait sur eux. L'espace entre les deux voitures rétrécit et, aveuglée par les phares, elle retint son souffle. Le cœur battant à tout rompre dans ses oreilles, elle avait le ventre si serré qu'elle avait envie de vomir.

L'instant d'après, les phares brillants d'un semi-remorque prenaient le virage devant eux, klaxon retentissant en guise d'avertissement. Jenna retint un cri. S'ils faisaient un écart pour éviter le pick-up blanc, ils percutaient le camion de plein fouet. Pourtant Kane ne cilla pas et maintint sa trajectoire. À la dernière seconde, le pick-up blanc fit une embardée devant le camion qui arrivait en sens inverse. Elle attendit le fracas, le cri du métal déchiré, mais seul le klaxon assourdissant du camion continuait de hurler dans la nuit.

Pantelante et muette de peur, elle attendit que Kane ralentisse et s'arrête au bord de la route, puis sauta par la portière et vomit. Quand elle se retourna, elle le vit debout au milieu de l'autoroute, fixant les ténèbres.

— Tu es… dingue ! lança-t-elle d'une voix tremblante. On aurait pu y rester.

— Impossible, il avait commencé à s'éloigner de la ligne pour nous éviter alors qu'on n'était même pas encore proches. J'ai deviné qu'il utiliserait le camion pour se couvrir.

Kane vint lui tendre une bouteille d'eau et haussa les épaules.

— Il doit avoir neuf vies pour s'en tirer comme ça.

Les jambes flageolantes, Jenna prit l'eau et se rinça la bouche, puis se pencha en avant, les mains sur les cuisses, pour tenter de calmer son esprit paniqué.

— Inutile de le poursuivre. Il connaît cette portion d'autoroute et pourrait se terrer n'importe où.

Kane rabattit son bonnet sur ses oreilles et se frotta les mains.

— Au moins, nous avons une bonne description de son pick-up. Blanc, vitres noires, avec une marque sur la portière côté passager, comme le contour d'un autocollant.

Jenna le dévisagea, bouche bée, tout en retournant au pick-up.

— Tu as vu tout ça en une fraction de seconde ?

— Je fais juste mon travail, madame.

53

LUNDI, SEMAINE 2

Le lendemain matin, encore secouée par le souvenir de la veille au soir, Jenna dut se faire violence pour monter dans le pick-up de Kane. Le temps était hivernal au possible et les routes de plus en plus dangereuses d'heure en heure. Comme ils allaient travailler ensemble toute la journée, il semblait judicieux de laisser sa propre voiture à la maison et de prendre uniquement celle de Kane pour aller au bureau. Après une soirée à lui en vouloir d'avoir risqué leur vie dans une cascade digne d'un film, elle s'était repassé l'épisode un millier de fois dans sa tête et en était venue à la conclusion que, coincés comme ils l'étaient au milieu de nulle part et à vingt minutes de tout renfort, il n'avait pas eu d'autre choix. Kane avait pris la décision en une fraction de seconde, analysé la situation et agi avec assurance – comme d'habitude.

— J'ai fait un rapport sur l'incident de la nuit dernière, lui annonça-t-il.

Il prit la direction de la ville et ralentit pour rejoindre la file de véhicules qui avançait à une vitesse d'escargot derrière le chasse-neige. Il lui jeta un coup d'œil et haussa un sourcil.

— Tu tiens une réunion aujourd'hui, comme d'habitude ?

Depuis qu'elle était devenue shérif, Jenna programmait une réunion du personnel tous les lundis à 9 heures, mais ces derniers temps, ils avaient besoin de réunions plus fréquentes pour mettre tout le monde au courant des affaires en cours.

— Oui, acquiesça-t-elle, j'ai appelé Rowley hier et je lui ai demandé de me trouver plus d'informations sur Chuck Burns. Je pense que nous avons assez pour obtenir un mandat de perquisition, mais plus nous pourrons ajouter d'arguments, mieux ce sera. J'ai hâte de voir ce qu'il aura déniché. Et puis, je vais mettre tout le monde au parfum sur Knox et notre « incident ».

Elle leva deux doigts de chaque main pour tracer des guillemets en l'air.

— Si c'était l'Homme à la hache, l'accident de Mme Palmer pourrait être requalifié en homicide.

— C'est en effet une façon de pousser quelqu'un hors de la route sans laisser de traces, convint Kane en se garant devant le poste de police. Je vais appeler Ella Tate et voir si elle se rappelle quelque chose d'autre à propos du pick-up blanc. Elle n'a pas mentionné de vitres teintées ou d'autocollant sur la portière.

Jenna marqua une pause, une main sur la portière.

— Nous pouvons donc exclure Knox de notre liste de suspects ? Tu as fouillé son véhicule et il n'a ni vitres teintées ni autocollant.

Kane haussa les épaules.

— Si, il avait des vitres teintées, mais c'était un logo, sur sa portière. Ça ne ressemblait pas à un autocollant. Cela dit, peut-être que l'adjoint de Blackwater pourrait y regarder de plus près. Si ça se trouve, c'est un aimant. C'est lui le propriétaire de ces véhicules, pas Brightways.

— Je vais l'appeler.

Elle sortit de voiture. Le vent qui s'était levé faisait tourbillonner la neige et mordait la chair à travers ses vêtements. Sur le trottoir, les gens marchaient courbés, la tête baissée pour lutter contre les bourrasques avec des écharpes enroulées autour du cou et des lunettes de soleil. Cet accoutrement lui parut un instant comique, puis elle se souvint de la chaudière. Même avec les radiateurs d'appoint, le bureau serait glacial jusqu'à ce que le problème soit résolu. Elle balaya les flocons de neige qui se posaient sur ses cils et suivit Kane à l'intérieur du bâtiment. Accueillie par une bouffée d'air chaud, elle regarda Maggie à la réception, surprise.

— Comment se fait-il qu'il fasse si bon ici ?

— J'ai reçu un appel de Shane Wolfe de bonne heure, hier matin. Il m'a dit qu'il avait trouvé quelqu'un pour remplacer la chaudière. Il ne voulait pas vous déranger, vu que vous vous occupiez de ses filles. C'est moi qui suis descendue leur ouvrir et j'ai attendu ici jusqu'à ce qu'ils aient fini. Je ne voulais pas qu'ils mettent leur nez dans des affaires qui ne les regardent pas, termina la réceptionniste, les sourcils froncés.

— Vous êtes une perle, Maggie.

Jenna étouffa une forte envie de sourire. Comme d'habitude, Wolfe avait fait appel à ses contacts gouvernementaux et réglé le problème.

— C'est une merveilleuse nouvelle. Je ne manquerai pas de le remercier.

Sur ce, elle se dirigea vers son bureau.

Après avoir appelé l'agent Blake à Blackwater, elle mit à jour son tableau blanc, puis se rendit à la kitchenette pour remplir la cafetière. Kane et Rowley, occupés, ne levèrent même pas les yeux sur son passage. Elle prit une boîte de cookies aux pépites de chocolat et retourna à son bureau. À 8 h 55, la pièce se remplit de ses adjoints et Kane déposa une tasse de café sur son bureau avant de s'asseoir. Elle remercia Wolfe pour le remplacement de la chaudière et mit tout le monde au courant de l'interrogatoire de Knox, puis tourna vers le légiste un regard plein d'attente.

— Avez-vous pu examiner les éléments que nous avons recueillis dans la chambre d'hôtel du suspect hier ?

Wolfe se frotta le menton.

— Je n'ai pas eu le temps de tirer de conclusions. Les tests ADN prendront quelques jours. Je peux néanmoins vous dire que les marques sur les draps sont du sang. J'ai analysé l'échantillon : même groupe sanguin que Sky et Knox, ce n'est donc pas concluant pour l'instant. Ce qui m'inquiète, c'est que votre incident se soit produit sur la même portion de route que l'accident de Mme Palmer et l'enlèvement présumé. J'ai réexaminé les photographies de la scène : si Mme Palmer avait fait un écart pour éviter une collision avec un véhicule venant en sens inverse, le résultat aurait été le même. Comme nous n'avons trouvé aucune trace de collision, nous avons supposé qu'elle avait perdu le contrôle de son véhicule sur la glace dans le virage et avait quitté la route. Ça arrive fréquemment à cette époque de l'année.

Jenna se pencha en avant sur son siège.

— Alors, vous avez changé d'avis ?

Wolfe prit son café.

— Je laisse le verdict ouvert pour l'instant. Quand vous aurez attrapé l'Homme à la hache, je verrai si ses pneus correspondent aux autres traces que nous avons trouvées.

— J'ai demandé à l'adjoint Blake, de Blackwater, de pister tous les gens fréquentés par Knox, en particulier les femmes. J'ai eu l'impression qu'il mentait ou qu'il couvrait quelqu'un. Il a porté une femme aux cheveux blonds dans sa chambre de motel, la nuit où Sky Paul a disparu. Blake connaît les habitants de la ville, espérons que Knox aura parlé à l'un de ses amis. Il aime fanfaronner, je ne le vois pas garder cet exploit secret.

Elle tourna son attention vers Rowley.

— Bon, passons maintenant au rapport de M. Lars sur Chuck Burns. Avez-vous trouvé des informations supplémentaires ?

— Tout ce qu'elle vous a dit sur lui semble avéré, répondit Rowley en feuilletant ses notes. Nous lui avons déjà parlé, lorsque nous avons passé en revue les dépôts de ferraille. Nous n'avions rien trouvé de suspect.

Il releva la tête et la regarda.

— Comme vous le savez, Burns est propriétaire de l'ancien garage à côté de la casse et d'une zone de stockage adjacente au garage. C'est un ensemble de bâtiments en briques rouges. Il circule sur la route entre Blackwater et ici, à la recherche de voitures abandonnées ou d'épaves, et possède un pick-up blanc qu'il utilise pour le remorquage. C'est un chasseur d'ambulances et il possède un scanner. J'ai cru comprendre qu'il récupère les véhicules abandonnés d'une valeur inférieure à cinq cents dollars, qu'il peut écraser sans en vérifier l'origine.

Il fronça les sourcils.

— Peu de gens en ville se sont montrés bavards sur son atelier de découpage, mais à moins que les pièces recyclées ne portent des numéros d'identification, comme c'est le cas pour certaines pièces de véhicules, il pourrait tout à fait les revendre dans sa casse.

Jenna lui sourit.

— C'est tout ce dont nous avons besoin. J'ajouterai cette information au mandat pour que vous le remettiez au juge. Je veux que vous insistiez sur l'importance de l'obtenir ce matin et que vous attendiez une réponse.

— Oui, madame.

Jenna se leva.

— Très bien. Dès que le mandat arrive, on y va. Vous souhaitez participer ? demanda-t-elle à Wolfe.

— Pas à ce stade. Je dois travailler sur les preuves recueillies chez Knox. En revanche, je peux me passer de Webber, si vous avez besoin de renfort.

— Bien, alors c'est tout pour aujourd'hui.

Jenna échangea un regard avec Kane, qui resta en retrait pendant que les autres sortaient.

— Tu penses que Chuck Burns va nous causer des problèmes ?

— Je ne sais pas trop. Il était méfiant et sur la défensive, mais il nous a autorisés à fouiller sa propriété. Il n'y avait pas beaucoup d'épaves sur place et rien qui ressemble de près ou de loin à un modèle récent. On a juste fait un petit tour et on est partis, conclut Kane avec un haussement d'épaules. Bien sûr, à ce moment-là, je ne savais pas qu'il possédait d'autres bâtiments à proximité.

Jenna se mordilla la lèvre inférieure, une hanche appuyée à son bureau.

— S'il a caché la voiture de Sky ailleurs, normal qu'il n'ait pas été inquiet quand vous avez fouillé sa casse. Je trouve que Burns ressemble de plus en plus à un suspect crédible.

54

Sa colère montait d'un cran à chaque pas depuis le parking et entre les bâtiments de briques rouges. Il utilisa sa clé pour ouvrir l'entrée cachée de ses salles secrètes. La neige fondue avait beau lui couler ses doigts glacés dans le cou, ça ne suffit pas à refroidir sa rage. Personne n'avait jamais été aussi près de détruire son entreprise. Il atteignit la porte suivante, tapa le mot de passe sur le clavier… et grogna lorsque des lumières rouges clignotèrent, annonçant une erreur.

— Allez tous vous faire foutre.

Cette fouineuse de shérif se montrait trop perspicace. Elle était plus maligne qu'il ne l'avait cru et l'adjoint qui traînait toujours à ses côtés avait un regard à vous transpercer l'âme d'un homme. Il ricana : il reconnaissait le tueur dans ce type. Lorsqu'il se regardait dans le miroir, la même vérité apparaissait dans son reflet. *Il faut en être un pour en reconnaître un.*

L'adjoint Kane cachait un secret, tout comme lui. Sa réaction sur l'autoroute, quand il l'avait défié, était inattendue et montrait que ce type faisait partie de ceux qui n'ont pas peur de la mort. Autrement dit, il représentait une menace.

Il retapa le mot de passe, plus lentement cette fois, et la

porte s'ouvrit avec un déclic. Le choc du battant métallique qu'il envoya s'écraser contre le mur résonna dans un couloir éclairé uniquement par de petits plafonniers. Après avoir enlevé son manteau et ses bottes, il les fourra dans un casier contenant son manteau de rechange et les vêtements de l'infirmier, puis il enfila une blouse d'hôpital par-dessus ses vêtements, ainsi qu'une charlotte et un masque pour parfaire le déguisement. Il ne prenait jamais le risque que quelqu'un voie son visage, au cas où l'une de ses victimes s'échapperait.

Il allait falloir agir vite : il n'avait que très peu de temps pour exécuter ses ordres et il ne voulait pas que sa réputation de ponctualité soit entachée à cause du shérif Alton. Avec ses interventions, elle l'obligeait déjà à interrompre ses activités jusqu'à ce que la fumée se dissipe et ça allait lui coûter des millions.

Son humeur ne s'était pas égayée lorsqu'il rejoignit l'infirmier qu'il avait convaincu de travailler avec lui. En vérité, il brûlait de jeter cette mauviette dans la déchiqueteuse et de plonger dans son regard pendant que la machine le broierait lentement, mais pour l'instant, il avait besoin de lui. Peut-être plus tard.

— Vous avez déjà vu le docteur prélever des organes, alors j'ai besoin que vous fassiez ça tout seul sur Doug, car on manque de temps et j'ai des affaires à régler en ville.

L'infirmier s'interrompit dans la toilette d'Olivia et le considéra par-dessus son masque.

— Pas question. Regarder, c'est une chose, assister aussi, mais pratiquer un certain nombre de procédures compliquées en est une autre. Si je commets une erreur et que j'entaille trop profondément, l'échantillon sera fichu.

Il haussa les deux sourcils.

— Et votre réputation ne vaudra plus un clou. Autre chose, ajouta ce crétin d'infirmier après s'être raclé la gorge : il va falloir réduire les doses avant l'expédition, la quantité de médocs que vous donnez à Doug suffirait à abattre un grizzli.

Une vague de frustration le saisit à la vue du regard terrifié d'Olivia, mais il n'avait pas le temps de se laisser aller à ses fantasmes. Il devait partir sans tarder pour persuader le médecin de tout laisser tomber et de compléter la prochaine cargaison.

— D'accord, baissez un peu mais gardez-le attaché au lit. Il sera le premier à y passer, dès que je pourrai faire venir ce foutu toubib.

L'infirmier croisa son regard.

— Et Olivia ?

Il secoua la tête.

— On s'occupera d'elle plus tard. Vous continuez à lui donner vos drogues de zombie ?

— Oui, mais ça ne fera plus effet très longtemps, peut-être encore une dizaine de minutes.

L'infirmier ramassa le bol et les serviettes, puis quitta la pièce, les laissant seuls.

Il dut alors déployer un énorme effort pour contrôler son excitation. Contrairement à Sky, celle-ci serait en vie lorsqu'il l'introduirait dans la déchiqueteuse. Le spectacle de la machine accomplissant son office satisferait son désir. Il fut un temps où il préférait les étrangler. Les poignarder laissait trop de preuves. Il devait admettre que laisser leurs corps pourrir au bord de l'autoroute avait été un gâchis, mais cette période était révolue. Désormais, rien n'était gâché.

55

Pris par l'exubérance de Jenna, Kane se glissa derrière le volant et attendit qu'elle attache sa ceinture avant de quitter la place de parking pour prendre la direction de la périphérie de la ville, vers la casse auto de Chuck Burns. Les pneus adhéraient bien au bitume fraîchement salé, il put donc accélérer rapidement et laisser derrière eux la rue principale joliment décorée.

— J'espère vraiment qu'on trouvera quelque chose de concret cette fois-ci.

— Le temps a joué en notre défaveur : on n'a reçu la déposition de Mme Lars qu'hier et puis on a dû attendre que le juge signe un mandat de perquisition. En attendant, Burns aura eu tout loisir d'éliminer des preuves. J'aurais aimé avoir ça hier, conclut Jenna en brandissant le document.

Kane haussa les épaules et arrêta le pick-up à l'extérieur de la casse, suivi de près par la voiture de Rowley.

— Alors Knox aurait pu passer entre les mailles du filet. C'était lui qui paraissait le plus suspect et il est toujours sur notre liste. Bon, comment on procède ?

— On va voir Burns. J'enverrai Rowley et Webber se poster derrière le vieux garage, pour le cas où il essaierait de s'enfuir.

Jenna descendit du SUV et donna ses ordres, avant de se diriger vers le bureau.

— Monsieur Burns, nous avons un mandat pour fouiller vos locaux, annonça-t-elle en entrant.

L'intéressé essuya ses mains grasses sur un chiffon taché.

— Bien sûr, je vous ai déjà dit que vous pouviez jeter un œil. J'ai rien à cacher.

Jenna abattit le papier sur le bureau.

— Le mandat s'étend à tous vos locaux, y compris l'ancien garage et les zones de stockage que vous possédez ici. Si vous avez les clés, il serait sage de nous ouvrir les portes, sans quoi je donnerai des instructions à mes adjoints pour qu'ils les défoncent.

Une main posée sur son arme, Kane tâcha de passer outre l'odeur rance de sueur masculine et d'huile de moteur sale : si Burns avait l'intention de s'échapper, il essaierait dans les prochaines secondes. Au lieu de quoi, le bonhomme blêmit et s'appuya lourdement contre le mur. Son visage semblait s'être vidé de toute vie.

— Remettez-moi les clés, monsieur Burns.

— D'accord, d'accord.

Le regard de Burns passa de Kane à Jenna, puis il se pencha pour attraper quelque chose sous le comptoir.

Ne sors pas une arme. Je ne veux pas te tuer. On a besoin de réponses. Avant d'arriver au bout de sa pensée, Kane avait son Glock en main.

— Je ne ferais pas ça si j'étais vous.

— Un pas de plus et l'agent Kane vous fait sauter les doigts, renchérit Jenna, qui elle aussi avait son Glock pointé sur la poitrine de Burns. Mains sur la tête. Éloignez-vous du comptoir.

Elle échangea un regard avec Kane, qui contourna le comptoir et ouvrit un tiroir. À l'intérieur, il trouva des trousseaux de clés et siffla à la vue d'un Smith & Wesson 500. Rengainant son

Glock, il enfila une paire de gants en latex et sortit le pistolet du tiroir.

— Vous n'aviez pas l'intention de me tirer dessus, quand même, Burns ? demanda-t-il, tout sourire, à l'homme tremblant. Pour info, je ne visais pas votre main, je visais pile entre vos deux yeux et je ne rate jamais ma cible.

Il déchargea le pistolet, laissant les balles retomber dans le tiroir, puis glissa l'arme dans la poche de sa veste.

— Montrez-moi les clés du garage, ordonna Jenna sans cesser de viser Burns. Ensuite, passez-lui les menottes, Kane. Je ne veux pas de surprises.

Elle lut ses droits à Burns, avant d'ajouter :

— Allons-y.

Kane poussa Burns dans le dos et le conduisit vers la porte et le vieux garage voisin.

— Bouge.

Burns laissa retomber sa tête sur sa poitrine et ses épaules s'affaissèrent.

— Oh, Seigneur ! N'entrez pas là-dedans. Vous ne comprenez pas.

Jenna inséra la clé dans le cadenas de la porte du garage.

— Oh, je comprends très bien. Avez-vous quelque chose à me dire, monsieur Burns ? Non ? Eh bien, nous allons jeter un coup d'œil par nous-mêmes.

Elle se pencha pour faire coulisser la porte.

La paroi s'écarta, sans le bruit grinçant auquel Kane se serait attendu pour une vieille porte rouillée. Il saisit le bras de Burns et sentit les muscles de l'homme trembler contre sa paume. La lumière baigna soudain l'intérieur sombre et se refléta sur la surface polie d'une berline jaune dernier modèle. La voiture n'était guère plus qu'une carcasse, dont Burns avait empilé les pièces sur des étagères avec des étiquettes indiquant la marque, l'année et le modèle du véhicule. Et c'était exactement la même voiture que celle de Sky Paul.

Kane entendit Jenna ordonner à Rowley et Webber de les rejoindre, puis elle se tourna vers Burns en rangeant son arme dans son holster.

— Où est Sky Paul ? C'est son véhicule. Vous avez intérêt à nous le dire maintenant, avant que mes adjoints ne démontent cet endroit de fond en comble.

Burns trembla, mais ne dit rien.

Kane lui serra un peu plus le bras, juste assez pour lui faire comprendre à quel point il était sérieux.

— Où est Sky Paul ? insista-t-il, le regard noir. Le procureur sera indulgent si vous coopérez.

Burns leva la tête et une expression déterminée passa sur son visage.

— Je ne connais personne du nom de Sky Paul. J'ai trouvé ce véhicule abandonné au bord de la route, près de la zone industrielle sur l'autoroute.

Plantée face à lui, les mains sur les hanches, Jenna le toisa.

— Pourquoi ne l'avez-vous pas signalé ? Les informations n'ont pas cessé de répéter que nous cherchions cette voiture.

Burns détourna la tête et cracha au sol, devant les pieds de Jenna.

— J'en dirai pas plus. Je connais mes droits, je veux un avocat.

Au même moment, Rowley et Webber revenaient vers eux en trottinant dans la neige. Kane poussa Burns vers Rowley.

— Escortez M. Burns jusqu'à votre voiture.

— Bien, monsieur.

Rowley prit le bras de Burns et l'emmena.

— OK, reprit Jenna en haussant le ton. On passe cet endroit au peigne fin. On recherche d'éventuelles caves. Webber, je veux des preuves. Il devrait y avoir du sang dans la voiture. Les banquettes sont là-bas, vérifiez-les aussi, précisa-t-elle, désignant les sièges adossés à un mur. Kane, occupez-vous des autres bâtiments.

Kane attendit le retour de Rowley, puis attrapa le trousseau de clés accroché au cadenas.

— Montrez-moi la zone de stockage.

Il suivit le jeune agent sur un chemin de terre récemment déneigé.

— Ça m'a l'air prometteur, commenta-t-il. Burns a fourni un effort pour dégager cette zone. J'espère vraiment qu'on retrouvera Sky Paul vivante.

Il se pencha pour examiner des traces de pneus.

— Hum, j'en distingue trois ou quatre différentes. Ça va être difficile d'en isoler une.

— En tout cas, quelque chose de gros est passé par là et a arraché les branches des arbres, constata Rowley, qui désignait la rangée de mélèzes occidentaux nus. Et il y a des marques claires ici. Une camionnette de livraison peut-être ?

L'image de Knox, sûr de lui, s'imposa à l'esprit de Kane. Ils n'avaient pas envisagé que ces enlèvements aient pu bénéficier de complicités. Il grimaça à cette idée.

— J'espère que ce ne sont pas des marchands d'esclaves sexuels, songea-t-il tout haut en balayant les flocons de neige sur ses joues. Parce que dans ce cas, remonter la piste des victimes sera impossible.

Le chemin de terre menait à un bâtiment à l'écart, en briques rouges, imposant, avec un petit parking à l'arrière. Une allée séparait les deux édifices et Kane s'y engagea, remarquant ce qui ressemblait à des climatiseurs attachés à l'un des murs. Apparemment, quelqu'un tenait à ce qu'il fasse froid là-dedans. Il s'approcha d'une porte métallique et tenta d'introduire plusieurs clés dans la serrure. Après quelques essais, la porte céda. Il jeta un coup d'œil à Rowley par-dessus son épaule.

— Surveillez mes arrières.

Il se mit sur le côté et ouvrit la porte. L'intérieur était plongé dans le noir et Kane jura tout bas. Décidément, chaque fois qu'il enquêtait sur une personne disparue, il finissait par s'aventurer dans un endroit sinistre et sombre, et ça n'allait pas en s'arrangeant. Braquant sa lampe torche, en plus de son arme, pour éclairer le chemin, il avança lentement, suivi de près par Rowley, dont les expirations envoyaient de gros nuages de condensation dans l'air. Manifestement, explorer à l'aveuglette un endroit inconnu n'était pas non plus le travail de prédilection du jeune agent. Plus loin dans le couloir, ils tombèrent sur un bureau vide – la pièce était recouverte d'une épaisse couche de poussière –, et une autre porte. Celle-ci ouvrait sur un long couloir sombre. Kane passa le faisceau de sa lampe sur le mur, à la recherche d'un interrupteur. Seules de petites lumières encastrées, comme celles qu'on voit au sol d'un avion, éclairaient l'endroit.

— Service du shérif. Il y a quelqu'un ici ?

Rien.

Le cœur battant, Kane repoussa le malaise rampant qui lui remontait le long de l'échine et puisa profondément en lui pour afficher sa façade professionnelle. Quelque chose dans cet endroit lui donnait la chair de poule et l'odeur désagréable qui s'échappait des murs humides jouait des tours à son esprit. Des flashs de scènes de crime passées traversèrent son subconscient, comme une mise en garde. Presque collé au mur, il progressa jusqu'à une autre porte métallique flanquée d'un clavier encastré. Il s'avança pour l'examiner et en reconnut le modèle. Il s'agissait d'une marque familière et pas très complexe. Il disposait de la technologie nécessaire pour l'ouvrir sans problème, pourtant son instinct l'avertissait déjà qu'il n'allait pas aimer ce qu'il découvrirait de l'autre côté.

Rowley s'approcha et braqua sa lampe de poche sur l'appareil.

— Et maintenant ?

Kane rangea son arme et sortit de sa poche un décodeur, aussi petit qu'un téléphone portable.

— Je ne quitte jamais la maison sans ça, c'est très utile.

Rapidement, il relia des fils au boîtier et des chiffres se mirent à défiler à l'écran. Au bout de quelques secondes, le compteur du décodeur se stabilisa et la porte s'ouvrit avec un déclic. Un nuage d'air glacial s'échappa, apportant avec lui l'odeur métallique du sang. Pris de l'envie soudaine de claquer la porte, il jeta un coup d'œil au visage soudainement blême de Rowley.

— Ça ne sent pas bon.

— Bon sang, ça pue... oh, merde.

Rowley avait écarquillé des yeux comme des orbes noirs dans la faible lumière.

— Pas encore des corps ! On appelle Wolfe ?

Kane secoua la tête.

— On doit d'abord inspecter les lieux, répondit-il, avant de donner une tape sur l'épaule de Rowley. Vous devriez être habitué, à force.

— Je ne m'habituerai jamais à voir des victimes de meurtres, répliqua Rowley, la mine sinistre. Au moins, je ne vomis plus autant qu'avant.

Un malaise s'empara de Kane alors qu'il remettait le décodeur dans sa poche et sortait le Glock de son holster. Ces déambulations dans un abîme noir empli de l'odeur de la mort lui rappelaient des souvenirs qu'il aurait préféré oublier. Les yeux aveugles des victimes passées défilèrent dans son esprit en accéléré et il grinça des dents. Plus jamais.

— Je vais entrer. Assurez-vous que la porte reste ouverte.

— Bien reçu.

Rowley se plaça dos à la porte, arme et lampe de poche braquées, et lui adressa un hochement de tête peu confiant.

— Quand vous voulez.

Sur une profonde inspiration, Kane franchit la porte et, les sens en alerte, progressa à l'intérieur un pas après l'autre. L'odeur du sang l'enveloppa et, avant qu'il puisse se réfugier dans sa zone de sécurité professionnelle, sa lampe de poche éclaira un corps sans tête et sans peau, suspendu à un énorme crochet. Les poils de sa nuque se hérissèrent et son esprit recommença à lui jouer des tours. Le cœur tambourinant, il abaissa sa lampe, certain d'avoir aperçu un dos de femme, puis se retourna, prenant le visage blafard et les yeux ronds de Rowley dans son faisceau.

— Qu'est-ce que c'était ?

Rowley déglutit péniblement.

— Un cerf peut-être. La porte fait quinze bons centimètres d'épaisseur. Je pense que c'est un congélateur.

Kane éclaira la porte et les alentours à la recherche d'une poignée. Au-dessus du battant, il trouva une tige permettant de le maintenir ouvert, qu'il s'empressa d'installer.

— Voyez si vous pouvez allumer quelque part.

Un instant plus tard, la pièce fut inondée de lumière. Kane chassa les images macabres de sa tête et balaya du regard la pièce devant lui. Des carcasses congelées d'élans et de cerfs étaient alignées, suspendues à des crocs de boucher. Il était inhabituel d'en voir autant au même endroit. Dans le Montana, les chasseurs découpaient le résultat de leur chasse sur le terrain, laissaient refroidir les morceaux, puis les rapportaient chez eux ou les donnaient à des associations caritatives. Voir autant d'animaux stockés dans un entrepôt n'était pas normal. Méfiant, Kane décida de contacter les services forestiers pour les mettre au courant. Prenant soin de ne rien toucher, il parcourut les parois du congélateur et vérifia chaque rangée de carcasses. Même si le bâtiment était vaste, il ne comptait qu'une seule entrée. Il devait y avoir un autre moyen d'y pénétrer. Kane revint vers Rowley et ils regagnèrent ensemble l'extérieur et le soleil.

— Qu'est-ce que c'était que ces trucs ? marmonna Rowley en se grattant la tête sous son bonnet de laine.

Kane haussa les épaules.

— Je n'en suis pas bien sûr. Peut-être du braconnage. Je vais demander aux services de protection de la faune et la flore forestières de se pencher sur la question, mais pour l'instant, notre priorité est de retrouver les disparus.

Il referma la porte extérieure, la verrouilla et entama le tour du bâtiment.

Une recherche approfondie ne leur révéla rien d'autre qu'une succession de salles vides. Déçu, Kane échangea ses gants en latex contre quelque chose de plus chaud et envoya Rowley faire une nouvelle fouille du bureau et de la casse auto de Burns. Il retourna pour sa part auprès de Jenna, à qui il rapporta ce qu'ils avaient trouvé. Cependant, il fut d'emblée frappé par l'excitation de sa cheffe et le tas de sachets de preuves sur le comptoir.

— Qu'est-ce que c'est ?

Elle sourit.

— De quoi mettre Burns en examen : des traces de sang prélevées dans le véhicule et sur les sièges. Nous avons également trouvé le téléphone portable d'Ella Tate. Sur la banquette arrière, bien en vue.

Kane fronça les sourcils.

— Wolfe a pourtant fouillé de fond en comble et il n'a rien trouvé. Tu es sûre que c'est celui d'Ella ?

— Oh oui, mais il manque la batterie et la carte SIM.

Jenna brandit un sac de preuves. Le téléphone rose portait l'inscription « Ella » en strass sur la coque.

— Ça correspond à la description qu'elle a donnée à Wolfe. Bref, ça nous fait assez de preuves pour l'arrêter.

Elle sortit son téléphone portable.

— Je vais appeler Wolfe.

Le coup de fil passé, elle releva les yeux vers Kane.

— Il est en route, nous allons attendre.

— Madame ! appela Rowley, qui revenait en trottinant. La neige est épaisse de près de trente centimètres autour des véhicules. Ils n'ont pas été déplacés depuis notre dernier passage. Le bureau n'a pas de cave. Je n'ai trouvé aucune trace de Sky Paul ou de qui que ce soit d'autre.

Jenna se tourna vers Webber.

— On remballe. Nous allons attendre l'arrivée de Wolfe. Rowley, amenez Burns au poste et mettez-le en cellule. Il aura le temps de se calmer avant notre retour, puis j'appellerai son avocat. Nous vous rejoignons dès que Wolfe aura terminé son examen de la scène.

— Oui, madame.

Rowley inclina son chapeau et se dirigea vers sa voiture de patrouille.

Kane sortit du hangar empuanti par les odeurs d'huile et d'essence et retrouva la fraîche matinée d'hiver. Il prit quelques longues respirations et regarda Jenna.

— Je me demande s'il va parler. Nous avons toujours trois personnes disparues, dit-il alors qu'ils marchaient dans la neige jusqu'à son pick-up. Je commence à me demander s'il n'y a pas d'autres personnes impliquées dans ce crime.

Jenna posa une main sur la portière.

— Comment ça ?

Kane haussa les épaules.

— Une intuition. Il se passe trop de choses pour qu'une seule personne puisse tout gérer. S'il travaille avec Knox, par exemple, précisa-t-il en désignant la casse. Ce serait plus logique. Knox kidnappe les gens et Burns se débarrasse des véhicules. La seule chose qui me perturbe, dans ce scénario, c'est comment Doug Paul s'y inscrit. Si nous avons affaire à un tueur, à moins que Doug n'ait été un dommage collatéral et qu'il ait pris Levi Holt pour une femme, je ne vois guère de mobile récurrent.

Il s'appuya contre son pick-up pour continuer son raisonnement.

— Les kidnappeurs qui ne sont pas intéressés par une rançon ou la vente de leurs victimes agissent généralement pour violer, assassiner ou les deux. Je n'ai jamais entendu parler d'un kidnappeur qui vendrait des pièces détachées de voitures et de la viande congelée en plus. Ils sont généralement bien trop intelligents pour garder la voiture de leurs victimes en leur possession.

— En somme, tu n'es pas convaincu que nous tenions notre homme ? insista Jenna, songeuse. Pour moi, tout se tient au contraire. Surtout si Wolfe trouve la preuve que Burns s'est débarrassé des corps dans le broyeur.

Kane secoua la tête.

— Il sera difficile de prouver qu'il est impliqué dans les disparitions de Doug et d'Olivia, surtout si les véhicules qu'il a utilisés pour dissimuler les corps ont déjà été recyclés. Enfin, si c'est bien lui qui a assassiné les autres victimes, précisa-t-il en relâchant une bouffée de vapeur. Burns ne correspond pas au profil d'un tueur dont l'escalade dans le macabre est si rapide. Il tremblait dans ses bottes quand je l'ai attrapé par le bras et il n'a pas essayé de nous embobiner.

Jenna croisa les bras et le regarda fixement.

— Les preuves s'accumulent contre lui, Kane. Qu'est-ce que tu vois que je ne vois pas ?

— Oh, il est impliqué, c'est sûr, mais il n'a pas l'intelligence pour mener ça tout seul de front. Et puis, quel serait son mobile ?

— Il a pu violer les femmes, suggéra Jenna, le regard perdu dans le vide. Et l'atelier de découpe, j'imagine que c'est lucratif.

Kane acquiesça, puis imita sa posture et croisa les bras.

— Rester planté au bord de l'autoroute dans l'espoir de kidnapper une femme et de lui voler sa voiture, c'est un peu aléatoire, non ? Alors qu'il aurait la possibilité d'en voler une sur un parking. Pour être tout à fait honnête, je pense qu'il serait difficile de violer quelqu'un dehors par ce temps. Il a dû emmener les femmes ailleurs qu'ici. Nous avons fouillé cet endroit et il n'y a aucun signe de présence dans l'autre bâtiment depuis un bon bout de temps. Quant au bureau de la casse, il n'a pas plus d'un demi-mètre carré de libre.

Il donna un coup de pied dans un morceau de neige avec la pointe de sa botte.

— Ensuite, il faut tenir compte de Doug Paul. Vu qu'il joue au hockey pour les Larks, il doit donc être du genre costaud. Comment Burns a-t-il pu le maîtriser, droguer Ella, puis sortir Olivia de la voiture accidentée tout seul ?

— Autant de points intéressants que je prendrai en considération lorsque Wolfe aura examiné les lieux.

Jenna épousseta la neige sur sa veste et ouvrit la portière du pick-up de Kane.

— Je pense que Burns est coupable, très coupable. Les preuves sont juste devant nous.

Kane soutint son regard.

— Et moi, je pense que Burns n'est que la partie émergée de l'iceberg.

56

Doug se réveilla au son d'une dispute. Sa tête le lançait et il avait la langue collée au palais. Le souvenir de Jim balançant le brancard contre lui était la dernière chose qui lui restait, à part une douleur fulgurante à la tête, juste avant sa perte de connaissance. De derrière ses cils, il regarda l'infirmier et Jim s'approcher de lui. Il resta immobile et s'efforça de ne pas tressaillir lorsque l'infirmier le toucha.

— Il ne tiendra pas longtemps si vous continuez à l'abîmer, commenta l'infirmier en l'observant attentivement. Ses organes ne vaudront plus rien vu comme ils seront dégradés. Regardez-le. Que vont-ils dire de son état ?

Jim abattit le poing sur le meuble latéral, secouant les ustensiles.

— Je m'en fous de ce qu'ils disent. Ils travaillent pour moi, tout comme vous, et ils seront là à la première heure pour honorer les commandes. Je vais la voir maintenant et prendre les dernières dispositions, puis je reviendrai terminer à l'extérieur. Emballez tout ce dont nous n'avons pas besoin, je le mettrai en lieu sûr à mon retour.

Sur quoi, il tourna les talons et sortit en trombe.

Doug serra les dents pendant que l'homme le lavait et changeait le pansement de sa blessure, mais négligeait de rattacher ses liens. Son cœur se mit à battre la chamade – on lui donnait la possibilité de s'échapper – et les bips du moniteur s'emballèrent aussi, mais l'infirmier était trop occupé avec Olivia, à moins qu'il ne s'en fiche.

Lorsqu'il tenta de bouger, Doug découvrit que ses membres fonctionnaient parfaitement. À mouvements lents et mesurés, il retira de son bras l'aiguille qui lui injectait la perfusion et appuya sur sa veine pour arrêter le sang. Puis il enfonça l'aiguille dans le matelas. L'effort fit de nouveau accélérer les bips de la machine et, cette fois, il entendit l'infirmier jurer tout bas. Doug glissa le bras libéré sous la couverture, laissant son bras droit dessus.

Le rideau s'ouvrit, puis se referma. L'infirmier le regarda.

— Je lui ai dit que les médicaments allaient vous tuer. Trop tard maintenant. Je ne vous laisserai pas souffrir.

L'infirmier ajusta la perfusion, puis revint le considérer de plus près.

— Oh, super, maintenant vous transpirez. Je parie que vous avez de la fièvre.

Il se pencha par-dessus le lit, avec l'intention de rattacher ses liens.

Usant de tout ce qui lui restait de forces, Doug serra le poing et frappa l'infirmier à la tempe, une fois, puis une deuxième. L'homme lui tomba dessus, assommé, sa bouche s'ouvrant et se fermant comme celle d'un poisson hors de l'eau. Doug arracha l'aiguille du matelas et la lui enfonça dans la jugulaire, le maintenant immobile jusqu'à ce qu'il devienne mou.

— Voilà. Alors, ça te plaît ?

Traversé par une douleur fulgurante, il se rallongea sur le lit, à bout de souffle.

— Qu'est-ce qui se passe ? lança Olivia d'une voix tremblante. Tu vas bien ?

Doug se pencha, arracha le rideau de sa tringle et regarda les joues maculées de larmes de sa voisine.

— Ça va aller.

Il fit rouler l'infirmier pour dégager ses jambes, se leva en chancelant et gagna le lit d'Olivia.

— Toi, tu n'as pas l'air bien, en revanche. Laisse-moi te sortir de là, ajouta-t-il en lui détachant les poignets. Tu sais si Jim est là ?

— Il était là... tout à l'heure, mais il a dû partir organiser un truc en ville. Il était de très mauvaise humeur. Quelque chose a mal tourné. Je parie que les flics le soupçonnent. Il veut prélever nos organes et se débarrasser de nous avant qu'ils découvrent cet endroit, expliqua Olivia, qui cilla pour chasser ses larmes et leva les yeux vers lui. À quoi bon essayer de s'échapper ? Jim va encore nous frapper et nous ramener ici.

Doug se retourna et déclipsa la carte-clé sur la blouse de l'infirmier, puis il le palpa et trouva un trousseau de clés dans l'une de ses poches.

— Cette fois, on a de quoi ouvrir la porte et des clés de voiture, dit-il en posant les objets sur le meuble. Aide-moi à le mettre sur le lit. On va l'attacher et le bâillonner.

— Il doit avoir des vêtements d'extérieur quelque part. Il faut qu'on trouve quelque chose à se mettre, sinon on ne survivra pas dehors, dit Olivia.

Ce faisant, elle saisit les pieds de l'infirmier et les souleva sur le lit.

— Prends un bras. Tu n'es pas en état de le porter.

Les moniteurs lancèrent des bips paniqués tandis qu'ils installaient l'homme sur le lit. Malgré la souffrance, Doug retira les tubes et les fils encore reliés à son corps. Ensuite, il ligota et bâillonna l'infirmier, arracha les couvertures du lit et se tourna vers elle.

— Vu qu'on ne sait pas quand Jim va revenir, on n'a pas d'autre choix que de courir le risque. Prends ses chaussures, elles t'iront. Je vais enfiler ces bottes en caoutchouc, dans le coin là-bas. Dépêche-toi !

Il gagna la porte tant bien que mal, écouta attentivement, mais tout était silencieux. Le bureau était vide, de même que la pièce où se trouvaient les casiers et une étagère garnie de blouses chirurgicales. Ils enfilèrent pantalons et pulls, s'enveloppèrent de couvertures et avancèrent aussi vite que possible dans le couloir sombre jusqu'à la grande salle où se trouvait la porte vers la liberté. Autour de lui, Doug chercha des yeux une arme, puis se ravisa : faible comme il l'était, il serait bien incapable de se battre de toute façon. La douleur l'avait complètement vidé et il commençait même à avoir du mal à respirer. Il s'appuya d'une main contre le mur, haletant, puis glissa la carte et la porte s'ouvrit avec un déclic. Ils sortirent dans le froid glacial.

— Bingo ! lança-t-il en repérant un casier.

Il en sortit deux gros manteaux et tendit le plus petit à Olivia.

— Il y a des gants et un bonnet dans les poches du mien, constata-t-elle en passant le manteau, qu'elle boutonna. Vérifie le tien.

Elle enfila les gants et le bonnet.

— Bon, reprit-elle, il ne nous reste plus qu'à trouver son véhicule.

La sueur coulait dans le cou de Doug à cause de l'effort produit pour s'habiller. C'était comme si du coton lui emplissait le crâne et que sa vision se brouillait. Il secoua violemment la tête, puis suivit Olivia en titubant. Elle tourna au coin du bâtiment. Au bout du couloir, ils tombèrent sur une autre porte, qui s'ouvrit sans problème. Mais dès qu'il jeta un coup d'œil prudent à l'extérieur, un souffle d'air glacial chargé de flocons de neige le frappa au visage, ainsi qu'une puanteur épouvantable. Il cligna des yeux, aveuglé par le paysage enneigé qui s'offrait à lui. Ils se trouvaient dans une zone industrielle. Des murs de briques rouges s'élevaient de chaque côté, très hauts, et devant lui, il distinguait des machines couvertes de neige.

— Il n'y a personne ici, constata Olivia en le tirant par le bras. Vite, il peut revenir d'une seconde à l'autre.

À moitié traîné par la jeune femme dans une allée, Doug se protégea les yeux, le temps qu'ils s'adaptent à la luminosité, avant de balayer la zone du regard.

— Il y a un pick-up, là-bas, sur le parking.

Il pointa le porte-clés vers le véhicule dont les phares clignotèrent.

— Tu conduis ?

La réponse d'Olivia sortit dans une bouffée de vapeur.

— Oui. Je sais que tu as mal, mais il faut qu'on monte dans ce pick-up maintenant.

Non sans déraper sur la chaussée glacée, ils arrivèrent à la clôture en chaîne, qu'ils franchirent, puis grimpèrent dans le SUV. Avant même que Doug ait bouclé sa ceinture de sécurité, Olivia avait démarré. Elle lui jeta un coup d'œil.

— Combien de temps je dois laisser chauffer le moteur avant de partir ? Je ne veux pas qu'on tombe en panne.

— Roule très lentement. Ça aura chauffé assez avant qu'on prenne l'autoroute.

Il monta le chauffage, puis fouilla le véhicule à la recherche d'un téléphone portable.

— Pourquoi il n'a pas de portable ?

Olivia, qui était sortie du parking, s'était engagée sur une longue route, en prenant soin de rouler dans des traces de pneus déjà marquées.

— Je dirais parce qu'il ne veut pas être tracé. Je doute que prélever des organes sur des personnes kidnappées soit très légal, ironisa-t-elle.

Ils atteignirent l'autoroute et Doug lui posa une main sur le bras pour l'empêcher de bifurquer vers Black Rock Falls.

— On a plein d'essence. Prends vers Blackwater. Je ne veux

pas prendre le risque de croiser Jim. On racontera au shérif de là-bas ce qui nous est arrivé et il contactera le shérif Alton.

Olivia accéléra sur l'autoroute.

— D'accord. Je veux être aussi loin que possible de ce sale type.

Doug s'adossa à son siège et étouffa un gémissement de désespoir à la pensée de ce que sa sœur Sky avait dû subir entre les mains de Jim.

— Il ne s'en tirera pas. S'il le faut, je le traquerai comme l'animal qu'il est, puis je le taillerai en pièces de mes propres mains.

57

L'odeur du café fraîchement passé et des beignets accueillit Rowley lorsqu'il entra dans le bureau après avoir conduit Burns en cellule. Il se dirigea vers la kitchenette au fond de la pièce et se servit. En arrière-plan, il percevait la voix exigeante d'une femme et le ton monocorde et apaisant de l'adjoint Walters. Ne voulant pas être pris à partie, il se glissa derrière son bureau pour rédiger un rapport.

Il avait fini les beignets et s'étirait sur son siège en savourant le café lorsque Walters déboula en grondant, tel un nuage d'orage.

— Un problème ?

— Peut-être, peut-être pas, mais je suis allé à l'école avec Beatrice Paul et je n'aime pas trop qu'on me crie dessus comme si j'étais un vieil imbécile, répondit-il en s'asseyant dans le fauteuil de Kane, les mains enfoncées dans ses cheveux gris. Elle affirme avoir vu quelqu'un en ville qui portait le même pull-over que sa fille, et comme la gamine a disparu, j'ai appelé le shérif. Elle m'a envoyé sur place pour prendre une photo de la personne au soi-disant pull-over. Et elle m'a dit de chercher d'où venait ce vêtement et de l'appeler immédiatement après.

Rowley leva les yeux et vit une femme âgée marcher vers eux avec une expression déterminée. Il se mit debout.

— Puis-je vous aider, madame ?

— Oh que oui, vous pouvez. Ce vieil imbécile ne veut pas m'écouter, ajouta-t-elle, un doigt tendu vers Walters. J'ai vu le docteur Weaver porter le pull de Sky, il n'y a pas vingt minutes.

Rowley baissa la voix pour adopter un ton calme et régulier.

— Comment pouvez-vous être sûre qu'il s'agit du même vêtement ?

Elle leva le menton.

— Parce que c'est moi qui le lui ai tricoté, et offert l'hiver dernier. Il n'y en a pas deux comme ça. Il est jaune, avec un cœur rouge au milieu. C'est un pull très ample, Sky le voulait grand pour pouvoir le porter par-dessus plusieurs couches de vêtements et il lui descend jusqu'aux genoux. Elle devait l'avoir avec elle, insista la femme, fusillant les policiers d'un regard noir. Vous ne comprenez pas ? Si le docteur Weaver l'a, la personne qui le lui a donné l'a sans doute pris à Sky.

Le rythme cardiaque de Rowley s'accéléra devant les implications potentielles de cette découverte. Le docteur Weaver avait en sa possession un indice vital sur la disparition de Sky.

— Lui avez-vous demandé d'où elle tenait ce pull ?

Mme Paul rougit violemment.

— Bien sûr ! Elle m'a répondu que son petit ami l'avait acheté dans un vide-greniers.

Elle poussa un soupir exaspéré.

— Et avant que vous ne me posiez la question, non, elle ne savait pas qui avait organisé ce vide-greniers, mais je peux vous dire qu'il n'y en a pas beaucoup à cette époque de l'année.

Rowley fronça les sourcils. Il devait vérifier cette piste immédiatement.

— D'accord, donnez tous les détails à l'adjoint Walters, je vais parler au shérif.

Il s'éloigna assez pour être hors de portée de voix et appela Jenna, à qui il expliqua la situation. Sans hésiter, elle l'envoya à la recherche du docteur Weaver, l'invitant à prendre des photos du pull. Après avoir enfilé son manteau et son chapeau, il roula jusqu'au cabinet du docteur Weaver, trouva une place de parking et entra. Il salua d'un signe de tête les personnes qui patientaient dans la salle d'attente et se dirigea directement vers le bureau d'accueil.

— Je dois parler au médecin.

— C'est pour une urgence médicale ? s'étonna la réceptionniste, clignant des yeux par-dessus ses lunettes.

Rowley secoua la tête, geste qui projeta des cristaux de glace un peu partout.

— Non, c'est pour une enquête de police.

Il attendit que la porte s'ouvre et que le patient sorte, puis, avant que la réceptionniste ait le temps d'ouvrir la bouche, il pénétra dans la salle d'examen.

Il remarqua aussitôt le pull-over que portait en effet la doctoresse, jaune avec un cœur rouge.

— Docteur Weaver, je suis désolé de vous déranger alors que vous êtes si occupée, mais je dois vous poser des questions à propos du pull que vous portez. Je peux le photographier, s'il vous plaît ?

— S'il le faut.

— Où l'avez-vous trouvé ?

Le docteur Weaver sortit de derrière son bureau et se planta face à lui.

— J'ai déjà dit à cette folle que mon petit ami l'avait acheté dans un vide-greniers en ville. Il est comme neuf et même s'il me serre un peu, il tient très chaud.

Rowley prit des photos à l'aide de son téléphone portable.

— Quel est le nom de votre petit ami et où puis-je le trouver ?

Le docteur Weaver lui sourit.

— Vous l'avez manqué de peu. Il est reparti à l'usine d'engrais. Il a des travaux d'entretien à faire dehors, dans la cour, vous n'aurez pas de mal à le trouver. Je dirais qu'il est parti il y a environ vingt minutes.

Rowley se frotta le menton.

— D'accord. Puis-je avoir son nom et ses coordonnées ?

Elle lui sourit.

— Wyatt Sawyer. Il possède les usines de transformation de la viande et les fabriques d'engrais à la sortie de la ville. Saviez-vous que tous les déchets, les os, ce genre de choses, issus de la transformation de la viande, finissent en engrais ? On le produit juste à côté de l'usine de transformation de la viande.

Elle leva vers lui ses yeux pétillants de fierté.

— C'est en vertu de cette même logique qu'il achète des choses dans des vide-greniers : il déteste le gaspillage.

— Je vois. J'aurai aussi besoin de son numéro de téléphone.

Sitôt qu'elle le lui eut dicté, Rowley la remercia et regagna la porte. Il allait devoir se rendre à l'usine et parler avec ce M. Sawyer. D'après les notes du shérif sur l'affaire, il s'était montré coopératif lors de son dernier interrogatoire et Rowley doutait qu'il pose problème. Après avoir communiqué sa destination à Maggie au bureau, il se dirigea vers la zone industrielle, sous la neige qui tombait. Histoire d'atténuer l'ennui du trajet, il alluma la radio sur sa station de musique country préférée pour chanter sur les tubes qu'elle passait.

Dans le Montana, le paysage changeait à chaque saison. En l'occurrence, la neige avait tout aplani, transformant les prairies en une sorte de toundra gelée. Quelques élans s'abritaient sous les pins épars, mais tout semblait étrangement calme et il songea combien Ella Tate avait dû avoir peur, seule dans cette nature sauvage. Il avait eu pitié d'elle le jour où il l'avait ramassée et il était heureux que le test sanguin l'ait innocentée. La pauvre avait dû vivre l'enfer.

Il s'engagea sur la route enneigée menant à la zone industrielle et suivit l'asphalte gelé jusqu'aux usines de transformation, en empruntant un chemin bien damé dans la neige. Il trouva l'usine d'engrais sans difficulté – il aurait pu la pister à l'odeur, de toute façon. D'après la puanteur, le processus de broyage et de cuisson des déchets se poursuivait même pendant la fermeture. Il entra sur le parking à temps pour voir un homme se diriger vers lui, un téléphone portable dans une main et une pelle dans l'autre. Il était vêtu d'un sweat-shirt à capuche sombre, d'un pantalon assorti et de bottes de travail à pointe en acier. Mesurant près d'un mètre quatre-vingt-dix, il avait les épaules larges et observait Rowley avec méfiance. Quand l'homme fourra le téléphone dans sa poche et lui adressa un sourire, l'agent sortit de sa voiture de patrouille.

— Monsieur Sawyer ?

L'homme s'arrêta à quelques mètres du véhicule et s'appuya sur sa pelle.

— C'est moi. Que puis-je faire pour vous, monsieur l'agent ?

Rowley fit un pas vers lui, l'affaire et les questions qu'il devait poser bien présentes à l'esprit.

— Je voulais vous interroger sur le pull que vous avez offert au docteur Weaver.

Il se souvint soudain qu'il avait négligé de signaler son arrivée sur place à Maggie et leva la main.

— Une minute, j'ai oublié de passer un coup de fil.

Alors qu'il pivotait pour remonter dans sa voiture, le son d'un gong retentit dans le silence de sa tête et son cerveau explosa de douleur. Désorienté, il chancela et tomba contre le pick-up. Que s'était-il passé ? Il se retourna lentement et remarqua, malgré sa vision devenue floue, le regard froid de Sawyer et la façon dont sa bouche s'était figée sur une ligne pincée. Secouant la tête, Rowley allait dire quelque chose, mais Sawyer leva la pelle en avançant comme un crotale. Il agit si vite que Rowley n'eut pas le temps de se défendre. La douleur le frappa de plein fouet, les ondes du choc se propageant jusque dans ses dents. Son ventre se souleva et le parking trop lumineux devint flou. *Putain de merde, il va me tuer.*

58

Jenna sentit le doute s'insinuer en elle quand Wolfe secoua la tête.

— Comment ça, « pas de sang » ? Il y a forcément des traces, des preuves. C'est le milieu de l'hiver et Burns a bien dû se débarrasser des corps. Le broyeur, c'est l'endroit logique. Ce n'est pas comme s'il pouvait creuser un trou dans le sol gelé.

Elle enfonça les mains dans ses poches.

— Non, mais en supposant que les victimes soient effectivement mortes, théorie pour laquelle je n'ai pas encore recueilli de preuves, il a pu les cacher quelque part. Parce qu'on ne risque pas de les retrouver avant la fonte, ajouta Wolfe avec un soupir condescendant. Et déplacer des corps congelés, c'est plus facile que des cadavres en décomposition. Ensuite, il aura encore au moins trois jours avant qu'ils ne dégèlent et tout le temps de les jeter dans un puits de mine, une fois les routes dégagées.

Kane lui toucha le bras.

— Jenna, vous voulez que j'aille chercher Duke ? S'il y a des corps sur la propriété, il les trouvera.

Wolfe enleva ses gants et son masque.

— Pas nécessairement. La neige, c'est parfait pour suivre

des empreintes de pas ou d'autres traces, cependant Duke n'est pas formé à la recherche de cadavres. Les chiens apprennent à reconnaître l'odeur de la décomposition. Or, lorsqu'un corps est gelé et recouvert de neige fraîche, il devient un environnement quasi stérile. Il n'y a plus d'odeur que les chiens puissent flairer.

— Qu'est-ce qui vous fait penser qu'ils sont morts, madame ? intervint Webber avec un long regard à Jenna. Le sang qu'on a retrouvé dans le véhicule correspond au coup décrit par le témoin. Selon Ella, Sky était en vie après l'attaque. Avez-vous envisagé le commerce d'esclaves sexuels ? Ce serait plus logique que la théorie du meurtre.

L'agacement gagnait Jenna. Il aurait dû y avoir des traces de sang et maintenant, Webber essayait de saper son autorité.

— Bien sûr que je l'ai envisagé, rétorqua-t-elle avec un regard noir. Mais ces monstres visent généralement une marchandise beaucoup plus jeune et en bon état. Ils préfèrent les adolescents, voire les enfants, et Doug Paul leur poserait plus de problèmes qu'il n'en vaudrait la peine. Je suis convaincue qu'il s'agit d'une affaire d'homicide et je la traite comme telle jusqu'à preuve du contraire.

— Je ne peux pas considérer qu'il s'agit d'un homicide sans plus de preuves, pour ma part, nuança Wolfe, la mine sombre. Je suis désolé, Jenna. Il n'y a tout simplement pas assez de preuves.

Le téléphone de Jenna sonna.

— C'est Maggie. Il vaut mieux que je décroche.

— *Il semble que quelqu'un ait trouvé ce qui ressemble à une dent dans un sac d'engrais, ce matin. La personne rempotait des bulbes dans son abri de jardin*, expliqua Maggie d'un ton d'excuse. *J'ai cette dent sous les yeux. Je pense que le médecin légiste devrait y jeter un coup d'œil, il me semble qu'il y a un plombage.*

Consternée, Jenna déglutit et prit le bras de Wolfe pour attirer son attention.

— Est-ce qu'ils ont gardé l'emballage dans lequel l'engrais a été livré ?

— *Absolument, il est là, sur le comptoir, il sent très mauvais d'ailleurs. Il vient de l'usine locale, celle de Black Rock Falls.*

— D'accord, mettez tout ça dans un sac de preuves et scellez-le. Wolfe va venir le chercher.

Elle raccrocha et expliqua la situation au légiste.

— C'est probablement une dent d'animal avec de la terre dedans, mais je passerai en revenant au bureau pour y jeter un coup d'œil.

Wolfe se frotta le menton et regarda vers la casse.

— Si ça peut vous rassurer, je reviendrai ici à la nuit tombée et j'aspergerai le broyeur de luminol, au cas où j'aurais raté quelque chose, mais j'ai tout passé au crible et je n'ai rien trouvé.

Il vérifia sa montre.

— Je vais avoir le temps de pratiquer des tests sur tout ce que nous avons trouvé d'autre cet après-midi. Si je découvre quelque chose ou si la dent est humaine, je vous appelle.

— D'accord, merci. Nous allons retourner au bureau. Verrouillez tout, ajouta-t-elle à l'attention de Kane. Je ne veux pas de plaintes de la part de Burns.

Tout à ses efforts pour contrecarrer les opinions contradictoires de ses adjoints et mettre de l'ordre dans ses idées, elle s'appuya contre le pick-up de Kane en l'attendant et inspecta la zone du regard.

Niché à la périphérie de la ville, le vieux bâtiment de briques rouges avait autrefois servi de bourse d'échange d'or pour les mineurs, mais si l'extraction du minerai était encore rentable dans son comté, les mines locales ne produisaient plus grand-chose et le danger qu'elles présentaient ne valait pas la peine de prendre le risque. Elle promena son regard le long de la rue et, à part les hommes qui se déplaçaient derrière elle, le seul bruit qui lui parvenait était celui du craquement des branches gelées. Black Rock Falls était calme en hiver, mais pas non plus un grand désert blanc. La faune abondante de la région la surprenait, même les oiseaux des montagnes semblaient s'adapter au froid.

Le téléphone portable qu'elle avait dans sa poche sonna. Elle vérifia rapidement l'identité de l'appelant et fronça les sourcils. C'était le bureau du shérif de Blackwater. Le nom du nouveau shérif lui avait échappé, bien qu'elle ait vu un mémo de Maggie sur son bureau à son sujet.

— Shérif Alton.

— *Ici le shérif Buzz Stuart de Blackwater. Je vais aller droit au but. J'ai ici deux de vos concitoyens, Douglas Michael Paul et Olivia Kate Palmer. Ils disent qu'un homme les a enlevés et retenus prisonniers dans la zone industrielle près de l'autoroute, à moins d'une demi-heure de Black Rock Falls. Je suppose qu'il s'agit des personnes citées dans l'avis de recherche et les communiqués de presse ?*

Stupéfaite, Jenna fit signe à Kane de la rejoindre, puis mit le téléphone sur haut-parleur.

— Oui, ce sont deux des personnes disparues. Dans quel état sont-ils ?

— *M. Paul a besoin d'une assistance médicale immédiate en raison d'une blessure au flanc et Mlle Palmer est blessée à la tête. M. Paul refuse de sortir d'ici tant qu'il ne vous aura pas parlé. J'ai appelé l'hôpital de Black Rock Falls, qui nous envoie une ambulance. Ils devraient être là dans l'heure.*

Le cœur battant à tout rompre, Jenna échangea un regard avec Kane et sourit.

— Passez-le-moi.

Ils écoutèrent, médusés, Doug leur raconter son histoire. Dégoûtée et affolée, Jenna observait Kane et les émotions qui traversaient son visage.

— Vous dites que cet homme s'appelle Jim ? fit-elle en se redressant. Pouvez-vous le décrire ?

— Oui, costaud, un peu plus d'un mètre quatre-vingts, cheveux bruns, blanc. Il doit aussi avoir une coupure au niveau du torse. Olivia lui a donné un coup de scalpel. Je pense qu'il doit lui falloir des points de suture, détailla Doug, dont la voix exsudait la colère. *Il est fort comme un bœuf et l'infirmier l'appelait « patron ». Je suppose que l'endroit lui appartient. La chambre d'hôpital est située sous l'usine d'engrais et l'entrée se trouve juste à côté d'une grosse machine, une sorte de déchiqueteuse. On a ligoté l'infirmier et on l'a laissé sur l'un des lits.*

L'anxiété serra le ventre de Jenna.

— Et Sky ?

Doug prit une inspiration saccadée.

— Je ne sais pas. Je pense qu'elle est morte. D'après ce qu'on a entendu, Jim se livre à du trafic d'organes depuis un certain temps. J'ai l'impression qu'ils m'ont déjà prélevé un rein.

Jenna aperçut l'expression horrifiée de Kane avant qu'il ne s'éloigne en sortant son propre portable. Les sourcils froncés, elle revint à sa conversation.

— D'accord, nous nous mettons tout de suite en route. Allez avec les ambulanciers aux urgences, j'envoie un de mes adjoints pour vous y attendre. Nous viendrons vous parler plus tard à l'hôpital. Je m'assurerai que vous soyez installés dans un service sécurisé, où personne ne pourra venir vous chercher.

Elle raccrocha et appela l'agent Walters, lui expliqua ce dont elle avait besoin, puis fixa le visage blême de Kane.

— Qu'est-ce qu'il y a ?

— Monte dans la voiture.

Kane se jeta au volant et démarra aussitôt, à toute vitesse.

— Ce Jim dont ils ont parlé pourrait bien être Wyatt Sawyer, le propriétaire de l'usine d'engrais. Je viens de téléphoner à Maggie. Elle a reçu tout à l'heure un appel de Rowley l'informant qu'il se rendait à l'usine de Sawyer. Je viens de l'appeler et il ne répond pas à son portable. Nous devons l'avertir, à propos de Sawyer.

Jenna déglutit péniblement.

— Je l'ai envoyé voir le docteur Weaver au sujet du pull de Sky. Qu'est-ce qu'il fait à l'usine d'engrais de Sawyer ?

— Je ne sais pas. Attache ta ceinture, ordonna-t-il, l'air inquiet.

Le cœur battant, Jenna obtempéra alors que le pick-up s'engageait en dérapant sur la route avant de tourner au coin de la rue. Kane prit des ruelles pour éviter le centre-ville et déboucha en trombe sur l'autoroute. Le moteur rugissant, il enclencha les feux et les sirènes et accéléra encore. Il était redevenu une machine de guerre portant un masque de détermination en guise de visage. Comme si l'adjoint Kane avait quitté le bâtiment et qu'un agent des opérations secrètes l'avait remplacé. Il conduisait comme un possédé, un homme qui ne craignait pas de mourir.

Alors qu'ils laissaient la ville derrière eux, les prairies enneigées défilaient dans un flou blanc. Oppressée par l'angoisse, Jenna s'empara de la radio.

— Il n'a peut-être pas de réseau. Je vais essayer de le joindre par radio, puis je contacterai Maggie pour avoir des précisions. Il a dû l'appeler en arrivant à l'usine d'engrais.

Après avoir cherché à contacter plusieurs fois la voiture de patrouille de Rowley sans obtenir de réponse, Jenna informa Maggie par radio de leur destination et demanda des renforts. Quand Wolfe les contacta, elle jeta un coup d'œil à Kane.

— Oui, Wolfe, qu'avez-vous trouvé ? Terminé.

— *C'est une dent humaine. Nous sommes en route, terminé.*

Les mains cramponnées au volant, Kane accéléra encore sur les routes verglacées.

— J'ai un mauvais pressentiment. Avec une dent humaine dans l'engrais, nous savons comment il s'est débarrassé du corps de Sky et de son véhicule. Un infirmier est impliqué dans l'affaire et, pour prélever des organes, il doit également compter un médecin dans son équipe.

Incapable d'imaginer l'horreur que Sky avait dû endurer, Jenna s'efforça de rester concentrée sur l'affaire.

— Je parie sur le docteur Weaver.

— Oh, c'est elle, c'est sûr. Elle sort avec Wyatt Sawyer et il jouit de voir le pull-over de sa victime sur sa petite amie. C'est un beau parleur et il a été trop malin pour utiliser la casse auto de son cousin quand il a voulu se débarrasser du véhicule de Sky. Je me demande depuis combien de temps ça dure. Ce salaud tabasse et drogue ses victimes pour les faire taire, ajouta-t-il avec un reniflement dégoûté, puis il vend les morceaux de leur corps. Moi qui croyais avoir croisé certains des pires tueurs dans ma vie, celui-ci les surpasse tous.

Il jeta un regard froid à Jenna.

— Il faut qu'on arrive avant qu'il s'occupe de Rowley.

Et il enfonça la pédale d'accélérateur.

59

Abasourdi mais toujours debout, Rowley esquiva le coup suivant et la pelle s'abattit sur la portière de son véhicule de patrouille, dans un bruit métallique qui se répercuta contre les murs de briques rouges. Il secoua la tête, incapable de comprendre la situation. Pourquoi Sawyer essayait-il de le tuer ? Il chercha son arme, mais l'individu l'avait coincé contre la portière ouverte du pick-up et, au coup suivant, la douleur lui fusa dans le bras quand la pelle s'écrasa sur son coude. Les doigts engourdis, il lâcha son Glock, qui rebondit dans une congère. Son téléphone portable vibra dans sa poche. L'aide était à portée de sa main, mais il n'avait pas la moindre chance de décrocher. Lorsque Sawyer leva à nouveau la pelle, Rowley se protégea la tête de ses bras. *Je dois m'éloigner de mon pick-up et courir me mettre à l'abri avant qu'il ne m'achève.*

Ayant esquivé le coup suivant, il fit un pas en avant, mais Sawyer le poussa au niveau de la poitrine avec la pelle et, les yeux brillants d'un éclat menaçant, il railla :

— Tu es à moi maintenant. Tu n'as aucune chance contre moi et je vais adorer te mettre à mort.

Une vague de désespoir et de peur s'empara de Rowley, mais il la repoussa, déterminé à ne pas laisser ce fou l'emporter. À un contre un, il aurait une chance, mais coincé entre une portière ouverte et la cabine, il était à la merci de Sawyer. Quelques coups de plus à la tête achèveraient Rowley. Pour l'instant, il n'avait pas le choix : c'était bouger ou mourir. Soudain, il se souvint de son traceur. Wolfe les avait tous équipés d'une balise de détresse, basée sur la même technologie qu'un téléphone satellite. Il passa la main sur sa poitrine et appuya sur le bouton situé à côté de son badge. Bientôt, Jenna et Kane pourraient entendre tout ce qui se disait et déterminer sa position. Il devait juste résister jusqu'à ce qu'ils le rejoignent. Ses chances de survie venaient de remonter juste au-dessus de zéro. Et puis, comme si quelqu'un l'avait entendu, le conseil de Kane lui revint à l'esprit : *Quand on est acculé, il faut attaquer.* Serrant les dents, il opposa un regard noir à l'expression amusée de Sawyer et leva le menton.

— Vous êtes fier d'attaquer un homme désarmé, Sawyer ? Vous n'êtes rien d'autre qu'un lâche et un trouillard.

— Oh, écoutez donc le brave adjoint.

Sawyer recula de quelques pas et sourit.

— OK, on va rendre cette séance vraiment amusante, alors. Le pick-up me gêne dans mon élan de toute façon. Montre-moi ce que tu as dans le ventre, le défia-t-il en lui faisant signe d'avancer.

Rowley était entraîné pour ce genre de situation. Il pivota sur le côté, puis lança le pied une, deux, trois fois, mais Sawyer détourna ses coups avec le manche de la pelle. Étourdi et blessé, Rowley fit quelques pas instables pour s'éloigner du véhicule, sans jamais détourner son attention du psychopathe, qui restait planté là, d'une confiance stupéfiante comme l'indiquait son léger sourire, à balancer la pelle en attendant son prochain mouvement. Il jouait avec lui, tel un chat persécutant une souris.

— C'est tout ce que tu as ? se moqua-t-il encore. Qu'est-ce que tu es ? Ceinture noire de connerie ?

Refusant de céder aux sarcasmes, Rowley se redressa et le toisa. Malgré son bras droit pratiquement inutilisable et la douleur qui lui transperçait le crâne comme un couteau, il adopta une position de combat. Pas question de se laisser abattre par ce dingue. Les secours allaient arriver et il devait leur transmettre le plus d'informations possible.

— Vous ne pouvez pas gagner, Sawyer. Les renforts sont en chemin. Le shérif sait que vous possédez l'usine d'engrais, elle est sur la route.

Sawyer lui adressa un sourire de maniaque.

— Je ne pense pas, non. T'as oublié d'appeler pour te signaler, pas vrai, et combien de temps tu crois qu'il me faudra pour désactiver ta radio ? J'ai abattu des hommes plus costauds que toi et tu es blessé. Tu ne tiendras pas longtemps. J'ai vu des porcs qui saignaient moins que ça.

Un flot brûlant coulait effectivement le long de la joue de Rowley et des taches rouge vif éclaboussaient la neige à ses pieds. *Je saigne.* Il fixa l'écoulement cramoisi, incrédule, et tenta de se concentrer avant de lancer à nouveau le pied, visant cette fois Sawyer au genou. Il ne réussit qu'à atteindre faiblement sa cuisse.

— Vous m'avez peut-être endommagé un bras, mais il me reste toujours mes pieds.

— Pas pour longtemps.

Sawyer se fendit d'un sourire grimaçant, un éclair de dents blanches, leva la pelle et l'abattit dans un souffle d'air.

Oh, bon Dieu. Ralenti par sa blessure à la tête, Rowley n'avait aucun moyen d'éviter le coup. Une douleur fulgurante lui traversa le genou droit et il ploya, tombant à plat ventre dans la neige.

— Je suis à terre.

Pourvu que Kane l'entende.

Un autre coup à la tête fit courir une douleur sidérante le long de ses terminaisons nerveuses et des étoiles blanches se mirent à danser devant ses yeux. Le ricanement bas de Sawyer et la peur de mourir dans la neige propulsèrent l'adrénaline dans ses veines, repoussant la douleur brûlante comme un fer rouge. Il cligna des yeux pour en chasser le sang et roula sur lui-même, tout en frappant Sawyer aux jambes avec toute la force qui lui restait.

— Pas malin, tu m'as mis en colère.

Son pied atteignit le genou de Sawyer mais, à sa grande horreur, le bonhomme encaissa le coup et resta planté là, tout sourire. Terrifié, Rowley avala plusieurs bouffées d'air glacial. Sous lui, la neige gelée, que son sang avait teintée de cramoisi, se brouilla. Ses muscles tremblaient et il eut l'impression de flotter, en équilibre précaire au bord de la réalité. Il secoua la tête, désespéré : il fallait rester en vie, les secours arrivaient et il devait rester conscient. Enfonçant les doigts dans la glace, il tâcha de ramper pour mettre un peu de distance entre Sawyer et lui. Trop tard. Avec un grognement triomphal, son assaillant se jeta sur lui, les deux genoux en avant. L'air déserta les poumons de Rowley dans une bouffée de vapeur et, en quelques secondes, Sawyer avait sorti des colliers de serrage de sa poche arrière. Rowley se débattit avec acharnement, mais l'autre, incroyablement fort, ne tarda pas à le ligoter. Il leva les yeux vers ceux, noirs et inflexibles, de son agresseur, en espérant que Kane ou Wolfe l'entendraient.

— Suis à terre, besoin d'aide.

— C'est sûr, mais tu n'as pas de radio sur toi, mon pauvre, se moqua Sawyer avec un sourire satisfait. Je t'ai frappé trop fort, ça t'a embrouillé le ciboulot ? T'évanouis pas maintenant ou tu profiteras même pas de la suite.

Il asséna une gifle à Rowley, qui serra les dents pour encaisser la douleur.

— Oh, Jésus.

Penché sur lui, Sawyer le fixa dans les yeux.

— Jésus peut pas t'aider maintenant. Je vais vraiment prendre du plaisir à regarder la déchiqueteuse te broyer.

Le dos de Rowley racla le froid tandis que Sawyer lui soulevait les pieds et le traînait sans difficulté à travers le parking, en direction de la machine. L'horreur de ce que l'autre avait l'intention de lui infliger frappa Rowley de plein fouet. Luttant pour rester conscient, il essaya de le raisonner.

— Il n'est pas trop tard. Vous pouvez encore partir. Je ne dirai rien.

— Oh, tu vas beaucoup en dire, au contraire, et d'ici à ce que tu meures, tu appelleras ta maman en pleurant, rétorqua Sawyer tout en le tirant dans la cour, vers la machine. Quand je mettrai le tapis roulant en marche et que tu te dirigeras vers le broyeur, tu vas hurler mais personne pourra t'entendre à part moi. J'adore ça, quand ils hurlent.

60

Jenna agrippait le téléphone satellite de Kane de ses deux mains tremblantes tout en assistant, impuissante, à l'horrible attaque contre Rowley. Au bord de la nausée, elle jeta un coup d'œil à Kane.

— On n'arrivera pas à temps.

— Si, affirma-t-il, les doigts crispés sur le volant. Jake va se défendre. Écoute-le. Il est peut-être blessé, mais il ne s'avoue pas vaincu.

Terrifiée pour son agent, Jenna fixait l'écran, l'enjoignant silencieusement à survivre quelques minutes de plus. Si seulement il pouvait l'entendre.

— On arrive, accrochez-vous. Allez, Jake, défendez-vous.

Les bruits sourds et les halètements écœurants à l'autre bout du fil lui donnaient des crampes d'estomac. Ses mains tremblaient un peu plus à chaque mot prononcé par Rowley. Entendre un ami se battre pour sa vie, c'était déchirant. Elle regarda Kane.

— Accélère, il faut qu'on lui porte secours. S'il te plaît, Kane, on ne peut pas le laisser mourir.

Lancés dans une course effrénée, ils dépassèrent deux semi-remorques. Kane roulait au milieu de l'autoroute, les roues de part et d'autre de la ligne médiane. Le moteur de sa bête rugit, le capot se souleva et la puissance du moteur plaqua Jenna contre son siège. Devant eux, la route était dégagée, mais même Kane n'était pas invincible. S'ils roulaient sur une plaque de verglas, ils étaient bons pour le fossé. Et à cette vitesse... Elle se cramponna au siège.

— Oh, merde.

— C'est moins gelé au milieu en ce moment et chaque seconde compte, expliqua Kane, sur la joue de qui un nerf tressauta tandis que les arbres défilaient dans un flou de marron et de blanc. Accroche-toi.

Jenna retint son souffle quand Kane prit le virage en tête-à-queue sur la glace, avant de retrouver le contrôle du véhicule et de s'engager sur la route menant à l'usine d'engrais.

Dans sa main, le téléphone portable de Kane relayait l'horrible épreuve que subissait Rowley. Sa voix sortait du haut-parleur, presque un chuchotement désormais.

— *Sawyer me traîne vers une machine qu'il appelle la déchiqueteuse. C'est un énorme broyeur.*

Rowley haletait à chaque mot.

— *Je ne vais pas me sortir de ce truc. Mais coffrez ce salaud, Wyatt Sawyer est bien l'Homme à la hache.*

Il prit une profonde inspiration et sa voix, cette fois, était calme, presque résignée.

— *Ça a été un plaisir de vous connaître tous.*

Luttant contre les larmes, la poitrine contractée, Jenna ravala un sanglot.

— Oh, mon Dieu.

— Voilà le pick-up de Jake !

Kane contourna le parking et longea un étroit trottoir en direction du bâtiment. Devant elle, Jenna apercevait en effet un homme en train de tirer Rowley par les pieds vers une énorme machine. Elle inséra le téléphone dans son support et sortit son arme. Elle avait déjà sauté dehors lorsque le pick-up s'arrêta devant un poteau de béton qui divisait l'allée. La neige au sol ralentissait sa course tandis qu'elle s'embourbait et glissait à moitié sur le sentier. L'air glacial lui cisaillait les poumons. Quelques secondes plus tard, Kane était à ses côtés dans un nuage de vapeur, le Glock dégainé.

— Service du shérif ! cria-t-elle sans cesser de courir. Arrêtez-vous immédiatement !

À sa grande horreur, Sawyer souleva quand même Rowley comme s'il ne pesait pas plus lourd qu'une plume. Il leur jeta un coup d'œil, haussa les épaules, puis se dirigea calmement vers le tapis roulant. Jenna continuait à courir : elle devait sauver Rowley.

— Arrêtez ou je tire.

Quand Sawyer, grand sourire aux lèvres, lui adressa un doigt d'honneur, elle n'hésita pas.

— Tire, Kane.

Deux coups de feu retentirent et le sang jaillit des genoux brisés de Sawyer qui, avant de tomber, réussit pourtant, quoique chancelant, à appuyer sur un bouton rouge. L'énorme machine à broyer se mit en marche et le tapis roulant s'ébranla, puis entama une lente progression vers les dents acérées qui montaient et descendaient de façon menaçante à l'intérieur d'un grand trou. Pour la première fois de sa vie, Jenna entendit Rowley jurer en se tortillant, dans une tentative désespérée pour s'extirper du large tapis.

Les poumons brûlants sous l'effort, Jenna rengaina son arme et parcourut les derniers mètres sans ralentir, puis se jeta sur Rowley afin de le faire rouler loin de la machine. Ils basculèrent sur le côté, mais restèrent coincés sur le tapis. La machine produisit un terrible grincement et Jenna vit de très près les lames mortellement tranchantes qui tournaient à l'intérieur, prêtes à les déchiqueter. Ses pieds et ses mains glissaient sur la courroie graisseuse, l'empêchant de se dégager. Ses mains tremblaient sous l'effet de la panique. Dans quelques secondes, le tapis roulant allait les faire tomber dans la gueule béante de cet engin de mort. Elle se tourna pour voir Kane courir vers eux. Son visage n'exprimait rien d'autre que la plus intense concentration.

— Kane, au secours !

Il leva le pistolet à deux mains et un autre coup de feu retentit : le bouton de la machine explosa en une pluie de plastique rouge. Le temps sembla s'arrêter... La machine puante n'était plus qu'à quelques centimètres de les avaler vivants... Puis son moteur geignit, trembla et s'éteignit. Le cœur battant à tout rompre, Jenna lâcha un soupir de soulagement, puis se redressa et plongea son regard sur le visage ensanglanté de Rowley.

— On a de la chance que Kane ne rate jamais.

Jenna n'était jamais surprise par le nombre de criminels qui laissaient tomber leurs partenaires en échange d'un accord. En l'occurrence, le procureur s'attaqua au maillon le plus faible, un certain Geoffrey La Rocca, l'infirmier, qui ne tarda pas à dénoncer l'ensemble d'une équipe qui n'aurait pas déparé dans un film d'horreur. Wyatt Sawyer, le violeur accro au sexe, s'était vanté d'avoir tué des femmes dans d'autres États et d'avoir laissé pourrir leurs corps au bord de l'autoroute. L'Étrangleur de la route, après une série de douze mois de meurtres acharnés dans le Wyoming trois ans plus tôt, était désormais démasqué.

L'interrogatoire de Sawyer, réalisé dans une chambre d'hôpital où il avait les deux mains menottées au lit, s'était avéré intéressant. Un exemple de justice immanente. Son avocat l'ayant convaincu que le jury le ménagerait peut-être s'il parlait, Sawyer était passé de la colère à la vantardise, pour raconter comment il avait réussi à être plus malin que tout le monde au long de sa vie. Souriant narquoisement à Jenna, il avait avoué avoir failli les tuer, Kane et elle. Après examen du pick-up blanc de Sawyer, dont l'une des portières gardait la marque d'un autocollant, Kane avait identifié dans ce véhicule celui qui avait foncé sur eux sur l'autoroute.

Jenna avait écouté attentivement Sawyer expliquer comment il avait eu l'idée de prélever des organes après avoir rencontré la naïve docteur Weaver et l'avoir persuadée qu'il pouvait aider les moins fortunés en leur fournissant les organes dont ils avaient désespérément besoin si elle pratiquait les opérations. Il possédait l'argent nécessaire pour ouvrir une petite clinique et, en versant des sommes substantielles aux bonnes personnes, s'était rapidement ouvert l'accès au marché noir. Le commerce d'organes illégaux était très répandu et, les jeunes gens ayant la fâcheuse tendance à annoncer à tous leur localisation sur les réseaux sociaux, il n'était pas très difficile de kidnapper quelques donneurs potentiels.

Il avait choisi des femmes pour la majorité de ses victimes, parce qu'elles répondaient à son besoin de tuer et il avait admis que si elles ne mouraient pas sous le scalpel, il aimait les livrer vivantes à la broyeuse. Avec les hommes, il procédait plus rapidement, vendait leurs organes et s'en débarrassait au bout de deux ou trois jours. Il possédait à la fois l'usine de transformation de la viande et celle d'engrais, et utilisait donc les camions frigorifiques de la première pour le transport des organes et la déchiqueteuse de la seconde pour l'élimination des dépouilles. Il était facile et indétectable d'ajouter les corps aux déchets de son usine de transformation de la viande et d'en faire de l'engrais.

Sawyer avait découvert que les gens étaient prêts à tout pour de l'argent. Il n'avait ainsi eu aucun mal à trouver un infirmier en disgrâce, tout comme le chasseur d'ambulances, Burns, qu'il chargeait de récupérer les véhicules des personnes que lui-même kidnappait.

Cette histoire rendait Jenna malade. D'autant qu'il la racontait avec délectation, tant il était fier de son ingénieux stratagème. Interrogé sur l'endroit où il conservait l'argent provenant de la vente des organes, il avait répondu que les paiements étaient versés sur un compte *offshore*. Malgré d'importantes recherches, le FBI n'avait trouvé aucune trace du compte en question ou de la liste des contacts de Sawyer.

Jenna devait admettre que l'arrestation du docteur Weaver lui avait tout de même apporté un minimum de satisfaction : si intimidante qu'ait été la bonne femme, dans une certaine mesure, son intuition ne l'avait pas trompée. Grâce à une fouille de la clinique souterraine près de l'usine d'engrais, ils avaient découvert que l'ordinateur du bureau contenait les mêmes données concernant les offres et les demandes d'organes que celles recueillies par le docteur Weaver. La base de données leur permettait de deviner l'ampleur que Sawyer avait prévu de conférer à son projet. Avait-il projeté d'aller chercher un donneur compatible en ville lorsqu'une commande lui arriverait ?

Le procureur inculpa le docteur Weaver de prélèvement illégal d'organes sur des personnes vivantes et de meurtre au premier degré. Le médecin avait refusé d'avouer quoi que ce soit, les privant du moindre indice quant au nombre de leurs assassinats. Au moins, ils avaient la dent et si Wolfe pouvait en extraire un ADN viable, ils parviendraient peut-être à résoudre l'affaire d'un autre disparu. Hélas, énormément de gens disparaissent sans laisser de traces sur l'ensemble du territoire des États-Unis.

Ce fut avec un certain soulagement que Wolfe leur confirma ses premières conclusions sur les antécédents du docteur Weaver. Après une étude approfondie de son passé et de ses contacts au cours des dix dernières années, le FBI n'avait trouvé absolument aucun lien entre elle et Viktor Carlos ou le cartel. Jenna pouvait enfin respirer à nouveau et Kane aussi.

Le shérif avait aidé Kane en prenant des notes pendant qu'il plongeait dans ses souvenirs nouvellement revenus de la période précédant immédiatement l'attentat à la voiture piégée.

Peu de temps après, il avait fait part de ses soupçons au bureau du président des États-Unis. Jenna savait que Kane voulait désespérément être impliqué dans la capture des responsables de la mort de sa femme, mais de toute évidence, le Président n'était pas de cet avis. Cependant, lorsque Wolfe était venu lui annoncer la mort des coupables, il avait pris la nouvelle avec son professionnalisme habituel, puis juré de ne plus jamais en parler. En tout cas, c'était agréable de le voir débarrassé de ce fardeau.

Peut-être allait-il pouvoir passer à autre chose, maintenant.

Jenna entra dans la chambre d'hôpital et prit place à côté de Kane et Wolfe. Elle sourit à Rowley. Après l'avoir fait envoyer aux urgences, elle avait été tellement occupée par les arrestations qu'elle n'avait pas eu le temps de lui rendre visite, mais elle l'avait appelé et s'était enquise de lui au quotidien, par l'entremise de Kane et Wolfe.

— Je suis désolée de ne pas être venue vous voir plus tôt. Comment vous sentez-vous aujourd'hui ? Vous n'avez pas l'air prêt à rentrer chez vous. Vous m'avez caché l'étendue de vos blessures ?

— Non, je vais bien, madame, lui assura Rowley, malgré ses yeux injectés de sang et son visage meurtri. C'est comme je vous l'ai dit, j'ai un coude ébréché et un hématome au genou. Tout le reste fonctionne.

— Sans parler d'une commotion cérébrale sévère, de douze points de suture à la tête et de vos côtes fêlées, ajouta Wolfe, la mine grave. Vous êtes arrivés sur place juste à temps.

— Le traceur que vous m'aviez donné m'a sauvé la vie, admit Rowley avec un sourire de travers. Mais je pense que c'est le tacle du shérif qui m'a cassé les côtes, gloussa-t-il. On aurait cru qu'elle volait.

Il se tut pour croiser le regard de Jenna.

— Je plaisante, madame, vous avez risqué votre vie pour moi et je ne l'oublierai jamais.

Elle lui sourit.

— Merci.

Elle se tourna vers Kane.

— J'ai une question à vous poser. Pourquoi ne pas avoir abattu Sawyer ?

Il haussa les épaules et s'étira nonchalamment.

— Il n'était pas armé. Je me suis dit que vous voudriez l'interroger et que votre ordre précédent avait été donné dans le feu de l'action.

— Oui, nous avons découvert beaucoup de choses sur M. Sawyer, acquiesça Jenna, qui reporta son attention sur Wolfe. Et la dent ?

— J'ai envoyé le profil ADN à toutes les agences et nous verrons si nous obtenons une correspondance. J'ai laissé l'affaire en suspens et tout confié à la police scientifique d'Helena. Par ailleurs, indiqua-t-il avec un sourire, je suis passé voir Olivia et Doug. Physiquement, ils vont bien, même si Doug s'est bel et bien fait prélever un rein, mais ils auront besoin d'une aide psychologique. Les médecins ont annoncé à Doug qu'il devait rester à l'hôpital au moins une semaine supplémentaire.

— Oh, autre chose, intervint Kane, tout sourire. Après avoir eu vent de notre intérêt pour Knox, la réceptionniste du Blackwater Motel a appelé Maggie et admis qu'elle était la blonde que Knox avait emmenée dans sa chambre. Elle se serait bien manifestée plus tôt, mais elle ne voulait pas compromettre sa réputation, ricana-t-il.

— Je devrais lui coller une accusation pour dissimulation de preuves, maugréa Jenna, épuisée par cette affaire stressante.

Elle n'avait qu'une envie, rentrer chez elle, s'asseoir au coin du feu et se détendre un peu. Sachant que Kane surveillait la ligne des appels d'urgence, elle se tourna vers lui.

— On a reçu quelque chose à traiter impérativement aujourd'hui ?

Il lui sourit, lui prit la main et la serra.

— Non. J'avais dans l'idée d'aller chercher un sapin et peut-être d'acheter quelques cadeaux. Je pense qu'on mérite tous un peu de repos, non ?

Jenna haussa les épaules et regarda leurs mains jointes avec étonnement : il ne l'avait jamais touchée devant les autres. Elle leva les yeux vers Rowley et Wolfe, qu'elle découvrit en train de sourire comme des andouilles. Elle échappa aux doigts de Kane et s'éclaircit la gorge.

— J'ai quelques bricoles à boucler au bureau.

— Rien qui ne puisse attendre, insista Kane, les yeux pétillant de malice. N'oublie pas que nous passons Noël avec Wolfe et les filles.

C'est déjà Noël ? Elle cligna des yeux.

— C'est quand, Noël, déjà ?

— Demain, s'esclaffa Kane. Ho, ho, ho.

UNE LETTRE DE D.K. HOOD

Merci beaucoup d'avoir choisi mon roman et de m'avoir accompagnée dans *Pas un doute*, cette nouvelle aventure palpitante aux côtés de Kane et Alton. Si vous l'avez appréciée et que vous souhaitez être tenu au courant de toutes mes parutions, il vous suffit de vous inscrire en cliquant sur le lien ci-dessous. Votre adresse électronique ne sera jamais communiquée et vous pouvez vous désinscrire à tout moment.

france.bookouture.com/subscribe/

C'est merveilleux de poursuivre les aventures de Jenna Alton et de Dave Kane en sachant que vous êtes là avec moi. J'apprécie vraiment tous les merveilleux commentaires et messages que vous m'avez envoyés à propos de cette série.

Si vous avez aimé mon roman, je vous serais très reconnaissante de laisser un commentaire et de recommander le livre à vos amis et à votre famille. J'aime beaucoup recevoir des nouvelles de mes lecteurs, n'hésitez donc pas à me poser des questions à tout moment. Vous pouvez me contacter sur ma page Facebook, sur Twitter ou *via* mon blog.

Merci beaucoup pour votre soutien.

D.K. Hood

RESTEZ EN CONTACT AVEC
D.K. HOOD

www.dkhood.com

 facebook.com/dkhoodauthor

x.com/dkhood_author

 instagram.com/d.k.hood

REMERCIEMENTS

Je tiens à saluer Veronica Slater et Jason pour avoir porté des reproductions des couvertures de mes livres sur leurs T-shirts et d'avoir fait ma publicité dans ma ville natale et au-delà.

Je remercie tout particulièrement Noelle Holten et Kim Nash pour leur fantastique promotion en ligne. Elles font partie de l'incroyable équipe de Bookouture qui travaille si dur en coulisses pour publier mes livres.

9 781836 184102